피라미드

The Pyramid

THE PYRAMID
by William Golding

세계문학전집 314

피라미드

The Pyramid

윌리엄 골딩

안지현 옮김

민음사

나의 아들
데이비드를 위하여

"그대가 사람들 가운데 있다면 자신을 위해
마음의 시작이자 끝인 사랑을 창조하라."
─『프타호테프의 훈령』에서

차례

여름은 여름이었다. 하지만 비가 여전히 온종일 내리고 있었다. 마치 교회 축제를 위해 준비된 날씨 같았다고 하는 것이 가장 정확한 말이겠다. 계속해서 내리는 빗물에 초록 잎들이 떨어져 웅덩이 여기저기 떠다니고 있었다. 오랜 세월 동안 이 땅에 뿌리 내리고 있어서 늘 날씨가 이렇다는 걸 잘 알 텐데도 나무들은 가끔씩 바람이 불 때 애원하듯 팔을 내밀고 신음 소리를 냈다. 어둠은 일찍 찾아왔다. 실제로 온종일 빛이 거의 없는 듯해서 해가 지는 과정은 몹시 느리고 알아채기 힘들었다. 하지만 어둠이 완전히 깔렸을 때 가로등 너머는 칠흑과 같이 어두웠고, 비는 여전히 어둠 사이로 내렸다. 나는 내 머릿속이 울릴 때까지 쇼팽의 연습곡 12번 다단조를 미친 듯이 피아노로 연주했다. 모이세예비치가 곡을 연주했을 때는 내 사랑이 얼마나 넓고 깊은지, 내 희망 없는 격정적인 사랑이 어떠한지를 잘 표현하는 것 같았으나 내가 칠 때는 아무 소용 없었다. 하지만 이모젠은 약혼했고, 모든 게 끝이었다.

그리고 나는 입 안이 마른 채 누워 있었고, 견뎠다. 가끔씩 나를 내 의식 바깥으로 끄집어낸 것은 오직 창가에 물이 자갈처럼 날아와 부딪히는 갑작스러운 소리뿐이었다. 열여덟 살은 고통을 겪기에 좋은 나이다. 필요한 모든 힘이 있고 아무런 방어막이 없다. 교회 첨탑에서 자정을 알리는 종소리가 울려 퍼졌고, 열두 번째 소리가 울리기 전에 광장에 있는 나트륨등 세 개가 꺼졌다. 내 머릿속에는 이모젠이 창백한 얼굴 뒤로 긴 빨간색 머리칼을 휘날리며 그의 초록색 라곤다를 언덕 아래로 모는 모습이 떠올랐다. 그녀는 나보다 다섯 살 위일 뿐이었다. 내가 뭔가를 했어야만 했다. 이제는 이미 늦었다. 나는 열린 차 지붕을 바라보았고, 그녀는 차를 몰았다. 그리고 자신만만하고, 너무 나이 들었고, 신문《스틸본》의 소유주며 뭐라도 된 듯 범접할 수 없는 그를 보았다. 곤충이 윙윙거리는 것과 같은 그의 목소리가 들려왔고, 갑자기 그가 번갯불에 맞았다. 나는 빛이 번쩍 내려오고 연기 속으로 그가 사라지는 것을 보았다. 왠지 모르겠지만, 번갯불 때문에 이모젠이 의식을 잃었다. 나는 그녀를 내 품에 안아 날랐다.

나는 침대에서 벌떡 일어나 이불 홑청을 꽉 쥐고 창밖을 내다보았다. 날카롭고 시끄러운 소리가 들려왔다. 마치 누군가가 공기총을 사용한 것처럼 유리가 깨질 만큼 세게 유리창이 흔들렸다. 날아온 나뭇가지나 지붕 타일의 파편 소리라는 몽롱한 생각이 떠올랐지만 그 어느 편도 아니라는 걸 알았다. 그리고 또 그 소리, 탁! 나는 웅크린 채 침대 밖으로 나왔고 기이한 소리에 머리카락이 쭈뼛했지만 창가로 다가가 아래쪽 광장을 내려다보았다. 얼굴 가까이에서 탁 소리가 나 얼른 피했다가 다시 앞을 내다보았더니 광장 둘레 자갈 보도와 우리 집 사이에 있는 난간 너머로 반짝이는 하얀색 얼굴이 보였다. 커튼 줄을 풀자마자 거센 바람에 무명 커튼이 날려 내 얼굴을 때렸다.

"올리버! 올리버!"

허황된 희망으로 내 심장이 슬며시 떨렸으나 그것은 이모젠의 목소리가 아니었다.

"누구야?"

"소리 좀 죽여!"

우리 집 철문 옆에 숙이고 있던 얼굴은 조심스레 문을 열고 벽돌 길을 지나 내 창가 앞에 섰다.

"누구야?"

"나야, 이비. 이비 배버컴. 안 보이니?"

"뭐라⋯⋯."

"아무도 깨우지 말고 조심해서 내려와. 뭘 좀 걸치고. 빨리 와! 난⋯⋯."

"잠깐만."

나는 방으로 다시 들어가 옷을 찾아 더듬거렸다. 나는 수년간 이비를 봐 왔지만 말을 나눈 적은 없었다. 몸통은 그대로인데 무릎 아래 다리만 서로 스치는 그녀 특유의 걸음거리로 광장 건너편 보도를 거니는 모습을 봐 왔다. 나는 그녀가 의사인 이완 선생님의 접수실에서 일하는 것을 알았고, 그녀의 길고 찰랑거리는 검은색 머리칼도 잘 알았고, 그녀의 푸르고 하얀 면 드레스 속에서 드러나는 몸매에 대해서도 잘 알았고, 그녀가 마을 정리의 딸이란 사실, 그리고 챈들러스 클로스라는 허름한 동네 출신이라는 것도 알았다. 하지만 우리는 물론 절대 말을 나누지 않았다. 만난 적도 없었다. 당연히.

난 어둠 속에서 발끝을 세우고 세 번째 층계 벽을 피해 부모님이 주무시는 안방에서 나오는 가볍게 코 고는 소리를 들으며 층계를 내려갔다. 나는 복도 옷걸이에 걸린 비옷을 집었고 금고 앞 도둑처럼 고리와 빗장을 조심스럽게 빼고 현관문을 열었다. 이비는 문밖에 웅크리고 서 있었다.

"왜 이렇게 오래 걸렸어!"

그녀는 이로 이상한 노랫소리를 내고 있었다. 가까이서 보니 머리 위로 스카프를 두르고 두 손으로 외투를 움켜쥐고 있었다.

"최대한 빨리 왔어. 원하는 게 뭐야?"

"보비 이완이 차와 함께 숲에 있어. 보비가 그러는데 차가 안 움직인대."

내 핏줄 속으로 떠다니던 막연한 추측이나 기대가 순식간에 모두 사라졌다.

보비 이완은 이완 선생님의 아들이었다. 우리는 이웃이었는데, 나는 그를 좋아하지 않았다. 난 단지 그가 다니는 기숙학교와 그가 장래가 유망한 크랜웰 대학 입학생이란 점, 그리고 무엇보다도 그의 빨간색 오토바이가 부러웠을 뿐이다.

"나랑 무슨 상관인데? 헨리 윌리엄스한테나 물어보지그 래?"

"어머, 참."

그녀는 나를 향해 휘청거리며 잠시 주저앉으려 했다. 어쩌 면 구름 뒤로 달이 떴을 수도 있다. 아니면 구름 덩어리가 서 서히 떠오르고 있었을지도 모른다. 무슨 이유에서인지 알 수 없으나, 흩어진 엷은 빛은 온 사방에서 비쳐 오거나 공기에 본 질적으로 내재된 듯했다. 빛이 반사되어 그녀의 모습을 더 잘 볼 수 있었다. 그녀의 하얀 얼굴에는 자두같이 생긴 입과 두 눈이 있었고, 얼굴 위로 머리카락이 몇 가닥 어지럽게 퍼졌다. 몸은 온통 젖어 물이 뚝뚝 흘러내렸다. 그녀는 콧물을 흘리며 손가락으로 내 이두근을 꽉 쥐고 머리를 내 가슴에 기대었다.

"내 힐도 벗겨졌어. 아버지가 뭐라……."

그녀는 재채기가 나오려는 순간 머리를 뒤로 젖히고 두 손 을 입에 가져다 댔다. 조용히 몸을 흔들었다. 방귀를 뀌었다.

"미안."

그녀의 두 손 사이로 자두들이 날 쳐다보았다. 손 밑에서 그 녀는 창피한 듯 킥킥 웃었다.

"이봐, 이비. 뭘 바라는 거지?"

"보비를 도와 연못에서 차를 꺼내 줘."

"연못?!"

"어딜 말하는지 너는 알잖아. 언덕 위 숲을 쭉 지나서 말이 야. 오, 제발. 올리! 아무도 알면 안 돼. 그렇게 되면 끔찍……."

"그건 걔랑 걔네 아버지 사이 일이야. 이 바보 멍청아!"

로버트[1]는 나보다 삼 개월 위였고, 이비는 삼 개월 아래였다.

"올리. 그게 아니라…… 걔 아버지 차가 아니야!"

"자업자득이지 뭐."

"오, 올리버. 넌 도와주리라 생각했어!"

그녀는 내게 다가섰다. 그녀의 젖가슴이 내 가슴에 닿았다. 그리고 그녀는 마치 자신의 의지로 할 수 있는 듯이, 내 숨을 멎게 하는 향기를 내뿜으며 나를 자극했다. 그녀의 외투는 젖어 몸에 붙어 있었고, 그녀는 아래에는 옷을 거의 입지 않았다.

"나 자정까지 집에 가야 해."

"벌써 지났어."

"알아. 아버지가 아시면……."

밤공기가 차고 축축했지만, 내 심장은 쿵쿵 뛰기 시작했다. 내 팔은 그녀를 감쌌다. 그녀는 계속 떨고 있었다.

"알겠어."

그녀는 내 팔을 꾹 눌렀다.

"오, 올리. 넌 정말 최고야!"

그녀의 자두 세 개 중 제일 밑에 있는 자두가 내게 '쪽' 하고 차가운 자취를 남겼다. 그녀는 나를 밀어냈다.

"어서 서둘러. 네 자전거를 타도 될 것 같아."

"전조등이 없어. 뛸게. 그리고 이비……."

"왜?"

"우리, 그러니까, 우리가 말이지……."

---

1) 로버트 이완. '보비'는 애칭이다.

그녀는 헝클어진 머리칼을 뒤로 넘기는 듯 손을 올리며 매무새를 정돈하는 것 같아 보였다.

"어떻게 될지 보자고, 알겠지?"

그리고 그녀는 떠났다. 절뚝거리며 광장을 가로질러 가면서 변명거리를 생각해 내고 있었다.

나는 집 안으로 들어가는 데 문제가 없도록 철문을 잘 닫고 조용히 떠났다. 집과 충분히 멀어졌을 때 나는 뛰기 시작했다. 시청을 거쳐 하이 스트리트를 지나 올드 브리지를 향해. 바람결은 약해졌지만 비가 여전히 꽤 내리고 있었고 헨리 윌리엄스의 정비소를 지날 즈음에는 빗물이 얼굴에서 목으로 주르륵 흘러내렸다. 로버트 이완을 돕는 게 영 내키지 않았지만, 나는 행복하고 흥분되었다. 내 마음의 눈 앞에는 하얀 조각 위에 놓인 자두 새 개와 빗물로 흐트러진 이비가 아니라, 팔랑거리는 여름 드레스를 입고 걸어 다니는 이비가 떠올랐다. 어떤 이들은 이비가 완벽한 미녀라기엔 다리가 너무 짧다고 생각했지만, 다리란 땅에 충분히 닿기만 하면 됐지, 또 무엇이 필요하겠는가? 이비의 경우 답은 간단했다. 그녀는 우리 지역 유명 인사였고, 수 킬로미터 근처의 모든 남자들이 그녀의 존재를 인식했다. 그녀가 입술을 바깥으로 살짝 벌리고 있는 이유는 어쩌면 계속되는 섹스로 숨이 차서가 아니라 쾌활함을 과시하기에는 완벽하지만 호흡하기엔 미흡한 그녀의 코 때문일지도 몰랐다. 그녀의 검은 머리칼은 걸을 때마다 어깨까지 찰랑거리며 흩어졌고, 허벅지는 가만히 있는 채 무릎 밑으로 다리만 움직였다. 외출복(면 치마와 하얀 양말 그리고 샌들) 차림

일 때는 단정하고 여성스러운 모습이었다. 나는 대낮에 가까이에서 그녀를 자세히 관찰할 만큼 운이 좋은 적은 없었다. 하지만 그녀가 지나갈 때 훔쳐본 결과 그녀의 속눈썹과는 친분을 맺었다. 쿵쿵거리는 심장을 안고 어둠 속 비를 맞으며 올드 브리지를 향해 달려가면서, 나는 페인트 붓을 떠올리는 자신을 발견했다. 예술가들이 사용하는 섬세하고 부드러운 붓이 아니라 어린 시절 쓰던 붓, 색칠하느라 박박 문질러 헝클어져 끝이 온통 뾰족하고 뻗친 붓이었다. 훔쳐보던 그 속눈썹, 아니, 이비의 눈 주위에 즐겁게 반짝거리는 조그마한 페인트 붓 몇 자루를 생각하자 심장은 더 쿵쾅거렸다. 올드 브리지 꼭대기를 향해 오르는 것조차 나는 눈치채지 못했다. 이비에겐 이모젠의 성스러운 아름다움은 전혀 없었다. 그녀는 온전히 속세의 여자였다.

숲으로 향하는 가파른 언덕을 오르며 난 점차 걷게 되었고 정신을 되찾았다. 오토바이와 그 잘난 학교 그리고 의식적인 우월감을 과시하는 보비 이완을 다루는 문제가 남았기 때문이다. 배버컴 중사도 문제였다. 중사를 생각했을 때 난 죽은 듯 멈춰 섰다. 만약 내가 자정 넘어서 자기 딸에게 키스한 것을(아니, 키스를 당한 것을) 어쨌거나 알게 된다면 그는 내 목을 부러뜨릴 것이 뻔했다. 아니, 더 끔찍하게도 부모님에게 말할 것이었다. 어느 쪽이건 둘 다 비슷하게 끔찍했다. 배버컴 중사. 시청 관리인, 울타리와 교구의 관리인이자 마을 정리……그리고 우리의 유기된 역사의 잔재인 수많은 기타 직종을 맡은 자. 배버컴 중사가 18세기 의상을 입은 마을 정리로서는 웃음거리가 될 수 있겠으나, 그녀의 아버지인 그를 상상할 때는 그보다는 크나큰 가슴, 두툼한 주먹, 그리고 눈이 무시무시하게 튀어나온 큰 얼굴이 떠올랐다. 한 진부한 질문을 처음으로 탐색하게 되자 난 움찔했다. 어떻게 그런 아버지에게 저런 딸이 태어났을까?

이어서, 마치 그녀가 옆에 있는 듯, 향기가 갑자기 스치면서 중사에 대한 생각은 사라졌다. 나는 젖은 바지 자락이 정강이에 붙고 머리카락이 처져 눈으로 파고드는데도 언덕 위로 열심히 올라갔다. 그나마 비바람이 잦아들었다. 일렬로 선 나무 사이로 들어서기 전에 마치 달이 비집고 들어가려는 듯 나무 위로 밝은 빛을 비추는 것을 보았다. 뒤에 있는 계곡 쪽에서는 교회 종이 1시를 알렸다.

레고머튼 연못 근처 공터에 거의 도착하자 더 밝아졌다. 도로에서 제일 멀리 떨어진 연못가 근처에 물로 둘러싸인 2인승 자동차의 윤곽이 보였다. 로버트 이완은 나무 아래 어두운 곳으로부터 나와 도로에서 날 기다리고 있었다.

"올리 군인가?"

가까이 가자 이비보다 더 비참하게 소리를 내며 떨고 있는 그가 보였다. 하지만 그 사실을 애써 숨기려는 기색이 역력했다. 그는 마른 체구에 나보다 7.5센티미터 더 컸고 머리칼은 숱이 많고 옅은 갈색이었으며, 옆얼굴이 웰링턴 공작을 닮았다. 그는 몸을 감싼 바바리코트를 움켜쥐고 있었으며, 그 밑에 하얀 맨무릎이 드러났다. 무릎 아래 정강이에는 까만 자국들이 있었고, 자국 밑으로는 구겨진 양말이 보였다. 신발은 한 짝만 신고 있었다.

"그래 나야. 맙소사. 드디어 일을 저지른 거군, 그렇지?"

"도대체 왜 이렇게 오래 걸린 거야? 네가 왔으니, 빨리 가자고."

"신발 한 짝은 어디 간 거야? 그리고 바지는?"

"가라앉았어, 이 친구야." 하고 로버트는 애써 무심히 말했으나 갑작스럽게 이가 부딪치는 소리에 말을 멈췄다. "흔적도 없이 사라졌어."

"나 저 차 누구 건지 알아! 바운스 차지! 돌리시 부인 차!"

로버트는 공작과 닮은 옆얼굴을 그쪽으로 돌렸다.

"신경 쓸 거 없어. 어떻게 해야 할지나 생각해."

"아니, 그런데 왜……?"

로버트는 한 발자국 앞으로 나와 얼굴 아래쪽을 내게 돌렸다.

"넌 몰라도 되지만, 꼭 알아야 하겠다면, 우리의 어린 친구 배버컴을 저기 범스테드에서 열리는 댄스파티에 태워 주던 중이었어. 이 날씨에 자전거에 태우고 갈 수는 없는 거 아니야? 그래서 한두 시간 동안 바운스 차를 빌린 거고. 바운스도 괜찮다고 할 거야, 그렇지? 네가 그녀에게 말할 필요는 없는 거고."

나는 이완 선생님의 아들이 배버컴 중사의 딸을 아버지 차에 태워 데리고 갈 수 없다는 것은 이해했다. 자연스럽게 이해가 되었다.

"그렇군."

"이제 됐나?"

내가 신발과 양말을 벗는 동안 그는 춤추는 듯 떨며 도로에 서 있었다. 물은 굉장히 차가웠지만 얕았다. 로버트는 로버트 답게, 두 가지 방법으로 연못에서 나올 수 있다는 점을 깨닫지 못했고, 조금만 노력하면 쭉 밀고 금방 나왔을 텐데 자동차를 거꾸로 언덕 위로 밀다가 시간을 허비했던 것이다. 우리는 차를 도로 위로 올렸고 내가 자동차 발판에 걸터앉아 양말과 신발을 신는 동안 그는 플러그를 만지작거리며 시동을 걸려고 애썼다.

내가 신발 끈을 매고 있을 즈음에 그는 이미 포기했다. 옆얼굴을 보인 채로 나와 달 사이에 서 있었다.

"올리버 군. 아무 소용 없어. 네가 차를 밀어야겠어."

"누구? 나? 네가 그 빌어먹을 차를 직접 밀지그래?"

"이 친구야. 좀 생각을 해 봐. 누군가가 차를 조종해야 하지 않겠어? 넌 운전할 줄도 모르잖아. 게다가 넌 나보다 몸무게가 더 나가고."

"아니, 뭐라고?"

하지만 그건 사실이었다. 로버트는 나보다 7.5센티미터가 크지만 마치 30센티미터나 더 큰 것처럼 행세했다. 반면 그의 몸집은 나의 반밖에 되지 않았다. 갑자기 나는 격정에 휩싸여 부들부들 떨고 있었다.

"아니, 제기랄! 입은 살았군! 그놈의 차를 그놈의 연못에 처박은 주제에!"

나는 일어나서 머리를 벅벅 문질렀다.

"성질머리 하고는." 로버트는 말했다. "말이 나와서 말인데, 내가 운전 안 했어."

"그럼 제기랄, 도대체 어떻게……."

"밤새도록 여기 서 있고 싶어? 실은 우린 장난 좀 치려고 저기 나무 아래에 차를 세웠어. 아, 그런데 생각났다. 잠깐."

그는 연못가로 뛰어가 약간 언덕진 쪽에 있는 나무에서 뭔가를 한 아름 들고 왔다.

"바닥 판."

"아니, 그건 또 뭐야?"

그는 2인승 자동차 문을 열어 바닥 판을 다시 채워 넣기 시작했다. 그는 그 작업을 하는 동안, 힘겹지만 그다지 위험하지 않은 작전에 보병들을 즐겁게 보내듯 가끔씩 어깨 너머로 쳐다보며 말을 건넸다.

"이 차 안에 공간이 별로 없어. 우리의 어린 친구가 앞자리에 앉아 있었고, 난 바닥에 설 수 있도록 이 판들을 다 뺐어. 알겠어? 그런데 차가 굴러가게 된 거지, 이 차가. 내가 어쩌다가 엉덩이로 브레이크를 건드렸나 봐. 자, 올리 군, 영차!"

나는 차에 등을 대고 기대서 두 다리로 차를 밀어 도로 위로 옮길 수 있다는 걸 알게 되었다. 차가 움직이자 나는 돌아섰고 수평에서 45도 각도로 차를 밀었다. 그다지 어렵지 않은 일이었다. 그런데 그때 아무 경고 없이 갑자기 차가 멈춰서 나는 뒷좌석으로 넘어졌다.

"악! 내 배야!"

"브레이크가 좀 빡빡해."라고 로버트가 말했다. "잠깐만, 올리. 너무 추운걸. 정말 너무 춥다. 멈춘 김에 개가 저기 뒤에 깔개를 놔두었는지 잠깐만 볼게."

"계속해서 운전하라고! 이 물건이 다시 멈추면, 난 걸어갈 거야!"

차 옆으로 그의 모습이 보였는데 그는 내리고 있었다.

"이러다가 죽겠어."

"그럼, 죽든지!"

반란이었다. 로버트는 조용히 다시 차에 탔다. 그의 이가 딱딱거리고 어깨와 심지어 손도 떨고 있었다. 우리는 다시 출발했다.

나는 중얼댔다.

"이놈의 차. 이놈의 바보. 이놈의 브레이크. 제기랄, 도대체 왜 나무 옆에 있을 때 브레이크를 넣지 않았어?"

로버트는 한계점에 도달했다. 그의 목소리는 분노에 차 울부짖는 것 같았다.

"넌 발목까지 바지가 내려온 상태에서 언덕 아래로 거꾸로 달려 본 적 있어?"

"그럼 빌어먹을 여자애가 했어야지. 왜 걔는 브레이크를 넣지 않았어?"

"어떻게 그래, 발이 차창에 놓여 있는데?"

이해가 갔다. 나는 가끔 끙끙대며 차를 밀었다.

"올리, 계속해! 그렇지, 그렇게. 언덕 위에 거의 다 왔어. 그래도 그 배버컴 아가씨는 정말 재밌는 애야. 그건 인정해야지."

"왠데?"

"걔가 운전하려고 했어."

갑자기 차 무게가 줄었다. 로버트가 수동 브레이크를 잡아당기는 소리를 들었을 때 차가 멈췄다.

"뭐야?"

"다 왔어. 타."

우리는 언덕 위에 있었는데 거기에서 숲 밖으로 스틸본까지 내려가는 도로가 있었다. 교회 탑, 군집한 집들, 그리고 나무의 어두운 윤곽이 보였다. 로버트 옆에 올라앉아 자리를 잡았다. 나는 중얼거렸고, 그는 떨었다.

"하이 스트리트에선 도무지 어떻게 밀고 가야 할지 모르겠군!"

"그럴 필요 없어." 로버트가 공작과 닮은 옆얼굴을 하늘로 치켜들며 말했다. "왜냐면 경찰이 있을지도 모르니까. 자, 출발!"

120초 후 나는 로버트의 학교나 가문, 혹은 어쩌면 심지어 《친구들》과 《소년만의 신문》의 무언가가 완전히 경멸스럽지는 않은 어떤 가치들을 그에게 부여한 것은 아닌가 인정할 수밖에 없었다. 불빛도 엔진도 없이 우리는 스키 점프 선수들처럼 올드 브리지 위를 뛰어넘었다. 하이 스트리트로 뛰어올라 윌리엄스의 정비소 앞 콘크리트 길을 가로질러 바로 두 집 사이로 틀었고 그 전날 저녁 로버트가 차를 발견한 공터로 다시 좌회전했다. 모두 중력의 추진으로 말이다. 하지만 차가 급정거하는 바람에 내 얼굴이 바운스 차 유리창에 눌려 납작해지고 말았다. 숨을 돌렸을 때 나는 원치 않았지만 그에게 존경을 느꼈다. 하지만 우리는 서로에게 너무 화가 나서 가장 무뚝뚝하고 얼음장같이 차갑게 작별 인사를 했다. 아무 말 없이 서로를 원망하며 우리는 발끝으로 걸어 광장을 돌았다. 로버트는 우리 집 대문 밖에서 내게 돌아서더니 30센티미터나 멀찍이 선 채 차갑게 속삭였다.

"음. 도움 고마웠어."

나는 속삭이며 답했다.

"별말씀을. 천만에."

우리는 헤어졌고, 들키지 않고 귀가해야 하는 각자의 문제에 봉착했다. 교회 시계는 3시를 알렸다.

해가 얼굴을 기어오르며 날 깨웠다. 즉시 모든 기억이 떠올랐다. 자동차, 로버트, 자두 세 개, 추켜올린 자두 하나, 순식간의 향기. 나는 뭔가가 끝나지 않았다는 걸 젊음 특유의 낙관으로 직감했다. 무엇인가가 시작했던 것이다.

그리고 또 있었다. 우리 집 화장실 창밖으로는 우리 집 정원뿐 아니라 이완가(家)의 정원도 보였다. 로버트가 운동하는 모습을 보면서 그에게 소리 지를 수도 있었고, 심지어 그렇게 되기 십상이었다. 회심의 미소를 지으며 나는 급히 화장실로 갔다. 내 예측은 적중했다. 창밖을 내다보자마자 반바지와 러닝만 입고 속을 채운 글러브를 낀 채 허공에 강력한 펀치를 날리며 빠른 걸음으로 길을 가는 그가 보였다. 마구간에 설치된 펀칭볼을 향해 잽싸게 가서 멋지게 한 방 날렸다.

"하!"

그는 사뿐히 펀칭볼에서 멀리 물러나 다시 한 바퀴 돌고 또

쳤다.

"하!"

펀칭볼은 아무 답도 하지 않고 칠 때마다 조금씩 떨었을 뿐
이다. 그는 펀칭볼한테 감히 자기에게 한 방 날려 보라고 하듯
뒤로 물러났고, 잘 훈련받은 운동선수처럼 무릎은 위로, 글러
브도 위로 올리고, 턱은 아래로 내린 채 멋진 몸놀림으로 길을
내려왔다. 그가 다시 뒤돌아서자 하얀색 석고를 붙여 단단히
보호막을 친 그의 정강이가 보였다. 그는 다시 펀칭볼을 쳤다.
나는 화장실 창문을 열고 열심히 비누칠을 하면서 웃기 시작
했다. 로버트는 멈칫하다가 맹렬히 손을 놀리며 펀칭볼을 공
격했다.

"종달새한테 더 해 보지그래?"

로버트는 이번에는 멈칫하지 않았다. 그는 몸을 숙이고 좌
우로 흔들었다. 새 면도기로 면도하며 나는 요란하게 노래를
부르기 시작했다.

"우리는 세상을 보기 위해 해군에 입대했지……."

로버트는 동작을 멈췄다. 나는 스틸본 북쪽 언덕 꼭대기, 언
덕 아래로 줄지은 토끼 서식지, 꼭대기의 빽빽한 나무들을 관
찰하며 신 나게 노래를 불렀다.

"우리는 연못을 보았어!"

내 시야 바로 아래에서 로버트가 나에게 '어떤 표정'을 짓
는 것을 볼 수 있었다. '그 표정'은 무엇인가 하면, 제국을 지
켜 준 '표정', 혹은 적어도 제국을 진압한 '표정'과 같은 것이
었다. '그 표정'과 어쩌면 채찍 손잡이로 무장했을 백인들은

곤봉과 창 속에서 쉽사리 질서를 유지할 수 있었다. 그는 공작과 닮은 옆얼굴을 높이 쳐들고 저 앞을 쳐다보며 매우 근엄하게 집 안으로 들어갔다. 나는 오랫동안 미친 듯이 야만스럽게 웃었다.

어머니는 아침 식사를 하며 다정하게 넌지시 설교하셨다.

"얘야, 올리버. 네가 시험 다 통과한 것도 알고, 옥스퍼드에 가게 되었고…… 네가 행복해서 내가 얼마나 기쁜지는 하늘이 아는 일이지만 화장실에서 웬 소란이었니? 남사스럽구나."

나는 매우 희미하게 대답했다.

"이완 군이요. 걔를 비웃고 있었어요."

"먹으면서 입 벌리지 마라, 얘야!"

"죄송해요."

"보비 이완. 네가…… 그러니까 참 안된 일이구나. 하지만 그 아이는 학교에 다니느라 여기 거의 없었잖니." 나는 무슨 전보를 치는 듯한 어머니의 말을 잘 이해했다. 무슨 말이었는가 하면 어머니에게는 이완가와 우리 집 사이의 사회적 차이가 유감스럽다는 의미였다. 어머니는 또한 사회적 차이를 확대하고 악화시킨 우리 둘의 성격 차이에 대해 생각하셨던 거다. 아주 어렸을 때, 말하자면 순수했을 때, 우리는 함께 놀았다. 그런데 이완 아주머니나 우리 어머니가 알지 못하는 일들이 있었다. 이제 막 유모차를 졸업할 때였다.

"넌 내 노예야."

"아니야."

"노예라니까. 우리 아빠는 의사 선생님인데 너희 아빠는 약사일 뿐이야."

이 말 때문에 나는 로버트를 벽에서 오이 화단까지 쳐 밀어 냈다. 우리는 당연히 그 일 이후 소원해졌고, 학교와 오토바이 그리고 신중한 부모님들로 인해 최악의 사태라야 공기총으로 서로를 비껴가도록 쏘아 대는 게 고작이었다. 그리고 이제 나는 이비 배버컴에게 키스했고, 뭐, 어쨌거나, 로버트가 바보가 되는 꼴을 목격했던 것이다.

"얘야, 올리버. 입에 음식이 있는데 휘파람 좀 안 불었으면 좋겠구나."

아침 식사 후 나는 최대한 아무렇지도 않게 조제실로 향했다. 아버지는 옛날 방식으로 약을 짓고 계셨다. 나는 우리 집에서 조제실로 가는 통로에 서서 아버지야말로 침착한 이완 선생님이나 아니면 빼빼 마른 젊은 동료 의사 존스 선생님보다 훨씬 더 의사처럼 생겼다고 난생처음으로 생각했다. 이렇게 내가 조제실에 들르는 건 특별한 일은 아니었고, 아버지는 짙은 눈썹 아래로 뭔가 생각에 잠긴 듯 둘러보셨으나 아무 말씀도 하지 않으셨다. 나는 어떤 핑계를 대고 이비가 일하고 있을 접수실 사이로 들어갈 수 있을지 문 옆 벽에 기대어 궁리했다. 아마도 아버지는 내가 꼼꼼하게 진료를 받아야 한다는 데 동의하실 거라 생각했다. 내 심장이 이상하게 박동했던 건 사실이었으니까 말이다. 하지만 내가 말을 꺼내기도 전에 이비(어머니와 같은 안테나를 장착했음이 틀림없다.)는 복도 끝에 나타났다. 그녀는 푸른색과 하얀색이 섞인 드레스를 입고 점잖은 하얀 스타킹과 하얀 양말을 신고 있었다. 접수실에서 맨다리로 책상에 앉아 있을 수는 없는 노릇이었다. 그녀는 손가락을 입술에 대고 머리를 과격하게 흔들었다. 그녀의 얼굴이 달라 보였다. 왼쪽 눈 부분이 너무 부어올라 그쪽 페인트 붓들은 움직임이 없었고 끝이 뻣뻣하게 뻗어 있었다. 오른쪽이 그 부동 상태를 상쇄했지만, 그녀가 내게 말하고자 하는 게 너무도 분명했기 때문에 그녀를 자세히 관찰할 시간은 없었다. 손가락을 입술에 대고 머리를 흔드는 것을, 나는 충분히 이해할 수 있었다. 그 누구한테도 아무 말도 마! 충분히 이해가 되지만 굳이 그렇게까지 할 필요가 있을까 싶었다. 마치 교살을 피하려는 듯 두 손을 목에 대고 짜는 듯한 동작과, 대략 광장 쪽을 향해 집게손가락으로 격렬하게 찌르는 듯한 동작에 이어, 이번에는 끄덕이는 저 머리, 흩날리는 머리카락…….

이비는 동작을 멈추었다. 누군가의 말을 들었다. 접수실 뒤로 사라졌다. 아무 소리 없이 문이 닫혔다. 아버지는 여전히 약을 조제하고 계셨다. 아무런 일 없었다는 듯이 나는 집으로 돌아가 피아노 앞에 앉았다. 피아노는 늘 쓸모가 있군, 하고 생각하며 피아노를 쳤다. 광장은 왜 가리킨 거지? 누가 그녀의 목을 조른다는 건지? 당연히 배버컴 중사를 말하는 것이겠지만, 그렇다고 의사 선생님의 접수실에서 그럴 리는 없었다. 어쩌면 내게 메시지를 건네주려고(혹시 하이 스트리트에서?) 광장으로 나오라는 말이었을 수도 있다. 그녀가 잠시 나올 수 있으려면 몇 시간씩이나 기다려야 했을 거다. 하지만 이런저런 핑계를 댈 수 있을 텐데. 게다가 더욱더 신 나는 점은 이비 배버컴

이 나를 만나고 싶어 했다는 사실이다. 로버트가 아닌. 나를!

나는 광장으로 걸어가 손을 주머니에 넣고 하늘을 쳐다보며 서 있었다. 하늘은 나와 교감하는 듯 밝은 푸른빛이었다. 그녀가 나타나고 그러한 만남에 적합한 은밀한 장소로 그녀를 따라가길 바라며 나는 기다렸다. 하지만 시간은 점점 길어지고 늘어졌고, 그녀는 여전히 모습을 보이지 않았다. 나타난 이는 배버컴 중사였다. 그는 시청 기둥 아래로부터 걸어 나와 차렷 자세로 서서 광장 건너 교회당 쪽을 바라보았다. 그는 놋쇠 종을 들고 있었고 마을 정리 복장이었다. 버클 달린 신발, 하얀색 면 스타킹, 빨간색 반바지, 빨간색 조끼, 면으로 된 깃, 푸른색 프록코트, 그리고 삼각 모자. 그는 종을 흔들며 교회 탑을 향해 적대적인 시선을 보냈다. 그리고 소리쳤다.

"호, 와, 호, 와, 호, 와! 찾습니다. 챈들러스 레인에서, 채플 로피즈와 챈들러스 클로스 사이에서. 금 십자가 목걸이. 이니셜 E와 B가 있어요. '아모르 빈치트 옴니아.'[2]라고 새겨져 있고요. 찾은 사람에겐 보상금도 있습니다."

그는 놋쇠 종을 흔들고 하늘을 향해 삼각 모자를 들며 왕실 구호를 외쳤다.

"신이여, 왕을 보호하소서!"

중사는 모자를 쓰고 오른쪽으로 돌아 정돈된 걸음으로 밀레인 구석을 향해 발을 옮기며 동작을 되풀이했다. 히 비! 이

---

2) Amor vincit omnia. 라틴어로 '사랑은 모든 것을 이긴다.'라는 뜻. 베르길리우스의 『전원시』 중 한 구절이기도 하다.

비 배버컴! 모든 게 분명해졌다. 십자가를 찾아서 비밀리에 돌려 달라는 거였다. 숲이나 연못에 대해서는 함구. 범스테드 댄스파티에 대해서도 아마 침묵. 내가 정확히 뭘 해야 할지 알았다.

내 조국에 그토록 유용한 것으로 판명된, 어렵고 기나긴 계산을 하는 능력으로 나는 상황 파악에 나섰다. 이비는 그녀의 금 십자가를 원했다. 나는 이비를 원했다. 그녀가 관대하게 자신을 로버트에게 주었던 그곳으로 돌아가는 것이 우리 둘 모두의 문제를 해결할 수도 있겠다. 비밀스럽고 매우 당황한 그녀는 기회가 생기면 몰래 빠져나와 직접 찾아볼지도 모른다. 그리고 나의 극도로 세심한 계산은 우리가 동시에 그곳에 도착하는 상황을 상정했다. 나는 이완 선생님의 업무가 어떻게 돌아가는지 잘 알았다. 이비가 예전에 사무실을 치운다거나 서류를 정리한다며 초과 근무를 하는 척한 적이 있다는 걸 알았다. 어쩌면 그녀는 핑계를 대기 위해 급한 일을 만들어 낼 수 있을지도 몰랐다. 왜냐하면 만약 어떤 사람이 산책하다가 나뭇가지와 도토리 깍정이 사이에서 반짝거리는 십자가를 보고 주워서 배버컴 중사에게 돌려준다면, 이비의 눈은 시퍼렇게 멍든 어떤 눈보다도 더 찬란히 멍들 것이었기 때문이다. 소문이 완전히 틀리지 않았다면, 그녀는 심지어 어쩌면 버클이 달리고 반짝거리는 놋쇠 장식이 박힌, 중사의 군용 허리띠의 피해자가 되는 요건을 갖출 수도 있었다. 소문이 무성한 허리띠 그리고 내가 그로부터 그녀를 구해 줄 수 있는 기회를 떠올렸을 때 긴장감과 흥분 사이에서 숭고한 동정심이 조금 들기까지 했다.

　나는 집을 뒤져 자전거를 꺼냈다. 하이 스트리트를 내려가 올드 브리지를 조심스럽게 건넜다. 배버컴 중사가 다리 끝자락에서 또다시 가락을 읊고 있었기 때문이다. 나는 언덕 위로 자전거를 밀어 페달을 밟지 않고 연못 아래로 내려갔다.

　모든 것이 달랐고 동시에 같았다. 물은 고요했다. 숲도 고요했다. 숲에는 움직임이 없었지만 윙윙 소리가 났다.

　초록빛 얼룩을 만들며 수면 위로 잠자리가 번쩍거리고, 파리들이 빙글빙글 춤추었다. 나는 연못에서 언덕 위로 자전거를 밀었고, 커다란 참나무에 기대어 두었다. 주위를 둘러본 후 얕은 선로를 조심스럽게 따라 연못까지 갔다. 금 십자가는 찾지 못했고, 진흙 묻은 신발만을 발견했다. 나는 꽃 피는 덤불 앞쪽에 있는 풀밭으로 신발을 던졌고, 흙탕물을 쳐다보며 서 있었다. 어쩔 수 없었다. 마치 사막에서 추락한 비행기를 찾는 것처럼 과학적인 수색 작업이 필요했다. 십자가는, 아마도, 연못 안에 있을 것이다. 하지만 쉬운 장소들을 먼저 찾아보는 게 이치에 맞았다.

　나는 참나무로 돌아가 선로 주위 땅을 샅샅이 뒤졌다. 한 장소를 다 수색한 후에는 구석구석에 작은 나뭇가지를 올려놓았다. 그리고 참나무에서 연못 끝자락까지 쭉 같은 무늬를 만들었다. 하지만 십자가는 찾지 못했다. 어쩔 수 없었다. 나는 양말과 신발을 벗고 물속으로 들어갔다. 내가 움직일 때마다 진흙이 올라와 그것이 다시 가라앉을 때까지 기다려야만 했다. 그리고 심지어 그때에도 연못 바닥은 도무지 잘 보인다고 할 수 없었다. 결국 손가락으로 맹목적으로 더듬거릴 수밖에 없었다. 가끔씩 나는 끝이 보이도록 나뭇가지를 똑바로 세워 놓았다. 결국 발견한 것은 깊이 처박혀 있는 꾸깃꾸깃한 바지가 전부였다.

나는 노를 저어 다시 돌아와 참나무 아래 앉아 우울하게 발이 마르기를 기다렸다. 내 계산을 다시 검토하고 있을 때에 무엇인가가 나를 방해했다. 로켓 소리 같은 게 스틸본 쪽에서 언덕 위로 올라왔고 숲 사이 도로로 빠져나왔다. 오토바이가 연못으로 다가오자 느리게 움직이는 소리가 났고 그다음엔 속도를 내며 풀밭을 가로질러 참나무의 다른 쪽으로 부르릉 오는 소리가 들렸다. 오토바이는 돌연 소음을 내며 멈췄다.

"자기, 내려!"

이비는 훌륭한 군인의 딸답게 모든 전력을 동원했던 것이다.

"이거 보게, 이거 보게." 로버트가 말했다. "이거 보게, 이거 보게, 이거 보게나! 이게 누구야? 아니, 이게 누구지?"

이비는 그를 따라 나무를 돌아 뛰어왔다.

"올리, 그거 찾았어?"

"아니, 미안."

이비는 자신의 두 손을 꼭 쥐었다. 쥐어짰다.

"오, 맙소사, 맙소사!"

그녀는 양말과 샌들을 치지 않는다면 치마를 제외하곤 아무것도 입지 않은 듯 보였다. 아마도 그녀는 오토바이 뒤에서 스타킹에 문제가 생기길 원하지 않았을 수도 있다. 어쩌면 스타킹이 신기 싫었을 수도 있다. 내가 그녀를 마저 보다가 간신히 눈을 떴을 때, 왼쪽 눈의 부기가 볼까지 퍼진 것이 보였다. 또 다른 반짝이는 회색 눈은 움직이지 않는 페인트 붓 가운데 매우 크게 열려 있었다. 큰 눈에 근심이 서려 있었다.

"얼굴은 좀 어때, 이비?"

"이젠 괜찮아. 하나도 안 아파. 문에 부딪혔지 뭐야. 그땐 너무 아팠어. 그런데 이봐. 우린 그 십자가를 반드시 찾아야만 해! 누가 이미 찾았으면 어떡해! 아버지가 날 반쯤……."

로버트는 그녀의 어깨에 손을 얹었다. 그는 친절하면서도 단호하게 말했다.

"배버컴 양, 진정해. 잘 찾으면 해결될 문제일 뿐이야."

"내가 찾아보았어."

"다시 찾도록 하자고."

"저 많은 작은 나뭇가지들이 뭐라고 생각해? 난 과학적으로 수색했어. 연못 물을 빼는 일 외엔 다 했다고. 아, 그리고 네 바지는 말리려고 저기 덤불에 걸어 두었어."

"고마워." 로버트는 뻣뻣하게 말했다. 그는 덤불 쪽으로 걸어갔다.

"맙소사, 올리 군! 진흙이라도 좀 씻지 그랬어!"

"제기랄, 내 잘못이군그래!"

"올리! 보비! 여러분!"

"할 수만 있었다면 내가 널 위해 찾았을 거야."

"아마도 누군가가 훔쳐 갔을 거야." 로버트가 말했다. "하하! 과학적 수색이라. 아무리 샅샅이 찾아봐도 없었단 말이지. 글쎄, 올리버 군, 그건 네 말을 믿을 수밖에!"

"도대체 뭘 말하려는 거지?"

"과학적 수색." 로버트가 말했다. 웃음이 그의 옆얼굴 아래로 쏟아져 내렸다. "명석한 두뇌와 뭐 그런 것들……."

모욕을 줄 수 있는 말이 불현듯 내게 떠올랐다.

"이비, 주머니를 다 뒤집어 보았지만, 거기 없었어. 어쩌면 쟤가 가슴 주머니에 넣었을 수도 있어. 네가 한번 물어봐, 응?"

"올리! 보비! 난 삼십 분 후에 병원으로 돌아가야 해!"

로버트는 웃음을 멈췄다. 그는 매우 조용하고 매우 침착해졌다. 그는 그녀의 어깨를 다독였다.

"아가씨, 걱정하지 마."

나는 비꼬듯 웃었다.

"어젯밤 목을 꽉 조이는 게 느껴졌어?"

"아니. 물론 아니지. 무슨 소리야!"

그녀의 얼굴 한쪽이 킥킥 웃다가 다시 엄숙해졌다. 로버트는 천천히 덤불로 걸어가서 바지 위쪽에 재킷을 걸었다. 그는 셔츠 속 스카프를 풀어 재킷에 쑤셔 넣었다. 그는 여전히 느린 걸음으로 돌아왔다.

"배버컴 양, 나무 뒤편으로 산책을 다녀오는 게 어떨까?"

"왜? 뭘 하려고 하는데?"

"이 어린 천치에게 필요한 교훈을 주려고."

그는 적어도 40센티미터 위에서 날 향해 돌아 머리를 양쪽으로 흔들었다.

"자, 너. 이리 와."

그는 화가 난 듯 덤불 너머로 뻣뻣이 걸어갔다. 나는 의아해하며 이비를 쳐다봤다. 그녀는 그를 보고 있었고 두 손을 목 근처에서 꽉 끼었으며 입술은 벌어져 있었다. 나는 맨발로 나뭇가지와 도토리 깍정이 사이를 헤치고 그를 따라갔다. 덤불 너머로는 빈터가 있었는데, 키 큰 초록빛 고사리 담 사이로 멋진 잔디가 넓게 펼쳐져 있었다.

로버트는 나를 기다리고 있었다. 그는 놀랍게도 예를 갖추고 내가 지나갈 수 있도록 가시가 있는 잎을 치워 주었다. 그리고 몇 미터 떨어져서 몸을 풀고 이를 악물고는 나를 상대했다. 그는 막연하게 뭔가를 연상시켰다. 어쩌면 책에 나오는 삽화를. 그도 역시 마치 책을 기억하듯 나를 대했다.

"어느 쪽을 향할래?"

우리는 물론 내가 다니던 중등학교에서 우리 방식대로 싸웠다. 권투 글러브나 펀칭볼 같은 것들을 살 만한 여유가 없었다. 게다가 난 반장이었고, 헌신적인 화학도였다. 그런 유치한 취미 생활은 다 옛말이었다.

"난 권투 할 줄 몰라."

"이번 기회에 배워. 나한테 사과할 거야?"

"그럴 바엔 지옥에서 만나."

로버트는 왼쪽 어깨를 나를 향해 돌려 주먹을 올리고, 턱은 주먹 위치로 낮춘 후 춤추듯 달려들었다. 비록 나는 권투에 대해 잘 아는 로버트가 '남쪽 발'[3]이라 부르는 자세를 하고 있었지만 두 주먹을 들어 왼쪽 주먹을 앞에 두었다. 나의 뛰어난

---

3) South Paw. 왼손잡이 권투 선수의 기본 자세.

왼손 옥타브 기교는 애써 노력하지 않아도 발현된다는 점에서(단, 오른손이 다소 미흡하다는 점을 발견할 때까지.) 인상적이다. 하지만 로버트는 피아노가 아니었다. 나는 그의 삐삐 마른 왼팔이 튀어나오는 것을 보았고 숲의 반은 짜릿한 하얀색 별들로 폭발했다. 나는 그에 맞서 가볍게 팔을 뻗었지만, 그는 이미 3미터나 떨어져 다시 달려들려는 태세를 갖추고 갈색 머리를 흔들며 춤추듯 발을 놀렸다. 나는 눈 바로 앞에서 커졌다가 작아지고 있는 빨간색 동그라미 사이로 또 한 번 팔을 뻗었다. 하지만 로버트는 다른 곳에 있었다. 그의 오른팔이 다가왔고 내 왼쪽 귀가, 사실 숲 전체가, 계속 감미로운 소리를 내며 울렸다. 손을 제외한 나머지 몸의 움직임은 어색하고 꼴사나웠는데, 정확한 용어는 알 수가 없지만 '북쪽 발'[4]인지 뭔지로부터 로버트가 따라잡을 수 없을 만큼 떨어져서 춤추듯 움직이는 걸 보며 나의 짜증은 화를 거쳐 분노로 변하고 있었다. 타격 자체는(그런데 내 오른쪽 눈은 또 한 번 짜릿한 별들을 보았다.) 약간 불편할 뿐이었고, 탁탁, 퍽!에 불과했다. 내가 헉헉거리고 땀을 뻘뻘 흘린 건 그가 불사신 같았기 때문이다. 나는 그를 따라 하려는 노력을 전부 단념하고, 그가 빨간색 동그라미 너머 내 근처에 있는 걸 느끼며 나만의 옥타브 기교로, 매우 크고 세게 그의 배를 깊숙이 쳤다. 감미로웠다. 그의 숨결과 침이 내 얼굴에 닿았다. 그는 내 쪽으로 수그려 긴 팔로 내 옆구리를 힘없이 치며 숨을 쉬려고 했으나 소용없었다.

---

4) 주인공은 착각하여 '남쪽 발'을 잘못 언급하고 있다.

그는 신발 한 짝으로 내 맨발등 위를 가혹하게 문질렀다. 나는 소리를 지르며 발을 치켜들었고, 내 무릎은 그의 다리 사이에 깔끔하게 맞아 들어갔다. 로버트는 무척이나 빨리 두 손으로 바짓가랑이를 잡으며 입을 벌린 채 허리를 땅까지 굽혔다. 원의 4분의 3을 그리며 왼쪽 주먹을 흔들어 그의 코를 쳤을 때 로버트는 아직도 허공에서 휙 하고 움직이고 있었다. 그는 뒤로 넘어져 빈터 옆 고사리 쪽으로 사라졌다.

빨간색 원은 차차 작아졌고 감미로운 소리도 잦아들었다. 나는 맨발로 땀을 줄줄 흘리며 빈터에 서 있었다. 이를 너무 꽉 물고 있어서 아팠다. 내 머릿속 폭풍을 뚫고 유일하게 들린 것은 고사리가 무성한 쪽 어딘가에 숨겨진 로버트의 소리였다. 그것은 '우.' 소리의 변주곡이었다. 첫 번째 소리는 길게 늘어져 가냘팠고, 마치 그가 스스로에게 어떤 비밀스러운 질문을 하는 것처럼 끝음절이 올라갔다. 그다음 소리는 마찬가지 길이였고 마치 답을 찾은 것처럼 매우 부드러웠다. 세 번째 소리는 완전히 자유자재였다. 내 가슴은 부풀어 올랐다 가라앉았다를 반복했고 나는 신발을 신고 돌아와 그를 마구마구 짓밟고 싶다는 충동을 갑자기 느꼈다.

"올리! 보비! 어디에 있는 거야?"

이비 목소리였다. 어디에선가 고사리를 헤치며 걷고 있었던 것이다. 주먹을 꽉 쥐고 아직까지 이를 꽉 문 채 나는 최대한 크게 소리를 질렀다.

"여기야! 어디 있어?"

그녀는 잠시 모습을 나타냈다.

"보비는 어딨어? 무슨 짓을 한 거니? 보비!"

그녀는 다시 사라졌다. 로버트의 머리와 어깨가 고사리로 부터 솟아올랐다. 한 손으로는 젖은 자줏빛 손수건을 얼굴에 대고 있었다. 다른 손은 보이지 않았다. 아마도 아직 다리 사이에 있을지도. 그런 상황에서도 그는 피에 젖은 손수건 사이로 무심코 예의를 갖추려 했다.

"약간 다셨어. 병언. 한자. 자깐……."[5]

그는 몸을 휘저으며 사라졌다. 이비는 아직 어딘가에 숨어 있었다.

"보비! 어디 있어?"

그녀가 자신의 양말과 샌들을 이리저리 흔들며 빈터에서 뛰어나왔다. 고사리 반대쪽에서는 오토바이 시동이 걸렸고 오토바이는 점점 작은 소리로 털털거리며 사라졌다. 이비는 멈췄다.

"아니! 이제 집에는 어떻게 가? 다 네 잘못이야! 로버트는 내일 크랜웰에 간다고! 마지막……."

"마지막 뭔데?"

그녀는 내게 돌아섰다. 한쪽 눈은 빛났고, 그녀는 나만큼 숨을 가쁘게 쉬었다. 그녀는 놀란 듯 웃었다.

"남자애들은 고약해!"

"뭐, 어쨌건 걔 외모를 망가뜨렸어."

"네 셔츠는 완전히 젖었어. 봐. 몸에 달라붙었잖아."

---

5) 다쳐서 횡설수설하는 모습.

"코가 없는 기인. 사관학교 후보생 이완. 그렇게 된 거지."

나는 내 몸에서 나는 역한 땀 냄새 사이로 또 한 번 그녀의 향기를 맡았다. 나는 그녀의 손목을 잡고 당겼다. 이는 더 이상 꽉 물지 않았지만 내 심장은 다시 뛰기 시작했다.

"이비……."

숲이 헤엄치기 시작했다.

"내가…… 내가 너를 위해 연못 물을 뺄게."

그녀의 페인트 붓이 떨렸다. 그 안에서 눈알 하나가 위로 굴렀다. 그녀의 입술은 내가 고개를 숙여 다가가자 더 크게 열렸다.

"들어 봐! 저기!"

나는 그녀를 끌어당기려 했으나 그녀는 로버트보다 힘이 셌고 날 밀쳐 버렸다. 그녀는 당황하며 움직였다. 계곡으로부터 교회 종소리가 들렸다.

"이번 주에 세 번이나 지각하는 거야!"

그녀는 고사리 사이로 뛰어들었고 나도 그녀를 따라 뛰어들었다. 하지만 내 맨발은 엉겅퀴 한 뭉치를 밟았고, 나는 춤추듯 뛰며 울음소리를 냈다.

"이비, 기다려!"

"병원에 가야 해!"

큼지막한 가시들부터 빼내고 로버트와 내가 왔던 길을 따라 기어갔다. 그의 바지와 재킷은 아직도 덤불 위에 걸려 있고, 그 아래 신발 한 짝이 있었다. 나는 바지 자락을 내리고 최대한 빨리 신발과 양말을 신었다. 그녀를 따라갈 채비가 되었을 때 그녀는 이미 도로 위 50미터나 떨어진 곳까지 가 있었다. 그녀는 머리칼이 털썩거리도록 뛰다가 다시 걷곤 했다. 이 만남에서 내가 건질 수 있는 가장 좋은 것은 또 한 번의 만남을 계획하는 일이었다. 그래서 나는 빨리 달려 그녀 앞에서 멋지게 끼익 소리를 내며 멈췄다.

"좋은 생각이 있어! 돌아보지 마!"

그녀는 거의 허리까지 치마를 올리고 있었다. 그 아래 가장자리에 하얀 수를 놓은 하얀색 반바지를 입고 있었다. 그녀는 내 자전거 짐칸에 옆으로 앉았고 짐칸은 신음하듯 삐걱 소리를 냈다.

"넌 참 귀엽구나! 빨리 가!"

페달 하나에 내 몸무게를 모두 실어야만 자전거를 움직일 수 있었다. 우리는 덜컹거리며 도로를 올라갔다.

"너무 늦을 것 같아."

나는 사력을 다했고, 다시 땀을 흘리기 시작했다. 우리는 꽤 빠른 속도를 내기 시작했다.

"올리버, 로버트가 재킷을 놓고 간 것 같아. 또, 이완 아주머니가 뭐라고 하실지 모르겠어! 혹시 우리가 도착한 후 네가……."

"내가 뭐?"

"누군가가 그 옷을 가져다주어야 할 텐데."

나는 으르렁거리는 것 같은 소리를 내며 눈에 들어간 머리카락과 땀을 닦아 내려 한 손을 올리다가 거의 넘어질 뻔했다.

"조심해!"

갑자기 빛이 쏟아졌고, 내 눈은 앞바퀴 아래 길을 보았지만 우리가 숲을 지나 언덕 꼭대기에 있다는 것을 알았다. 난 뒤로 기대고 앉아 중력이 알아서 일하도록 내버려 두었다. 교회당 시계는 15분을 가리켰다.

"속도가 좀 빠른 건 아닐까?"

나는 브레이크 두 개를 다 잡았다. 잠시 동안 브레이크가 질질 끌렸지만 곧 다시 속도가 붙었다. 브레이크를 꽉 잡아도 아무런 소용이 없었다. 내 뒤에서 비명 소리가 들려오고 올드 브리지의 오르막길이 시속 약 100킬로미터로 다가왔다. 그곳에 부딪히자 뒷좌석에서 드르륵 하는 소리가 들려왔고 뒤쪽 타이어에서 뺑 소리가 크게 났으며 이비가 통곡하기 시작했다. 자전거는 금방 멈췄고, 이비의 몸무게 때문에 나는 손잡이 너머로 날아갈 뻔했다. 그녀는 뒷좌석에서 떨어져 나와 두 손으로 엉덩이를 털면서 잠시 서 있었다.

"내 드레스가 찢어진 것 같아. 아니. 괜찮아."

"잠깐만!"

"나 정말 가야 해."

"우리 그럼⋯⋯."

"어쩌면. 모르겠어. 어쨌건 태워 줘서 고마워."

그녀는 허둥지둥 다리 너머로 사라졌다. 나는 자전거를 살펴보았다. 바퀴 둘레에 흙받기가 달려 있었다. 타이어엔 구멍이 났다. 나는 욕을 하며 망가진 자전거를 고치려 애썼다. 드디어 꼬인 것들을 풀어 망가진 고무와 흙받기를 가까스로 분리했다. 자전거를 들썩거리게 밀어 다리를 건넜다. 이비는 연못에서 올 때와 마찬가지로 하이 스트리트를 지나가고 있었다. 조금씩 뛰다가 걷다가 다시 조금씩 뛰다가. 갑자기 그녀는 걸음걸이를 재촉하며 속도를 냈으나 이미 너무 늦었다. 회색 종 모양 모자를 쓰고 장바구니를 든, 새처럼 생긴 조그마한 배버컴 부인이 그녀를 보았다. 부인은 뛰어서 길을 건너 이비의 팔꿈치를 잡고 놓지 않았다. 그들은 나란히 길을 걸어갔고 부인은 딸의 어깨에 온갖 잔소리를 퍼부었다. 이비가 이 상황에서 벗어나려면 순발력을 발휘해야 할 거라 생각하며 나는 매정하게도 만족감을 느꼈다. 나는 자전거를 덜컹거리며 길을 갔고 헨리를 찾기 위해 정비소의 콘크리트 길로 접어들었다. 하지만 헨리가 어디 있는지 보고 나는 다시 나오기 위해 반원을 그리며 자전거 바퀴를 굴렸다. 그는 하얀색 멜빵바지를 입고 허리에 손을 댄 채 돌리시 부인의 2인승 자동차를 보고 있었다.

"올리버 도련님!"

"헨리 아저씨, 안녕하세요. 바쁘신 줄 알았어요. 방해할 생각은 없었는데요."

헨리는 몸을 구부려 보며 뒷바퀴를 검사했다. 나는 그의 너머로 자동차를 바라보았고 내 발은 콘크리트에 들러붙었다. 차는 늪에 일이 년 동안 빠졌을지도 모른다.

"어허." 헨리가 말했다. "심하게 고장이 났어요. 정말. 다른 사람을 태워 주신 거죠? 그렇지요? 자. 이제 저건 별 쓸모가 없겠군요!"

뒤에서 쯧쯧 소리가 조용히 들려왔다. 월멋 대위가 전동 휠체어를 타고 우리 뒤에 섰다.

"헨리, 안녕하시오. 내 건전지는 준비되었소?"

"아직 한 시간쯤 걸리게 생겼습니다, 대위님." 헨리가 말했다. "이것 좀 봐요!"

그는 자동차에 다가갔다.

"잠깐." 월멋 대위가 말했다. "잠깐 다리를 펴야겠소. 올리버 군, 잠깐. 사격 팀에 대한 얘길 듣고 싶거든."

그는 휠체어에서 끙끙 소리를 내고 이를 갈면서 움직이기 시작했다.

"총검 준비!"

월멋 대위는 전쟁 부상자였다. 충분한 연금과 교통편을 제공받고, 병원에서 일정액 보수를 받으며 비서 일을 했다. 그를 매장한 포탄들은 몸 곳곳에 꺼낼 수 없게 쇠 파편들을 가득 채웠다. 그는 챈들러스 클로스에서 배버컴 중사 건너편에 살았는데, 그곳에 사는 아둔한 이들은 그가 그의 휠체어보다 훨씬 더 소음을 많이 낸다고 늘 말했다. 그는 포탄 때문에 한쪽 귀가 들리지 않았다. 귀 밖으로 탈지면이 달려 있었다. 분비물이 심하게 나왔다.

"가야 해요. 저……."

"맙소사! 가만히 있어 보게."

그는 짜증을 냈다. 휠체어에서 일어나고 있었기 때문이다. 그는 휠체어에서 일어나거나 휠체어를 탈 때마다 짜증을 냈다. 정말이지, 만약 그가 얼굴 표정을 정돈하기 전에 그의 얼굴을 보았더라면 마치 그를 일으킨 힘이 순전히 증오인 양, 야만적인 동물 같았을 것이다. 하지만 그는 대체로 젊은이들을 다 좋아했다. 아마도 자신의 젊음으로부터 어떤 유용성을 얻기도 전에 그것을 박탈당해서 그럴지도 모른다. 조국이 필요로 했던 젊은 서기였으니. 그는 우리 중등학교의 미니 사격장에서 사격을 배우는 학생들에게 무료로 봉사했다. 끊임없는 연습 끝에 우리가 총을 쏠 때 그는 조언하고 격려하며 우리 곁에 앉았다.

"이봐, 당기지 마! 네 가늠쇠가 우물 안 두레박처럼 오르락내리락하잖아! 이렇게 당겨!"

그때면 엉덩이 근육 한 덩어리가 마사지를 받으며 잠시 꼬집히는 걸 느낄 수 있었다.

"대위님, 어찌 생각하시나요?"

월멋 대위는 막대기 두 개를 짚고 앞으로 나와 자동차를 열심히 들여다보았다.

"보기로는 포화가 지나간 것 같소."

내 두 발은 콘크리트에 들러붙은 게 아니라 묻힌 것 같은 느낌이었다.

"누군가가 차를 훔쳐 타고 나간 거예요." 헨리가 말했다. "젊은 악당들. 나쁜 놈들 같으니라고." 그는 문을 열어 이리저리 안을 둘러보았다. "이것 좀 보세요!"

그는 나와서 돌아섰다. 손에 금 십자가와 줄을 쥐고 있었다.

"흠. 돌리시 부인은 평생 십자가 장신구를 한 적이 없는데요. 확실하다고요!"

월멋 대위는 헨리의 손을 향해 몸을 구부렸다.

"헨리, 확실한 건가? 어디선가 본 것 같은데……."

헨리는 십자가를 눈가에 갖다 댔다.

"I.H.S.라고 씌어 있어요. 반대쪽에도 글귀가 있어요. E.B. 아모르 빈치트 옴니아라고요. 그게 무슨 말이던가요?"

월멋 대위는 내게 돌아섰다.

"자, 올리버 군. 자네가 여기서는 석학일세."

나는 두려움 때문에 속으로 오싹했고, 창피함 때문에 밖으로는 열이 났다.

"'사랑은 모든 것을 때린다.'라는 말 같아요."

"E.B." 헨리가 말했다. "이비 배버컴이로군!"

그는 슬픈 갈색 눈으로 내 얼굴을 바라봤고 눈을 고정했다.

"어디선가 본 적이 있다는 건 알았어." 하고 월멋 대위가 말했다. "옆집에 살지. 나한테 수업을 받으러 와. 아나? 서신과 서류 정리 뭐 그런 것들. 드레스 안, 여기 사이에 그걸 걸고 있지."

"여기서 일하곤 했어요." 헨리가 내 얼굴에 여전히 눈을 고정한 채 말했다. "의사 선생님 밑에서 일하기 전에는요. 그때 잃어버린 건가 보군요."

"물론이지." 월멋 대위가 말했다. "항상 드레스 속에 차지는 않아. 구슬을 하지 않을 때는 여기 사이 바깥에 차기도 하지. 자, 이제 난 가야겠소."

그는 더 이상 건전지나 사격 팀에 대해 언급하지 않고 힘겹게 휠체어로 돌아갔다. 그는 우리를 보며 히죽 웃었고, 앉을 때는 야만적인 웃음이 번졌다. 그는 막대기 두 개를 싣고 휠체어를 돌려 쉭쉭 소리를 내며 멀어져 갔다.

헨리는 계속해서 날 쳐다봤다. 내 발밑으로부터 억제할 수 없이 홍조가 올라오기 시작했다. 내 어깨로 올라왔다가 팔 밑으로 내려가 손잡이에 얹힌 손들이 부어올랐다. 홍조는 내 얼굴과 머리에 가득 차 결국 머리카락까지 타는 듯한 느낌이었다.

"흠, 그러니까." 헨리가 드디어 말했다. "이비 배버컴이로군."

기름 범벅이 되어 화물차 엔진을 분해하던 두 청년은 대위보다 조금 덜 야만적으로 웃으며 우리를 쳐다보고 있었다. 마치 눈이 두 개가 아니라 네 개인 사람처럼. 헨리는 일하는 청년들을 지켜보았다.

"하루 종일 입 벌리고 서 있으라고 돈 주는 줄 아나? 5시 30분까지 그 밸브 다 준비해 놓으라고!"

나는 조그맣게 소리를 내뱉었다.

"원하신다면 도련님이 이걸 이비에게 돌려주세요. 제가 드릴까요?"

헨리는 다시 내게 돌아섰다. 나는 한 손을 떼어 내어 내밀었다. 그는 나를 유심히 쳐다보며 줄을 쥐고 십자가를 진자처럼 흔들었다.

"아직 운전 못 하시죠, 올리버 도련님?"

"네. 네. 못 해요."

헨리는 고개를 끄덕이며 내 손에 십자가를 떨구었다.

"우리 가게에서 드리는 선물입니다."

그는 돌아서서 자동차에 집중했다. 나는 십자가를 한 손에 꼭 쥐고, 드디어 발을 떼고, 덜컹거리는 자전거를 밀고 나왔다. 집으로 향하는 내 머릿속엔 단 한 가지 생각뿐이었다.

정말 아슬아슬했어.

자전거를 치운 후, 나는 조제실로 들어갔다. 아버지는 창가 아래에 있는 현미경을 찡그리며 보고 계셨다.

"헨리 아저씨가요." 나는 태연하게 십자가에 대해 말했다. "헨리 윌리엄스요. 배버컴 양이 그 정비소에서 일할 때 이걸 두고 왔나 봐요." 나는 십자가를 던진 후 자연스럽게 잡았다. "그녀에게 전해 주라고 했어요. 접수실에 있죠? 이리로 그럼……."

나는 짧은 복도를 지나 문을 열었다. 이비는 책상 뒤에 앉아 조그마한 둥근 거울을 통해 오른쪽 눈으로 왼쪽 눈을 관찰하려 애썼다. 그녀는 거울 안에서 눈이 아닌 나를 발견했다.

"올리! 여긴 오면 안 돼."

"자, 여기 있어. 이걸 찾지 않았니?"

로버트의 무심함을 흉내 내며, 나는 십자가를 책상 위로 가벼이 던졌다. 이비는 기뻐서 탄성을 지르며 십자가를 움켜쥐었다.

"내 십자가!"

그녀는 거울을 내려놓고 목걸이를 거느라 분주해졌다. 그녀의 얼굴은 엄숙해졌고, 그녀는 머리를 숙였다. 뭐라고 중얼거리며 가슴 위에서 재빠르게 뭔가 손동작을 했다. 우리 지방에는 국교도와 비국교도 그리고 그 외 복잡다단한 무신론자가 있지만 그런 동작은 처음 보았다. 그녀는 나를 쳐다보고 한쪽 눈을 깜박거리며 갑자기 입을 열고 웃었다. 그녀는 기뻐하며 뭔가 나를 비난하는 듯 속삭였다.

"올리! 깜찍하게 속였구나!"

"무슨 말이야?"

그녀는 2.5센티미터나 5센티미터 정도 의자를 뒤로 밀고 날 올려다보며 책상 끝을 쥐고 앉았다. 처음 보는 듯 그녀는 나를 관찰했다.

"이비. 그러니까…… 우리 언제……."

"그걸 밝힐 수는 없지, 안 그래?"

의심의 여지가 없었다. 나무에서 제일 잘 익은 사과인 이비 배버컴이 나를 확실히 인정하고 존경하는 눈으로 바라보았던 것이다!

의사 선생님 집 깊은 구석으로부터 소리가 울려 퍼져 나왔다.

"배버컴 양!"

그녀는 벌떡 일어나 머리카락을 매만지며 병원 문 안으로 들어갔다. 잠시 서서 나를 돌아보았다. 깔깔 웃었다.

"내내 너한테 있었지!"

나는 격분한 마음을 안고 조제실로 나왔다. 아버지는 아직도 굵은 손가락을 미세하게 움직이며 슬라이드를 조정하고 있었다. 나는 어찌해야 할지 생각하며 집으로 들어갔다. 배버컴 중사가 체벌이나 기타 방법을 통해 그녀에게 이야기의 진상을 듣게 된다면, 그는 이비만큼 상상 속 나의 역할을 존경하지 않을지도 몰랐다. 비상사태였다. 이비가 귀가하기 전에 그녀를 만나야만 했다. 하지만 조제실로 들어가기 위한 핑계가 떠오르지 않았다. 한편, 내 침실 창가에 비스듬히 서 있으면 광장 밑과 옆집인 이완가 계단을 내려다볼 수 있었다. 그녀가 나타나자마자 나는 다시 충계를 내려가 우리 집 정원으로 갈 수 있었다. 어머니가 부엌이나 개수대에 있다면 어렵지 않게 핑곗거리를 만들어 낼 수 있었다.("자전거 좀 보러 갔다 올게요.") 정원에서는 속도를 내서 정원 담장을 재빨리 뛰어넘어 챈들러스 레인으로 들어가 이완가 정원 아래쪽과 교구 목사 집 정원 그리고 챈들러스 클로스로 접어드는 길이 있는 집 세 채를 힘차게 지나 교구 목사 집과 교회 마당 사이로 돌아올 수 있었다. 그렇게 해서 나는 반대쪽에서 광장에 들어설 것이고 그녀를 우연히 만날 수 있을 것이다. 그래서 나는 내 자리로 가서 무명 커튼 가까이에 서 있었다. 오랜 기다림이었지만, 어떠한 위험도 감수할 수 없었다. 그녀가 오리라 예상했던 때에 반대 방향에서 창가 아래로 다가오는 군인의 무거운 발걸음 소리가 들려왔다. 배버컴 중사는 시청 쪽에서 오고 있었다. 평상시와 달리 그는 '워트휘슬 워트휘슬 앤드 워트휘슬 변호사 사무실'을 거쳐 돌리시 부인 집 창 등을 지나는 길목으로 오지 않았다. 우리 집 정문으로 곧장 이어지는 이쪽 길로 오고 있었다. 내가 즉시 공포에 빠진 것은 지난 이십사 시간 동안의 내 행동 때문이 아니었다. 내 의도 때문이었다. 삼각 모자의 돌출된 모서리 아래에 비친 그의 모습에는 부모들이 응당 품는 적대심이 과다하게 표출되어 난 정신이 혼미해졌다. 그의 둔중한 주먹은 걸을 때마다 흔들렸고, 신발에 달린 쇠 단추 때문에 자갈길에 불꽃이 튀었다. 그러자 마치 그녀 역시 창가에서 보고 있었다는 듯이 이비가 이완가 문 아래 계단으로 경쾌하게 내려왔다. 그녀는 턱에 흰색 실크 스카프를 매고 있었다. 물론 스타킹을 신고 있었다. 그녀는 손을 어깨높이로 올리고 장딴지를 바깥쪽으로 움직이고 엉덩이를 미세하게 돌리며 미소 짓고 있었다. 경쾌한 발걸음으로 배버컴 중사에게 다가가 거의 수직으로 그를 쳐다보며 웃고 있었다.

"아빠! 여기 좀 보세요! 병원 화장실에 이게 있었지 뭐예요! 참 바보 같지요?"

그는 똑바로 행진했다. 그녀는 그로부터 비켜서 함께 가려고 돌아섰다. 보폭이 큰 배버컴은 그녀가 내디딜 수 있는 걸음보다 훨씬 더 빨리 가고 있었고, 그녀는 다시 유쾌한 웃음을 쏟으며 빠른 걸음걸이로 가야 했다. 이비는 자세가 잡힌 후 그에게 몸을 기울이면서 손을 잡으려 했다. 머리를 한쪽으로 기울이고 실크 스카프가 그의 어깨에 닿도록 몸을 쭉 뻗어야 했다. 그녀는 한 발자국 앞으로 가곤 했고, 그의 손을 잡으려고 다시 속도를 냈다. 드디어 그녀는 손을 잡았다. 손은 더 이상 흔들거리지 않았다. 중사는 행진 속도를 늦추지 않았고 그의 손가락은 손바닥에서부터 그녀의 손목으로 올라갔다. 그 이후 그녀는 더 이상 경쾌하게 걷지 않았다. 단지 빠른 잔걸음으로 계속해서 움직여 뒤처지지 않았을 뿐이다. 그럴 수밖에 없었다.

나는 아래층으로 내려가 정원으로 나갔고 바지 주머니에 손을 넣은 채 걸으며 작은 마당을 돌았다. 이비의 단정한 여성스러움에 대한 내 욕정과 그녀의 충혈된 아버지에 대한 두려움 사이에는 그보다 덜 급한 일들이 잔뜩 쌓여 있었다. 헨리가 어디선가 말을 흘릴 수 있었다. 비록 나는 단순하고 무의식적으로 헨리를 믿었지만. 윌멋 대위가 말을 흘릴 수 있었다. 로버트. 분노가 가시자 그가 걱정되기 시작했다. 로버트가 많이 다쳤을 수도 있다. 내 왼쪽 귀는 아직도 따뜻했고 이비만큼은 아니지만 오른쪽 눈도 쑤셨다. 눈에서 쉬이 눈물이 났다. 또한 이모젠도 문제였다. 나는 풀밭에 멈춰 서서 참제비고깔 한 다발을 더듬거리는 때늦은 벌 한 마리를 쳐다보았다. 내가 신기하게도 이모젠 생각을 수 시간 동안 하지 않았다는 사실을 깨달았다. 그녀는 내 마음속으로 돌아와 평소처럼 내 심장을 짓눌렀지만, 이번에는 내가 잘 알 수 없는 방식으로 그랬다. 그녀는 나로 하여금 절박하고 불가피하게 이비를 추구하도록 했다. 이모젠을 생각만 해도 나는 절망에 이르렀다. 그건(심지어 그때에도 그것이 얼마나 어리석은 일인지 느꼈다.) 마치 그녀가 약혼했기 때문에 내가 그녀 그리고 그와 일종의 경쟁을 할 수밖에 없는 것과 같았다. 나는 다시 왔다 갔다 하기 시작했다. 나는 당밀에 갇힌 파리가 된 것 같았다.

다음 날 아침 면도할 때 로버트가 크랜웰으로 떠나기 전 펀칭볼과 고별전을 하러 정원에 걸어 들어오는 것을 보았다. 그를 보고 민망한 마음이 들었다. 우리의 시합은 모든 소년 문학에 늘 나오는, 로버트 같은 소년과 나 같은 소년 사이의 전형적인 싸움이었다. 그는 단정하고 팔다리도 늘씬했다. 그의 왼손 펀치는 올곧았다. 나는 힘이 세고 다부졌으며 어설펐다. 사실 둔하기 짝이 없는 천치였다. 그럼에도 나는 승리했다. 게다가 나 같은 천치가 이기리라 기대할 수 있는 방법, 사실 이길 수 있는 유일한 방법으로 이겼다. 반칙 말이다. 내 무릎을 그의 바짓가랑이에 넣었던 것이다. 사고였다고 스스로에게 말하는 것은 소용없는 일이었다. 그가 무력하게 꼬꾸라지고 난 후 주먹으로 그를 치기 전에 나는 즉각 음험한 악의, 잔인한 기쁨 그리고 순전한 의도를 느꼈다. 더한 당밀이었다. 저기 저 아래 그가 있었다. 움직임 없는 공 주위를 선수처럼 유연한 동작으로 맴돌면서. 정강이와 코에 반창고를 붙인 게 보였다. 계산적이고 순수하지 않으며 억양이 다르고 운전을 할 수 없는 나는 여기 있었다. 그가 운동을 끝내고 집으로 향하려는 것을 보고 나는 반쯤 면도한 얼굴을 창밖으로 내밀어 그에게 면도 칼을 흔들었다.

"안녕, 로버트! 오늘 떠나는 거야? 행운을 빌어!"

로버트는 단칼에 날 외면했다. 반창고를 붙인, 웰링턴 공작을 닮은 옆얼굴을 들고 집으로 쭉 들어갔다. 나는 웃지 않았다. 굴욕적이고 창피했다.

내가 아무리 계획을 짜고 서성거려도 우리의 공통된 친구인 배버컴 양을 만나는 일 역시 쉽지 않았다. 그녀는 고리에 걸린 채, 자물쇠로 잠겨 갇혀 있었다. 배버컴 중사는 매일 그녀를 직장에 출근시켰고, 서서 문 사이로 그녀를 감시했으며, 그러고 나서 시청 의자들을 내놓으러 갔다. 아니면 그것들을 다 모아서 정리해 놓거나 공중화장실 자물쇠에 있는 동전들을 수거했다. 그것도 아니면 국기를 게양하든가 동네 곳곳 역에서 놋쇠 종을 울리든가 교구 목사 집 정원에서 열리는 축제

나 남성노동자협회에서 벌어지는 휘스트[6) 잔치를 선언하거나. 배버컴 부인이 주로 이비를 데리러 왔다. 거의 아무도 응대하지 않았음에도 일상에서 배버컴 부인은 누구도 제어할 수 없는 사교적 관심과 상냥함을 보이고 다녔다. 배버컴 부인은 이비처럼 체구가 작고 단정한 여인이었다. 하지만 이미 쭈글쭈글했다. 그녀는 머리를 들어 웃고 이 사람 저 사람을 향하면서 재빠르게 움직였다. 때로는 머리를 기울이며 하이 스트리트 바로 맞은편을 향해, 그녀가 속한 사회적 영역과 전혀 상관없는 사람에게 깍듯이 옆으로 몸을 숙였다. 당연히 그 누구도 이러한 인사를 아는 척하거나 언급조차 하지 않았다. 배버컴 부인이 제정신이 아닌지 아니면 본인에게 그렇게 인사할 권한이 있다고 생각하는지 아니면 그녀가 마을 정리의 부인과 마을 경찰청장의 부인이 친하게 지내도 되는 이상한 나라 출신인지 아무도 알 수 없었기 때문이다. 첫 번째 추측이 더 설득력 있었다. 말하자면 그녀가 국제 상점 계산대에서 참새처럼 쨋쨋거리다가 누가 봐도 그녀의 존재를 인식하지 못한 해밀턴스마이스 귀부인을 향해 예를 갖춰 미소 짓는(목이 살짝 왼쪽으로 굽어 왼쪽 어깨에 놓인 채로) 모습을 볼 수 있었다. 그녀는 우리 동네의 유일한 구교 신자였다. 배버컴 부인 말이다. 이비를 제외한다면 그랬다. 다른 특이한 점들과 종합해 볼 때 그녀는 눈에 띄었고 견디기 힘든 존재였다. 그녀는 챈들러스 클로스의 서민들과 교류하기를 거부했고 아무도 그녀에게

---

6) whist. 카드 게임의 하나.

말을 걸지 않았기 때문에, 그녀가 쓸데없이 미소와 인사를 고집하는 것은 기이해 보였다. 하지만 십자가 사건 이후 며칠간은 미소와 예의가 사라졌다. 배버컴 중사는 이비를 소포처럼 배달하고 자그마한 배버컴 부인은 쭈글쭈글하고 심각한 표정으로 그녀를 데리러 왔다.

일주일 후, 이비는 두통을 호소하며 조제실로 왔고 아버지는 뭔가를 처방해 주셨다. 그날 저녁 배버컴 부인은 이완가 계단에 와서 딸과 함께 오랜 친구들처럼 웃고 떠들며 떠났다. 놀라운 변화였고 이는 계속되었다. 이비는 약간의 고행을 끝내고 구속에서 벗어났다. 며칠이 지난 저녁(아마도 9시쯤이었을 것이다.) 이비는 광장 건너편에서 혼자 걷고 있었다. 여름용 면 드레스를 입고, 스타킹 없이 흰색 양말과 샌들을 신고 있었다. 그녀는 잔잔한 미소로 저녁 공기에 마력을 더하며 윤기 나는 머리와 이제 다 나아 반짝거리는 두 눈으로 숨 쉬기 힘든 듯 입술이 들린 채 흐르는 것처럼 걸어왔다. 그녀의 다리만 무릎 아래로 움직이고 있었다. 개똥벌레처럼 신비한 그녀는 마치 눈에 보이는 빛처럼 욕망을 부추기는 빛을 발했다. 우리 집 건너편에 있는 돌리시 부인 집 창 가까이에 오자 그녀의 걸음걸이가 거의 멈춘 듯 느려졌다. 그 거리에서도 검정 페인트 붓이 미친 듯 흔들리고 눈이 번쩍이며 내가 있는 방향으로 돌아가는 모습이 보이는 건 내 상상력의 소산이 아니었다. 마치 주인님의 명령을 따르듯 나는 집 밖으로 몰래 나갔다.

이비는 하이 스트리트 아래 시청을 지나고 있었다. 경찰과 영화관 매표소 여자 직원을 제외한다면 사람이 거의 없이 한

적했다. 나는 금기 사항에 대해 예를 갖추며 50미터 정도 거리를 두고 그녀 뒤를 따랐다. 그녀는 나와 같은 사회적 의식이 없는 사람처럼 달팽이 속도로 움직였기 때문에 쉽지 않았다. 사실 나는 적당한 거리를 유지하기 위해 마구상과 담배 가게의 진열창 그리고 유혹이 덜한 바느질 가게를 관찰할 수밖에 없었다. 그녀는 올드 브리지에 다다랐을 때 멈춰 섰다. 사회의 예의범절과 성적 매력 사이 갈등에서 어느 쪽이 승리할지는 늘 분명했던 것 같다. 게다가 해가 지고 밤이 오고 있었으며 이미 어둠이 다리 아치 아래 자리 잡았다. 그 위로는 약간 어스름했다. 이비는 언덕 꼭대기에 있는 돌에 엉덩이를 기대고 안착했다. 해가 진 곳을 바라보고 있었다. 나는 그녀에게 다가갔다. 우리는 서로를 보고 놀랐다.

"이비, 눈은 좀 어때?"

"응, 괜찮아. 너는 좀 어때?"

나는 내가 다친 것을 잊었다. 나는 손으로 오른쪽 눈 움푹한 곳을 눌렀다.

"괜찮은 것 같아."

"보비에게 소식 들은 거 있니?"

너무 놀라서 나는 순간 답하지 않았다.

"아니. 내가 들을 일이 있겠니?"

이비는 잠시 동안 답하지 않았다. 그녀는 머리를 뒤로 젖히고 눈가로 미소 지었다.

"넌 시간이 많은가 보다, 올리."

"학교에 안 가니까."

그녀에게서 눈을 떼기가 힘들었다. 왜냐면 그녀는 고유한 빛뿐 아니라 꽃향기 그리고 자수를 놓은 아름다운 것들이 풍기는 향기를 내뿜었고 남자보다 한 옥타브 높은 목소리로 웃었기 때문이다. 그럼에도 나는 가까스로 곁눈질을 했고 그때 나트륨등들이 어스름한 곳을 뚫고 광장을 향해 하이 스트리트 위까지 부르르 떨며 켜졌다. 우리의 모습이 드러났다.

"좀 걷자."

"어디로?"

"언덕 위로 산책할 수 있어."

"아빠는 내가 숲에 가는 걸 싫어하실 거야. 특히 어둑할 때."

진흙에 깊이 빠진 바지 한 벌이 스스로를 말리러 덤불 위로 올라가는 상상이 뇌리를 스쳤다.

"하지만……."

당황스럽고 화가 났다. 그녀는 보호받았고 밋밋했으며 안정적이었다. 한쪽 눈에 사그라지는 빛이, 다른 한쪽 눈에는 나트륨등이 번득였다.

"이봐, 이비. 강가에서 걸어다닐 수 있잖아."

머리카락이 날린 후 가라앉도록 그녀는 머리를 흔들었다.

"아빠가 안 된다고 하셨어."

나는 생각하지 않고서도 왜 그런지 알았다. 저 길은 들판을 지나 경주마 마구간이 있는 호튼에 이르렀다. 배버컴 중사는 아마도 덤불마다 마구간의 호색한들이 숨어 있을 거라고 상상했을 것이다. 그리고 그가 맞았을 수도 있다.

"그럼, 필리콕을 돌아 저쪽 강가로 가도 돼."

이비는 입을 다물고 신비스러운 미소를 띠며 다시 머리를 흔들었다.

"왜 안 되는데?"

답이 없었다. 단지 반짝임과 미소 그리고 머리를 젓는 동작 뿐. 머리카락이 날릴 때마다, 향기 나는 새로운 암시의 구름을 내보내는 것 같았다. 나는 도대체 그녀가 무슨 연유로 저쪽까지 지리적으로 접근이 금지되었다고 하는지 헷갈렸다. 저쪽에서 가장 눈에 띄는 것은 기숙학교들이었다. 우리로부터 들판 약 여섯 개 건너에 있었는데, 매우 조용한 곳이었다. 배버컴 중사에게는 그에 대해서도 무슨 생각이 있었던 것일까? "얘야, 저 젊은 대학 도련님들과 어울리다가 나한테 걸리면 안 된다. 다 악마들이야. 알겠니?" 무슨 이유 때문이었건, 온 사방이 시골 풍경이었다. 남쪽으로는 관능적인 숲, 서쪽으로는 경주마 마구간, 동쪽으로는 대학, 북쪽으로는 황량한 초원의 절벽. 그리고 우리는 올드 브리지 꼭대기에 모두가 보도록 서 있었다.

그렇게 고립된 가운데 이비는 행복해 보였고 중간중간 머리를 끄덕이며 콧노래를 부르기 시작했다.

"부파둡, 부파둡!"

머리에서 피가 솟아올랐다. 뭐라고 했는지 기억이 나진 않지만 나는 뭔가 말했다. 내겐 몽둥이나 돌도끼가 필요했다. 이비는 놀라면서 날 쳐다보았다.

"이거 싫어?"

"뭐?"

"라디오에 나오는 거. 사보이 오피언스.[7] 난 매일 밤 들어."

솟아오르는 피가 머리끝부터 발끝까지 분노로 변했다.

"싫어! 싫다고! 싸구려. 저질."

이내 우리는 침묵했다. 내 안의 분노는 가라앉았고 대신 계속 몸이 떨렸다. 이비가 마침내 입을 열었을 때 그녀 목소리는 매우 차갑고 오만했다.

"그래. 미안해. 정말이야!"

일에 진전이 없다는 건 확실했다. 다음에 무엇을 해야 할지 내가 고민하는 동안 이비는 나를 보고 환하게 웃었다.

"올리, 네가 어제 연주하던 곡, 그거 좋더라. 그거 있잖아, 피아노로 치던 거."

"쇼팽 연습곡 12번, 작품 번호 25."

"피아노 소리가 정말 크더라!"

"그래? 잘 모르겠는데……."

나는 잠시 생각에 젖었다. 내가 「열정」[8]의 16분음표나 내림라장조 폴로네즈[9]의 왼손 옥타브를 연습할 때, 아버지는 조제실 문이 열려 있으면 조심스레 닫곤 하셨다. 음악적 재능이 있는 아버지는 특별히 세심함을 요하는 일을 할 때는 음악에 방

---

7) Savoy Orpheans. 1920년대 유명한 대중음악 그룹.

8) 베토벤 피아노 소나타 23번, 작품 번호 57로, '아파시오나타(Appassionata)' 라고도 불린다.

9) 쇼팽이 작곡한 폴로네즈 중 내림라장조 곡이 여럿 있지만, 여기서 말하는 곡은 특히 가장 유명한 작품 번호 53으로 추정된다.

해받지 않으려 했던 것이다.

"우리 집을 지나다니는 줄 몰랐어, 이비!"

"접수실에 있었지, 이 바보!"

나는 조금 놀랐다. 왜냐면 통로인 거실 문과 또 다른 통로 인, 조제실로 이어지는 문 그리고 문 또 하나가 접수실과 오래된 우리 집 피아노 사이에 있었기 때문이다. 내 피아노 소리가 정말 큰가 생각했다.

"그냥 연습하는 거야. 재미로 쳐."

"아침 근무 후 나갈 때 네가 치고 있었어. 저녁 근무를 하러 돌아왔을 때도 또 치고 있었어! 넌 음악을 정말 좋아하나 보다, 올리. 얼마나 오래 쳤어?"

"좋아해. 종일 쳤어."

"근사하다. 날 위해 언젠가 연주해 줘. 이완 선생님도 좋아하셔."

"정말이야?"

"어제 미니버 부인이 나간 후 접수실로 들어오셔서 그게 네가 아직 연주하는 소리냐고 하셨어."

"또 다른 말씀은 안 하셨어?"

"별다른 건 없었어. 네가 옥스퍼드에 가서 얼마나 기쁜지 말씀하셨어."

나는 깊은 충만감을 느꼈다. 이완 선생님도 음악을 좋아하는 줄 몰랐다. 내가 쇼팽 곡을 배우려고 했던 것은 격정적인 폭풍처럼 쏟아지는 음들로 구성된 분절 코드들이 이모젠 그 랜틀리에 대한 절망적이고 입이 타는 열정을 너무 정확하게 표현하고 억누르는 것 같았기 때문이다. 하지만 매우 난해한 곡이었고 나는 거기에 집착했다. 나는 설명했다. "음이 하나 있어. 솔인데 이 손가락으로 지나가면서 쳐야 해. 봐."

나는 집게손가락을 그녀 얼굴 가까이에 가져다 댔다. 그녀는 두 손으로 내 손가락을 잡아당기며 살펴보았다.

"아야! 조심해! 좀 아파."

큰 소리로 웃으며 이비는 당기고 또 당겼다. 어색함이 즉시 녹아 없어졌다. 우리는 어스름한 나트륨등 아래서 소리를 지르고 깔깔대며 몸싸움을 했다. 어찌어찌하다 보니 나도 모르게 나는 추격당하는 자에서 추격하는 자로 변했고 이비는 도망가려 애쓰고 있었다.

"안 돼! 안 돼, 올리! 그러면 안 돼."

그녀는 내 가슴에 꽉 붙은 채로 가까이에 있었다. 더 이상 저항하지 않았다.

"이러면 안 돼. 누가 볼지도 몰라."

나는 다리 꼭대기에서 그녀의 손목을 잡아끌고 반은 바다고 반은 육지인 부두가 있는 곳으로 데리고 갔다. 나트륨등은 보이지 않았다. 그녀는 웃기를 멈췄고 나는 다시 떨기 시작했다. 유일한 빛은 이비로부터 나왔다. 그녀의 세 자두는 부두를 뒤로한 나의 가까이에 있었다. 이번에는 자두들을 가로지르는 머리칼도 없었고, 가랑비도 없었으며, 신비스러운 향수가 계속해서 향을 발산하며 나를 미치게 했다. 나는 온몸이 불타오르고 욕정이 일어 그녀에게 몸을 바짝 붙였다. 내가 원하는 만큼 키스를 얻었다. 내가 원하는 것보다 더 많이 키스를 얻었다. 다른 것들은 얻지 못했다.

교회당 시계가 종을 쳤다. 이비는 간절하고 가여운 애원까지 동원해서 공격으로부터 자신을 보호할 만큼의 기력만 겨우 있는 소녀에서 석탄을 나르고 나무를 벨 수 있는 사람으로 변신했다. 머리가 아직 어지러웠기 때문에 나는 변화할 준비가되지 않았지만, 그녀는 두 팔로 날 둑 한가운데까지 밀어냈다.

"자! 그리고 엄마가 그러셨어……."

그녀는 도로 위로 황급히 올라갔다. 나는 땅속 흙덩어리를 밀면서 서둘러 그녀를 쫓아갔다.

"이비, 내일 밤 여기에 오자. 아니면 우리 산책하러 가거나 그런 건 어때?"

그녀는 나트륨등 아래에서 평상시 발걸음을 되찾았다.

"네가 날 만나러 오는 건 막을 수 없잖아, 그렇지? 자유 국가인데."

"그럼 내일……."

"네가 원한다면."

그녀는 하이 스트리트로 올라갔다. 정신이 돌아왔을 때 나는 사람들과 주위 풍경을 의식하게 되었다. 길 중간쯤에 있는 가게 위층에(사실 방이 여러 개였다.) 선생님 한 분이 살고 계셨다. 시청에서부터는 부모님이 통제하는 구역이 시작되었다. 시청 너머에 우리 광장이 있었고 그곳에서 부모님이 날 찾고 계실지도 몰랐다. 내 발걸음이 더뎌지기 시작했다. 이비가 앞으로 가는 속도가 느려졌다. 막다른 골목이었다. 그리고 그녀와 함께 있다는 걸 들키지 않을 길은 단 한 가지뿐이었다.

"그럼." 나는 멈추며 말했다. "그럼, 내일 봐."

이비는 어깨 너머로 쳐다보았다.

"집에 안 가?"

"누구? 나? 난 어차피 산책하러 가는 길이었어."

이비는 옆으로 미소를 지어 보였다.

"그럼, 안녕."

나는 재빨리 다리 위로 올라가 쭈그리고 앉아 편한 각도로 몰래 뒤를 돌아다보았다. 그녀의 드레스와 양말이 길가로 올라가 시청과 돌리시 부인 집 창 사이로 사라지는 것을 보았다. 나는 옆 골목을 통해 집으로 걸어갔고 북서쪽에서 광장으로 들어갔다. 하지만 우리 집은 어두웠고 부모님은 주무시고 계셨다. 자기 전에 피아노를 조금 칠 요량으로 그 곡을 연습했다. 이제는 곡 안에 이모젠뿐 아니라 이비까지 있었고 모든 차원에서 격정적인 좌절이 느껴졌다.

어머니는 문 옆으로 머리를 내밀고 사랑스럽다는 듯 미소를 지으며 나를 쳐다보았다.

"올리버. 좀 늦었잖니."

다음 날 마치 뼈끝을 다친 것처럼 오른쪽 집게손가락이 아팠다. 그래서 나는 유감스럽게도 하루 동안 피아노를 포기하고 대신 산책을 나갔다. 점심으로 샌드위치를 먹으면서 저녁 때까지 몹시 길게 산책했다. 내가 이비에게 구애하기까지는 시간이 얼마 남지 않았고, 그동안 나는 수중에 있는 얼마 안 되는 기본적인 것들로 나 자신을 최대한 매력적으로 꾸몄다.

로버트의 옆얼굴과 7.5센티미터 큰 키 그리고 오토바이에 대해서는 아무것도 할 수 없었다. 하지만 나는 '5시의 그늘'[10]이라고 불리는 것의 자취를 없앴을 수 있었고, 머릿기름으로 이비의 향수와 경쟁할 수 있었다. 나는 내가 잘생겼다고 믿도록 스스로를 속이지는 않았으나, 여자들이 외모에는 상대적으로 무심하다고 들었다. 그러길 바랐다. 왜냐하면 유감스럽게도 거울 속 내 모습을 살펴보면서 나 자신도 사랑에 빠질 만한 얼굴이 아니라고 결론을 내렸기 때문이다. 섬세한 구석이 전혀 없는 얼굴이었다. 자신감 있게 나 자신을 향해 웃어 보았지만, 결국에 나는 매스꺼워지며 얼굴을 찡그리고 말았다.

"오늘은 우유를 얼마나 드릴까요, 부인? 고맙습니다, 부인. 예, 부인. 아니요, 부인. 고맙습니다, 부인. 좋은 하루 보내세요, 부인."

나는 자신에게 혀를 내밀었다.

"미이이이이."

의심의 여지가 없었다. 티 안 나게 외교적이고 기만적으로 행동하기. 즉, 한마디로 영리해야만 했다. 그렇지 않으면 나는 곤봉을 동원하지 않는 한 여자를 가질 수 없었다. 이비는 여자였다. 그야말로 여자였다. 그녀가 둑으로 날 밀어낼 때 폭력을 썼던 것, 내가 몇 번 더듬거리자 말렸던 것을 기억했다. 애원하듯 내 손을 옆으로 부드럽게 치운 것을 기억했다. 곤봉을 가지고 진도를 나갈 수 있을지도 의문이었다. 하지만 흔적 없이

---

10) 하루 동안 얼굴에 자라는 까칠한 수염.

사라진 바지는 명백한 증거였다.

이비는 접근 가능했다.

"미이이이이!"

그녀는 이번에는 우리 집을 쳐다보지 않고 광장 남쪽을 지나갔는데 경험에 비추어 보건대 조금 기다리는 것이 상책이란 걸 나는 알았다. 그래서 내가 다가갔을 때 그녀는 이미 다리 갓돌에 앉아 있었다. 나는 어떠한 행동 개시에 대해서도 의문을 품었으며 내게는 훌륭한 전략도 없었다. 나는 그녀가 나와 함께 붉은등때까치나 뭐 그런 것들을 볼 마음이 들도록 조류 관찰에 관심을 표현하려고 했다. 하지만 사실 나는 헛간올빼미와 종달새의 차이를 몰랐고 새소리에 대해서는 완전히 무지했다. 야생화나 고대 성곽들을 찾거나, 희귀한 미네랄을 찾아 땅을 파는 것. 아니었다. 아무것도 생각해 낼 수 없었다. 그리고 어쨌건 이비는 자기 부모님의 금지령을 일종의 공지처럼 내세우면 되었다. 나의 행동반경은 다리에, 혹은 다리와 챈들러스 클로스 사이 불가능한 길에 국한되어 있었다. 실제로 내가 한 일은 그녀 앞에서 발로 댄스 스텝을 약간 밟으며 허리선에 맞춰 지팡이를 들고 서 있는 것이었다.

"이비, 안녕!"

이비는 머리를 한쪽으로 기울이고 나를 향해 미소 지었다.

"오래 걸렸네."

"바빴어."

"니가?"

그런 암시가 불쾌했다.

"회복하고 있어. 얼마나 열심히 일했는데."

"피아노가 일 아니야?"

"당연히 아니지."

그녀는 아무 말도 하지 않았지만 계속해서 미소를 지었다. 나는 그녀가 말한 피아노가 뭔지 막연하게 궁금했다. 하지만 내가 생각하는 동안 이비는 콧노래를 부르기 시작했다. 늘 그러하듯 음은 내 관심을 끌었고 나는 거기 몰두해 기억을 더듬었다.

"다울런드!"[11]

아름다운 얼굴이 환해지며 이비는 크게 웃었다. 그녀는 노래하기 시작했다.

"그리고 날마다 눈물 흘리며

양들을 지키며

언덕의 풀을 뜯는, 풀을 뜯는, 풀을 뜯는!"

"너 목소리 너무 좋다! 노래를 해 보면……."

"옛날에 성악 수업을 받았어."

"돌리시 부인? 바운스한테?"

그녀는 웃으며 고개를 끄덕거렸다.

"라, 라, 라, 라, 라, 라, 라, 라!"

그러고 나서 우리는 칙칙한 선생님들과 지겨운 수업을 생각하며 나트륨등 아래에서 함께 웃었다.

"라, 라, 라, 라, 라, 라, 라, 라아아!"

---

11) John Dowland. 16~17세기 영국 작곡가, 류트 연주자.

"노래를 좀 더 자주 하지그래?"

"다울런드 아니고 다른 사람이야, 알겠니? 똑똑아!"

"이비, 앞으로 노래를 계속해 보는 게 어때?"

"누군가가 반주를 해 주면."

"피아노 없니?"

그녀는 그렇다는 뜻으로 고개를 흔들었다. 나는 그녀의 고개 뒤로 강을 쳐다보았지만 대신 챈들러스 클로스의 그림이 즉각 떠올랐다. 배버컴 중사의 집은 월멋 대위 집 입구 건너편에 있었다. 두 집이 나머지 집들보다 뚜렷하게 우월했다. 그 너머로는 집들이 점점 더 작아지고 초라해지고 더러워지고 퇴락해서 폐허가 된 공장까지 이르렀다. 아이들은 진흙탕 길에서 뒹굴고 싸웠다. 남자아이들은 '가난한 소년'의 운동복을 입었다. 아버지의 바지를 잘라 입었는데, 버려진 셔츠가 밑으로 튀어나왔다. 대부분 맨발이었다. 나는 거기가 신문에서 빈민가라고 부르는 곳임을 갑자기 깨달았다. 배버컴 중사네에 피아노가 없다면 다른 집에도 확실히 없을 것이다.

"월멋 대위는 어때? 그는……."

그녀는 다시 머리를 흔들었다.

"대위님 집엔 전축과 라디오가 있어. 내가 어렸을 때 음악 들으러 오라고 하곤 했어."

"친절하셨네."

"레모네이드 한 잔과 빵. 다 클래식 음악이었어. 그리고 타자기가 있어."

우리는 잠시 침묵했다.

"그래서 노래를 계속 못 했어." 이비가 드디어 말했다. "그리고 타자 치는 거 배우고……."

나는 이해했다. 엄숙하게 고개를 끄덕였다. 안타까운 일이었다.

"넌 오늘은 피아노 안 쳤지, 올리?"

나는 웃으며 다친 손가락을 보여 줬다. 그녀는 흰색 손가락으로 내 손가락을 들어 그 끝을 관찰했다. 그리고 마치 거푸집이나 틀에서 복제된 것처럼 반복되는 일들. 깔깔대는 웃음, 추격당하는 자에서 추격하는 자로의 변신, 어두운 부두로의 이동, 얼굴을 맞대고 반쯤 항복, 부인, 동의, 부인, 키스와 싸움, 향기, 자두 세 개와 빛나는 피부, 떨림…….

"나 안 좋아하니?"

"물론 좋아해. 안 돼, 올리. 그러면 안 돼."

"그럼 제발……."

"안 돼. 그건 나빠!"

나는 그게 나쁘다는 건 알았고 받아들였다. 그리고 나한테는 나쁜 게 아무 상관 없다는 것도 알았다.

"놔두고 가, 올리. 놔두고 가!"

나는 다시 둑에 내려가 있었다. 이번에는 발 하나가 강으로 들어갔다. 나는 서둘러 다시 일어났지만 이비는 하늘을 보고 있었다.

"들어 봐!"

별들 사이에서 희미하게 윙윙 소리가 들려왔다. 그녀는 다리까지 재빨리 올라가 가만히 섰다. 마치 이국적인 별이 떠돌아다니듯 빨간색 불빛이 북두칠성 아래에서 움직이고 있었다.

"머리 바로 위로 날아갈 것 같아."

"영국 공군."

빨간색 불빛 옆에 초록색 빛이 나타났다.

"보비인가?"

"보비?"

이비는 입을 벌리고 머리를 점점 더 뒤로 젖히며 아직도 위를 쳐다보고 있었다. 비행기는 빛 사이에서 어두운 형체가 되었다.

"보비가 그랬어. 최대한 빨리 이곳으로 날아오겠다고. 스틸 본 위로 갑자기 나타나겠다고 했어. 착륙할 곳을 찾으면 와서 날 태우겠다고⋯⋯."

"그랬겠지!"

"저기 봐! 저기. 아니, 아니다."

그녀는 비행기가 지나가자 발뒤꿈치를 딛고 돌았다. 그리고 그림자가 숲의 나무들 뒤로 가라앉기까지 조금씩 고개를 내렸다.

"아직은 못 하게 할 거야. 아직 그곳에 간 지 일주일 정도밖에 안 됐어."

그녀는 발을 쾅 하고 굴렀다.

"남자들은 좋겠어!"

"옥스퍼드에 가면 비행술을 배울 거야, 아마도. 생각해 본 적 있어."

그녀는 나를 향해 재빨리 돌아섰다.

"나도 정말 비행술을 배우고 싶어! 그리고 춤도 추고 싶고. 물론 노래도 하고 싶고, 여행도, 전부 다 하고 싶어!"

나는 이비가 모든 것을 하는 모습을 생각하며 웃었다. 그러다가 바지, 그리고 그녀가 내게 해 주었으면 하는 한 가지, 아니, 나에게 허락할 한 가지를 생각하며 웃음을 멈췄다.

"다시 내려가자."

이비는 고래를 저었다.

"나 집에 갈래."

그녀는 다시 나트륨등 아치 사이를 향해 흐르는 듯 걷기 시작했다. 나는 크랜웰, 특히 최근 입학생들을 욕하며 따라갔다. 차례로 등을 지나가면서 나는 주위에 점점 더 신경 써야 할 게 많아져 걸음을 늦췄다. 이비도 천천히 갔다.

"그럼 안녕, 이비. 내일 봐."

이비는 어깨 너머로 반짝이는 미소를 지으며 갔다. 뒤를 쳐다보며 어깨에 왼손을 올려 나를 향해 손가락을 흔들었다. 나는 영화관 밖에 있는 더글러스 페어뱅크스[12] 포스터를 유심히 살펴봤다. 그녀가 광장으로 사라졌을 때 나는 시청 건너편에서 서성거리며 광장이 안전하다는 확신이 들 때까지 그곳을 떠나지 않다가 집으로 향했다.

내가 도착했을 때 어머니는 바지를 꿰매고 계셨다. 내가 앉자 날 쳐다보는 어머니의 안경이 번쩍였고, 어머니는 다시 바

---

12) Douglas Fairbanks. 미국 영화배우. 무성 영화 시절 가장 유명한 배우 중 한 사람으로 손꼽힌다.

느질을 하느라 희끗희끗한 머리를 숙이셨다.

"보비 군이 돌아왔더라."

"보비 이완요?"

"주말이라."

"맙소사. 날아서 온 건 아니래죠?"

어머니는 웃으며 반짝이는 골무로 안경을 올리셨다.

"물론 아니지. 이완 부인이 차로 바체스터에 가서 기차역으로 데리러 가셨지."

아버지는 난로 쇠 대에 담뱃대를 털어 내셨다.

"1등석으로 왔을 거야. 장교들은 그렇잖니."

"아직 장교가 아니에요, 아버지! 생도 같은 거라고요."

"뭐, 그래. 잘 모르겠다."

어머니가 날 다시 쳐다봤다가 시선을 돌리시는 걸 보고 나는 일어났다. 곧장 화장실로 가 입을 살펴봤으나 립스틱 자국 같은 건 없었다. 거울 앞에 서서 내 얼굴에 대한 이전의 평가를 재차 확인했다. 섬세하지 않을 뿐 아니라 우울했고 성격도 나빠 보였다. 벌거벗은 여자가 정확하게 어떻게 생겼을지 궁금했다. 이비의 모습이 궁금했다. 나는 이모젠 그랜틀리에 대해서도 내가 같은 생각을 한다는 걸 알았고, 의도는 없었지만 그 둘을 동일시한 데에 경악했다. 내가 그런 생각을 하거나 그런 것들을 원할 때가 아니라는 것은 알았다. 나는 열여덟 살이었고 크리켓이나 축구나 음악이나 산책, 화학 등에 관심 가질 때라는 것을 알았다. 이모젠이 미묘하고 뭐라고 말하기 힘든 이 경쟁에서 이길 것이다. 나는 작은 거울에 이마를 맞대고 눈을 감은 채 아주아주 오랫동안 그대로 있었다. 생각 없이. 감정 없이.

하지만 아침이 되어 나는 맹렬하게 계략을 꾸몄다. 무척 화려한 계획을 두고 고심했다. 나의 악한 의지를 관철할 수 있는 곳으로 어떻게든 이비를 데려가리라 결심하며. 나는 그게 악하다는 것을 인식했다. 내가 악했던 것이다. 마음이 약해지지 않으리라 굳게 맹세하고 나니 기분이 좀 나아졌다. 차를 마신 후 숲으로 걸어가 몰래 불장난할 가깝고 외진 곳을 찾았다. 그런 곳은 충분했다. 하나씩 찾을 때마다 체온이 조금씩 오르면서 땀이 났고 나는 숨을 헉헉거렸다. 나는 언덕 아래로 내려가 다리에서 그녀를 기다리려고 도로로 돌아갔다. 그곳에서 로켓 소리를 들었다. 웰링턴 공작을 닮은 옆얼굴이 획 지나갔다. 이비가 흰색 자수를 바람에 날리며 환희에 차 눈을 깜박이고 입을 벌린 채 그의 뒤에 앉아 있는 모습이 스쳐 갔다. 그리고 그들은 숲 너머로 사라졌다.

잠시 후 나는 언덕 아래로 내려가 다리를 건너 하이 스트리트로 올라갔다. 그리고 집 안으로 들어갔다. 어머니는 아버지 속옷을 꿰매다가 쳐다보셨다.

"일찍 왔구나, 올리."

나는 고개를 끄덕이고 피아노 앞에 앉았다. 잠시 후 어머니는 문을 닫고 매우 조용히 나가셨다. 나는 텅 빈 방과 텅 빈 접수실 그리고 텅 빈 광장과 마을을 향해 연주했다. 나는 다시 손가락을 다쳤다.

다음 날 아침 화장실에 갔을 때 로버트가 있는지 보기 위해 창가 끝에서 몰래 밖을 내다보았다. 그가 날 보면 가능한 한 날카롭게 쏘아봐 주려던 참이었다. 하지만 그는 거기에 없었다. 펀칭볼은 상하 고정대 사이에 가만히 있었고 오토바이는 구석에 잘 서 있었다. 오토바이는 온통 하얬고 쇠에 큰 손상을 입은 것이 멀리에서도 보였다. 손잡이 하나는 뒤집혀 있었다. 나는 즉시 흥분했다. 약간 걱정도 되었다. 로버트 때문이 아니라 나 때문이었다. 나는 망가진 오토바이를 보고 쾌감을 느끼는 내가 싫었다. 심지어 나는 올바른 인간다운 태도를 취하도록 억지로 큰 소리를 내어 말하기도 했다.

"불쌍한 로버트! 다치지 않았길……."

그러고 나서 나는 펄럭이는 하얀색 자수와 맨무릎이 생각났고 내 감정과 생각은 내가 이해하기에는 너무 혼란스러웠다. 최대한 빨리 면도를 하고 아래층으로 내려갔다. 아버지는 이미 조제실로 가셨지만 아침 식사가 날 기다리고 있었다. 어머니가 인기척을 듣고 내게 아침을 주러 오셨다.

"로버트 오토바이 보셨어요?"

어머니는 뜨거운 접시를 내려놓고 수건에 손을 닦으셨다.

"들었단다. 언젠간 그런 일이 있을 줄 알았지. 젊은이들이 길에서 오토바이를 타지 못하도록 금지해야 해."

"다쳤어요?"

"물론 다쳤지. 당연한 거 아니니?"

"많이요?"

"아직 모른다고 하더라. 병원에 데려갔단다."

나는 브라운소스를 조금 덜었다.

"또 다친 사람 있대요?"

어머니는 잠시 아무 말씀 없었다. 어머니의 침묵은 나를 늘 불편하게 했다. 어머니는 벽돌을 꿰뚫어 볼 수 있었다. 정말이다. 다리 밑이 얼마나 어두웠는지 기억하며 약간 불편한 마음이 들었다. 하지만 스스로 아무 일 없다고 위안했다. 내가 다리 위에서 우연히 이비를 만나 담소를 나누러 멈춰 서지 않을 이유는 전혀 없었다. 거의 같은 지붕 아래에서 그녀가 일하기도 하니까.

"또 다친 사람 있어요, 어머니?"

"나라면 금지할 게 또 있지!"

어머니는 아버지가 남긴 아침 식사를 모으고 계셨다.

"다른 사람은 안 다쳤어. 그래서 더 안타깝지!"

어머니가 부엌으로 돌아가실 때 나는 어머니를 흘낏 잘 관찰했다. 어머니가 오늘 기분이 좋지 않다는 게 확실했다. 자주 그렇지는 않았지만, 어머니가 기분이 안 좋은 날에는 조용히 있는 게 현명하다는 걸 알았다. 오늘은 내가 아무리 조심스레 뭘 알아보려고 해도 어머니로부터 더 정확한 얘기를 듣기는 힘들 것이다. 아버지에게 여쭤 볼 수도 없었다. 아니, 더 정확하게 말하자면 여쭤 본다 한들 아버지는 세세한 걸 다 잊으셨을 것이다. 그렇다면 이비밖에 없었다. 그래서 나는 아침 식사후 아버지가 늘 조용히 일하시는 조제실로 들어갔다.

접수실에서 누군가 열심히 타자 치는 소리가 들렸다. 그렇다면 어머니 말씀이 사실이었다. 그녀는 다치지 않았던 것이다. 일하러 오지 못할 만큼 다치지도 않았고 제시간에 출근할 만큼 몸이 괜찮았던 것이다. 갑자기 기쁨의 물결이 일었다. 내가 내지른 주먹이 로버트에게 하지 못한 걸 로버트는 나의 도움 없이 스스로 해낸 것이었다.

"뭐 도울 일이 있을까요, 아버지?"

아버지는 묵직한 머리를 돌렸다. 둥근 안경 안에는 놀란 표정이 있었다. 아버지는 회색 콧수염을 한 번 잡아당기고 머리를 잠시 흔들고는 다시 뒤로 돌았다. 나는 어머니의 감정 기복이 아침 일찍 시작되었다고 직관적으로 판단했다. 나는 피아노로 갔고 어머니를 짜증 나게 하고 이비에게 내가 있다는 걸 알리기 위해 아픈 손으로 기괴한 음을 치려고 애썼다. 나는 마을로 들어갔다. 배버컴 부인이 시청 옆에서 배버컴 중사를 쪼는 것을 보고 부인이 사라질 때까지 서성거렸다. 중사를 지나칠 때 그는 청소 중인 양탄자를 두고 날 쳐다보고는 고개를 끄덕였다. 의심의 여지가 없었다. 중사는 날 보고 인사한 적이 없었는데 이제 날 보고 끄덕인 것이다. 나는 머리를 약간 비틀고 지나갔다. 인사하는 것처럼 보일 수도, 파리를 피하기 위한 것처럼 보일 수도 있었다. 나는 너무 놀라 골동품 가게 진열장 앞에 서서 안에 든 물건을 오랫동안 바라보았다. 무슨 생각을 해야 할지 몰랐다. 너덜너덜한 책들 사이에서 아직 글씨를 알아볼 수 있는 제목들을 읽고 한 권을 골라 뒤적였다. 책을 보지는 못했다. 대신 나 역시 동료 군인이거나 술친구인 듯 배버컴 중사가 내게 친근함을 표하며 놀랍게도 고개를 끄덕이는 것을 보았다. 나는 책을 다시 선반 위에 올려 두고 '졸리 찻집'

을 지나갔다. 그곳에서는 교수 부인 여섯 명이 빵을 먹고 커피를 마시며 수다를 떨고 있었다. 더글러스 페어뱅크스를 지나 예전에 옥수수 교환소였던 장소 외곽을 거쳐 올드 브리지에서 하이 스트리트를 다 쳐다보며 섰다. 걱정할 건 아무것도 없었다. 누구든, 어떤 커플이든 더 멀리 떨어진 부두에 있으면 하이 스트리트에서 보이지 않았다. 나는 안전했다.

배버컴 부인은 하이 스트리트 건너편에서 물건과 종이봉투로 가득 찬 그물 가방을 들고 나타났다. 그녀는 평상시처럼 회색 정장과 회색 종 모양 모자 차림이었다. 엄청나게 큰 인조 진주가 그녀의 왼쪽 귀에 걸려 있었다. 그녀는 반응 없는 이 사람 저 사람에게 쭈글쭈글한 모습으로 미소를 지었다. 그리고 날 봤다. 민첩한 걸음걸이를 바꾸지는 않았지만 머리가 옆으로 기울며 몸이 굽었고 의치가 번쩍거렸다. 나트륨등 옆 남자에 가려질 때까지 최소 5미터 정도 계속 몸을 굽히며 미소 지었다.

갑자기 깨달음이 왔다. 공포가 몰려오며, 내 욕정이 얼마나 위험한 것인지 정확하게 알게 되었다. 또 다른 사실도 알게 되었다. 배버컴 중사나 그 부인에겐 어머니와 달리 번득이는 악마적 통찰력이 없었다. 이비의 작품이었다. 그녀는 나를 피뢰침으로 이용한 것이었다. 나는 어떤 피아노 음계를 칠 때보다도 더 정확하고 무의식적으로 사람들의 현실을 마음으로 쭉 훑었다. 이비는 결코 로버트를 자기 것으로 만들 수 없었다. 그녀는 그를 잡을 수조차도 없었다. 그랬을 경우, 그녀는 너무나 견고한 절벽에 부딪혔을 것이다. 하지만 그의 오토바이를 좋아했고, 거기에 대한 대가를 치렀기 때문에(그렇고말고! 대가를 치렀지!) 밤늦게까지 귀가하지 않은 데에 대한 변명이 필요했던 것이다. 왜냐하면 나의 절벽 역시 이완가만큼 견고했지만, 그만큼 높지는 않았기 때문이다. 그렇다, 그만큼까지는 높지 않았던 것이다. 예컨대 실직 상태로 시청 근처에서 시간을 때우는 무지렁이들과 이비 사이를 갈라놓은 절벽만큼은 높지 않았다. 이비에게 나는 피뢰침이었던 것이다. 그녀의 부모님에게 나는 가능한 구혼자였다. 호전적인 배버컴 중사는 그녀의 하얀색 손가락에 의해 조종되고 그 애교 섞인 목소리로부터 우리가 교제 중이라는 말을 듣고 설득당한 것이 틀림없었다. 나는 눈에서 머리카락을 치우고 심호흡했다. 그녀 부모님의 생각에 대한 공포스러운 마음과는 별개로 이비가 어떻게 날 이용했을지에 대해 여러 가지 생각에 잠겨 있었다. 예컨대 자정 이후 그녀가 귀가 못 한 이유가 나였을까? 심지어 바운스의 자동차를 잠시 훔친 이도 나? 이비의 단정한 작은 활에 또 어떤 활시위들이 있을까? 나는 곰곰이 생각하지 않고도, 나 자신이 필요에 의해 거짓말을 했듯이 이비 역시 그럴 것이라고 추측했다. 그렇다면, 필요하다면 그녀는 그 어떤 말도 서슴없이 할 것이다. 배버컴 중사가 그의 삼각 모자를 손에 들고 꼬면서 우리 집 문 앞에 나타나 아버지에게 나의 계획이 뭔지 묻는 상상이 악몽처럼 떠올랐다. 내 의도가 뭔지는 나도 알고 이비도 알았지만, 그것은 가족 관계로 귀결될 수 있는 내용이었다. 나는 시청 반대편으로 돌아 집에 가서 조용히 피아노를 쳤다.

그날 저녁 로버트의 소식에 대해서는 다양한 설이 있었다. 확실한 것은 그가 병원에 오래 입원하리라는 사실이었다. 나는 다리에 일찍 가 있었다. 그렇게 다리에서 자주 목격되면 아무도 관심을 갖지 않거나, 아니면 어쨌거나 나와 이비의 만남에 대해 별말이 없을 거라 생각했다. 어둠이 깔린 후에야 이비가 빠른 걸음으로 거리를 내려오며 나타났다. 그녀는 희미하게 미소 지으며 내게 다가왔다.

"넌 전혀 안 다친 거야?"

그녀는 더 활짝 미소를 지었고 입이 살짝 아치형이 되었다.

"무슨 말이니, 올리? 무슨 말을 하는 거야?"

"어젯밤."

"난 아니……."

"널 봤어, 이비. 오토바이에 탄 거."

갑자기 그녀는 어깨를 올리며 온몸을 떨었다.

"왜 그래?"

"올리. 거위가 내 무덤 위로 지나간 거겠지?"[13]

"어떻게 된 건데?"

그녀는 곁눈으로 거리를 바라보았다.

"말 안 할 거지? 그렇지?"

"물론이지."

이비는 나를 보고 순하게 웃고 길게 숨을 내쉬었다.

"고마워."

---

13) 오싹하거나 소름이 돋을 때 쓰는 표현.

나는 맹렬히 비꼬며 크게 웃었다.

"그래! 너 나랑 같이 여기 다리에 있었지, 그렇지? 우린 음악에 대해 얘기했어, 그랬지? 우린 물가에 작은 물고기를 잡으러 가기도 했어. 어머니에게 잼 병에 가득 찬 물고기 보여 드리지 않았어?"

"나는 그저⋯⋯."

"넌 내가 널 범스테드에 데려갔다고 말했지. 내가 바운스 차를 훔쳤다고 했지! 다 알아!" 나는 상처를 주려고 그녀를 노려보았다. 적어도 그건 가능했다. "또 무슨 말을 했을지 모르겠어. 얼마나 많은 거짓말을 했을지. 한밤중에 깨워 놓고선. 올리버는 너무 좋은 아이예요. 오토바이가 없어도!"

"올리, 그런 거 아니야⋯⋯ 어쩔 수 없었어! 넌 이해 못 할 거야⋯⋯."

"다 이해해. 넌 마치⋯⋯." 나는 도로와 강 그리고 언덕 꼭대기의 숲에 어두움이 깔리는 것을 바라보았다. 나도 내가 왜 그러는지 알지 못하며 한 구절을 따왔다. 나는 고함을 질렀다. "넌 마치, 사보이 오피언스 같아!"

이비는 깔깔거리기 시작했고 나는 깜짝 놀라 조용해졌다.

"넌 정말 웃긴 아이야, 올리!"

그녀는 깔깔거리는 동시에 크게 웃음을 터뜨리느라 숨이 막히기까지 했다. 그녀는 다리 갓돌에서 머리를 앞으로 숙여 두 손으로 나를 잡았다. 그녀가 떨고 있는 게 느껴졌다.

"너무 웃겨! 너무 웃겨!"

"이비, 조용히 해! 맙소사! 입 닥치라고!"

드디어 그녀는 조용해졌다. 자세를 바로 하고 갓돌에 똑바로 앉았다. 향기가 진동하도록 머리를 흔들어 머리카락이 찰랑거렸다. 그녀는 왼쪽 손목에 찬 가짜 호박 팔찌 아래에서 하얀색 천 조각을 꺼내 얼굴 여기저기를 만지고 다시 넣었다. 그러지 않으려고 애써도 마음이 짠했다. 남성성이 약간 수그러드는 티를 내지 않으려고 나는 최대한 무뚝뚝하게 말했다.

"넌 정말 운이 좋았어. 어떻게 안 다친 거지?"

"무슨 상관이야. 아, 알았어. 난 오토바이를 타고 있지 않았어."

"아니 어떻게……."

"내가 부추겼어. 내가 해 보라고 했어. '이 오토바이를 조종해서 나무에 오를 수 있어.'라고 하길래 내가 해 보라고 했어. 같이 해 보려고 했어. 백악 채취 갱이 있었는데……."

"어디였어?"

"나도 해 보고 싶었어. 정말이야. '널 태우고는 안 돼, 배버컴 아가씨.'라고 그가 말했어. '내려.' 오토바이가 그를 덮쳤어."

북두칠성 아래에서 윙윙 소리가 났다. 위를 보니 빨간색 불빛이 우리를 향해 움직였다. 그렇다면 정기 훈련이나 뭐 그런 것이었다. 이비는 올려다보지 않았다. 발을 보고 있었다. 입을 열었을 때에 낯설고 거친 목소리가 들려왔다. 챈들러스 클로스 저 아래에서 들려오는 것 같은 소리였다.

"이완이 불구가 되었을지도 몰라."

비행기가 윙 소리를 내며 멀어졌고 언덕 꼭대기 나무 뒤로 서서히 내려앉으며 사라졌다. 이비는 목소리를 가다듬었다.

"평생."

그리고 우리는 침묵했다. 이비는 내 발 사이 길을 쳐다보았고 나는 내 본성에 따라 그 소식을 소화했다. 물론 나는 으레 그래야 하듯 충격을 받았지만, 그러면서도 누군가의 불행을 보고 즐기며 흥분하는 스틸본의 생리 역시 조금은 느꼈다.

그녀는 갓돌에서 똑바로 앉아 날 보고 미소 지었다.

"너 오늘 피아노 안 쳤네, 올리."

"쳤어. 조용히."

나는 설명하고 암시하며 집게손가락을 들었다. 이비는 손가락을 쳐다보고 다른 쪽으로 고개를 돌렸다. 그녀는 향기를 내뿜는 걸 놀라운 방법으로 억제했다. 마치 거꾸로 돌린 필름 토막 같았다. 불꽃이 안으로 들어가 태운 종이를 되돌리고, 다시 사라진 후 평범한 상태만 남은 것과 같았다. 심지어 그녀의 오른쪽 눈에 비친 나트륨등은 광택이 덜하고 더 꾸준히 번득였다. 이러한 행동은 나에게도 영향을 주었다. 하지만 난 낙천적으로 생각하며 그것을 대수롭지 않게 받아들였다.

"이비! 내려가자!"

이비는 고개를 저었다.

"배버컴 아가씨, 어서!"

"날 그렇게 부르지 마!"

그녀는 재빨리 일어났다.

"로버트는 그렇게 부르잖아."

"로버트는 날 마음대로 불러도 상관없어!"

"성질은!"

그녀는 말을 하려다가 마음을 바꾼 듯했다. 그녀는 어깨 너머로 눈을 찌푸렸고, 엉덩이에 돌가루가 조금이라도 묻어 있을까 봐 탈탈 털었다. 나는 나트륨등처럼 폭발했다.

"도대체 그럼 넌 다리에 왜 온 건데?"

그녀는 엉덩이 두드리는 것을 멈추고 눈과 입을 연 채 나를 쳐다보았다.

"왜? 또 갈 데가 어디 있는데?"

그녀는 한 손을 다른 손에 닦고 잠시 웃고는 거리 쪽을 향해 몸을 돌렸다.

"이비……."

그녀는 묵묵부답으로 계속 걸었다. 거리가 시작되는 다리 밑에서 그녀는 왼쪽 어깨 너머로 눈을 번득이고 손을 들어 손가락을 흔들었다. 나는 내 지팡이를 허벅지 안쪽에 들고 그녀를 보며 서 있었다. 그녀는 다시 걷기 시작했다. 그녀의 걸음걸이는 우리 동네에 특유한 현상이었다. 그녀는 무릎 아래 다리만 움직이며, 중사와 그의 부인이 날마다 순찰하는 보이지 않는 선 위로 걷고 있었다. 그녀는 빛에서 빛으로 옮겨 가고 있었고 새로이 샘솟는 굶주림과 새로운 사악함을 느끼며 나는 마을 곳곳에 있는 모든 술집 밖에서 돈 한 푼 없는 남자들 무리가 말없이 희망 없는 욕망을 품고 그녀를 어떻게 바라보는지 이해하게 되었다. 그녀가 50미터쯤 멀어진 시점에서 그들은 욕정에 휩싸이고 조롱하며 웃음을 터뜨렸을 것이다. 내가 만약 그녀였더라면 발이 붓고 얼굴이 경직되어 절대로 견딜 수 없었으리라는 것을 알았다. 하지만 이비는 결코 흔들리지 않았다. 나는 그 고문을 피하기 위해 옆 골목으로 가서 집으로 향했다.

다음 날 아침, 찌푸린 채 면도하는 중 내 볼에 댄 면도날을 멈추는 생각이 떠올랐다. 이완가 마구간에는 로버트의 오토바이가 서 있었다. 나는 재빨리 밖을 내다보았고 아무도 오토바이에 대해 조치를 취하지 않았다는 걸 알았다. 나는 면도를 끝내고 아침 식사를 하러 내려가면서 신중하고도 외교적으로 처신해야 한다고 되뇌었다. 조금씩 조금씩 대화를 이끌어 갈 것.

내가 너무 일찍 내려와서 아버지와 어머니는 아직도 식사하고 계셨다. 어머니는 팬 위에 있는 내 아침 식사를 가지러 가셨다. 난 운이 좋았다.

"로버트의 오토바이가 아직도 마구간에 있더라고요."

"그러니?"

"네. 그래요."

아버지는 동그란 안경 사이로 흘깃 위를 올려다보았다.

"오토바이를 보관하기엔 가장 좋은 장소지."

나는 고개를 끄덕이며 대화를 이어 갔다.

"어쨌건 비는 피할 수 있으니까요."

"흠!"

어머니가 돌아와서 접시를 단호하게 내려놓으셨는데, 늘 더 많이 의사소통하라는 신호였다.

"올리버, 네가 저 오토바이를 갖는 건 어림도 없어. 빌리는 것도 그렇고 사는 것도!"

내 입이 쩍 벌어졌다. 어머니는 다시 앉으셨다.

"게다가……." 아버지가 말씀하셨다. "우린 살 돈도 없단다."

"제가요……."

"그건 네게 필요한 돈이야." 어머니가 말씀하셨다. "마지막 한 푼까지 다."

"만약 로버트가……."

"애야, 말하기 전엔 음식을 좀 더 삼켰으면 좋겠구나." 어머니가 말씀하셨다. 어머니는 음식을 삼키셨다. "로버트가 어쨌거나 다시 오토바이를 원할 테니. 만약 걔 아버지가 다시 타게 놔두면. 그러긴 힘들겠지만. 이완 씨가 바보는 아니잖니."

"걔가 불구가 되면 어떻게 다시 오토바이를 원할 수가 있겠어요?"

"불구라니!" 어머니가 말씀하셨다. "누가 그런 얘기를 하니?"

"많이 다친 거지." 아버지가 말씀하셨다. "갈비뼈가 부러졌고. 하지만 괜찮아질 거야."

"전, 오토바이를 봤는데, 너무 많이 망가져서……."

"몇 주면 될 거야." 아버지가 말씀하셨다. "이완 군은 괜찮아질 거야. 교훈을 얻었겠지. 바보 같은 녀석 같으니!"

"매주 《스틸본》에 그런 소식이 실리잖아요. 사망 소식이나 뭐 그런 거요. 아! 아버지, 참. 이모젠 그랜틀리가 바체스터 성당에서 결혼한다네요!"

"거창한 행사겠구나." 아버지가 접시를 밀어내면서 말씀하셨다. "언제?"

"7월 27일요. 준비할 시간이 몇 주 안 남았어요. 하지만 물론 쓸 돈이 많으니……."

"다 쓸데없는 일들이지." 아버지가 말씀하셨다. "차려입는다는 건."

"아버지, 그래도 그녀의 외증조부가 학장이었잖아요. 그분은 토터필드가와 결혼했고요. 그렇다면, 누가 신부 들러리를 설까요?"

"어쨌건 난 아니지." 아버지가 말씀하셨다. 그는 안경 사이로 눈을 반짝이며 일어섰다. "이제 일해야 한다."

"얘, 올리버. 나머지 달걀 하나 먹어야지!"

"아들아. 오토바이 일은 잊어라. 네가 나만큼 나이가 들면 이해할 게다."

"마저 먹어라."

"날 좀 놔두세요!"

"엄마한테 그게 무슨 말투니!"

아버지가 앉아서 날 심각하게 쳐다보셨다.

"얘는 감정 기복이 좀 심해요." 어머니가 아버지를 쳐다보며 말씀하셨다. 아버지가 뒤돌아보셨다. 어머니는 의미심장하게 고개를 끄덕이셨다. "이렇게 쉬는 게 좋은 생각인지 고민이 되긴 했어요."

부모님은 보살핌과 관심의 망을 식탁 양쪽으로 엮기 시작했다.

"규칙적인 일상." 아버지가 말씀하셨다. "얘한테 그게 다시 필요한 것 같소."

"모르겠어요. 얘는 늘 감정 기복이 심했어요. 나도 그렇고 요."

"안정된 지속적인 일상 같은 게 필요한 듯한데. 삼 주 동안 인지 얼만지 학교로 돌아가는 게 좋겠어."

"싫어요. 난 더 이상 어린 학생이 아니라고요!"

"아들아, 그게 무슨 말이니."

"맙소사!"

"아버지한테 그런 식으로 말하지 마라!"

"전 떠날래요."

"올리버! 얘야!"

"갈래요. 어디든 좋아요."

"그래." 어머니가 다정하게 말씀하셨다. "넌 옥스퍼드에 갈 거잖니, 그렇지? 몇 주만 있으면 돼."

"찻잔 속 태풍이야." 아버지가 무뚝뚝하게 말씀하셨다. "어 디선가 머리를 식히는 게 필요해. 얘는 그런 게 필요한 거야."

"앤 늘 감정 기복이 심했어요. 아기일 때도요."

아버지는 다시 일어나서 조제실 쪽으로 가셨다. 중얼중얼 하다가 문 때문에 멈춰 서셨다.

"그냥 가서 뭘 좀 가져다……."

나도 다리를 떨며 일어섰다.

"어디 가니, 얘야."

나는 식당 문을 거칠게 닫았다. 여전히 떨며 서서 나는 낡은 의자가 있는 오래된 피아노를 보았다. 나는 온 힘을 다해 왼쪽 주먹으로 놋쇠 촛대 둘 사이에서 반짝이는 호두나무 판을 쳤다. 맨 위부터 아래까지 깨졌다.

"올리버!"

나는 현관문 고리와 자물쇠 그리고 빗장을 가지고 씨름하고 있었다.

"올리버! 돌아와! 할 얘기가 있어. 그걸 안 사 준다고 해서 이러는 거니……."

난 현관문도 쾅 닫았고 그 소리가 즉각 교회당에 부딪혀 울리는 걸 들었다. 나는 우리 집 철문을 열고 잔디밭 둘레에 있는 사슬 울타리 옆 자갈길 위에 섰다.

나는 배버컴 부인이 몸을 앞으로 숙인 채 미소를 지으며 돌리시 부인 집 울타리 앞을 지나가는 것을 보았다.

올드 브리지의 갓돌에 앉아 있자 정신이 조금 돌아왔다. 내 목은 어느 때보다 말랐고 내 왼손은 권투 글러브 같았다.

나는 아무 목적 없이 마을을 배회하기 시작했다. 멀리서 이비가 병원 일을 끝내고 이완가를 떠나 챈들러스 클로스로 급히 돌아가는 것을 보고 나 자신을 비웃었다. 하지만 나는 그녀가 돌아와 교구 목사 집을 지나 우리 집 정원 뒤 챈들러스 레인으로 가는 골목으로 사라지는 것을 보았다. 여전히 스스로를 비웃으며 나는 다시 한 번 길을 가 보았다. 그녀가 어디로 갔는지를 보기 위해서였다. 하지만 챈들러스 레인은 비어 있었다. 나는 아무 희망 없이 그녀를 찾기 시작했다. 하지만 찾아다니며 적어도 움직일 수 있었다.

습관이란, 스틸본이란 작은 곳에서조차 매우 강하다. 그래서 내가 마지막으로 마을 끝자락까지 갔던 것은 어린아이였을 때였고, 당시 누가 나를 유모차에 앉혀 밀고 갔었다. 막다른 곳에 있는 작은 황무지에 나무 오두막이 한 채 있었다. 오두막은 절벽으로 이르는 언덕 아래 움츠리고 있었다. 나는 그런 건물을 본 적이 없었기 때문에 호기심을 느끼며 관찰했다. 로마 가톨릭 성당이었고, 바깥에 붙은 공지에는 가능할 때 언제든 미사가 열린다고 씌어 있었다. 나는 내 안에서 이는 격분에도, 그걸 보고 미소를 지었다. 왜냐하면 역사책 밖에서는 로마 가톨릭 성당을 본 적이 없었기 때문이다. 이른바 살아 있는 성당을 본다는 건 디플로도쿠스[14]를 발견한 것과 마찬가지였다. 나는 웃기 시작했다. 이비는 오두막에서 나왔다. 한 손에 살포기를 들고 열심히 흔들기 시작했다.

"이비, 안녕!"

그녀는 돌아서서 나를 보고 숨을 쉬었다.

"나 바빠."

나는 조롱하며 다시 웃었다.

"기다릴게. 할 일도 없어."

"저리 가, 올리! 만약……."

"만약 뭐?"

"아무것도 아니야."

그녀는 다시 안으로 들어갔다. 나는 공지와 조각상을 보며 비웃었다. 나는 비웃음에 사로잡혀 있었다.

---

14) 공룡의 일종.

약 이십 분쯤 후, 이비는 치마를 쓸어내리며 다시 나왔다. 실크 스카프를 머리에 묶은 게 보였다. 그 악명 높은 십자가는 면 드레스 바깥에 걸려 있었다. 그녀는 내게 거의 신경을 쓰지 않았고 문을 잠그고는 내가 마치 덤불에 지나지 않는다는 듯 챈들러스 클로스로 다시 걸어가기 시작했다.

"미사나 뭐 그런 거 드린 거야, 이비?"

그녀는 가볍게 웃으며 걸어갔다.

"넌 이해 못 해."

"그럼 같이 산책하러 가자."

"싫어."

"하! 오토바이가 없다, 이거지."

"내가 할 수 있는 만큼 그를 도와주었어!"

"네가 어떻게 돕는다는 거야! 네가 뭔데? 간호사라도 되는 줄 아니?"

이비는 아무 말도 하지 않고 신비스럽게 미소 지었다. 그녀는 드레스 안으로 십자가를 넣었다. 나는 십자가가 사라지는 것을 보았고 갑작스럽게 완전한 결심과 확신이 섰다.

"어쨌건 넌 걔를 도울 필요가 없어. 괜찮을 거래. 좀 다쳤을 뿐이고 갈비뼈 몇 대 부러진 정도라더라."

이비는 멈춰 서서 날 바라보았다. 나도 멈춰 섰다.

"올리, 무슨 말이야? 걔가 나아졌단 말이야?"

이 모든 불공평함이 쓰라리게 느껴졌다. 로버트가 그의 대담함에 대한 명성과 이 모든 동정심을 아무런 대가 없이 얻다니. 이비는 날 투명 인간처럼 바라보며 희열로 가득 찬 표정이었다.

나는 확신에 차 말했다.

"나를 도와줘, 그럼."

나는 절벽으로 이르는 꼬불꼬불한 덤불길을 바라보았다. 그녀를 쳐다보며 엄숙하게 고개를 끄덕였다.

"그래. 걔는 괜찮아. 나는 안 괜찮아."

"그리고 로버트는 아마……."

"나는 안 괜찮아."

이비는 집에 가려고 움직였다. 나는 배버컴 중사가 그랬던 것처럼 그녀의 손목을 잡고 꾹 눌렀다. 그러자 그녀는 휘청거리며 멈춰 나를 쳐다보았다.

"나는 안 괜찮아. 넌 네 마음대로 할 수 있을 거라고 생각하지?" 나는 그녀를 끌고 길 초입으로 걸어 들어가기 시작했다.

"올리! 뭐 하는 거야?"

나는 계속해서 그녀를 끌었다. 덤불과 무성한 나무 들이 우리를 에워쌌다. 나는 주위를 돌아보지 않고 그녀를 가파른 길로 끌었다.

"올리 군은 더 이상 당하지 않아. 올리 군이 이제부터 알아서 한다고. 그리고 만약 보비가 나아져서 뭔가 시작하면 올리 군이 목을 부러뜨릴 거야."

"이거 놔, 올리!"

"그리고 어린 이비의 목도."

그녀는 기겁하듯 웃으며 자유로운 손으로 내 손목 관절을 긁었다. 나는 짜증 나는 듯이 손을 흔들었다. 길은 점점 더 좁아지고 나무들이 길을 덮었다. 이비의 손은 힘없이 풀려 내 손 위로 늘어졌다. 더 이상 몸을 뒤로 빼지 않고 순순히 따랐다. 나는 크게 웃었다.

"그래, 이제 좀 낫네."

"이봐, 올리. 설명할 게 있어."

나는 장황하게 답했다.

"설명은 필요 없습니다, 친애하는 여인이여!"

"무슨 말이냐면, 모든 게 달라졌다는 거야. 네가 말이야."

"자, 다 왔어."

나는 이비가 말하는 소리에 거의 귀 기울이지 않고 수풀 더미를 둘러보았다. 절벽 끝이 우리를 마을로부터 보호해 주었고, 나무 아래에는 꽃이 만발한 덤불이 엉켜 있었다. 나는 뒤에 있는 이비를 끌어당겼고 우리는 서로를 바라보았다.

"안 듣고 있었지!"

나는 그녀를 팔로 감싸 그 기이한 확신을 느끼며 꼭 안았다. 그녀의 눈은 감겼고 머리는 젖혀졌다. 나는 머리를 숙여 그녀에게 키스했다. 그녀는 일순간 나를 거부했지만, 잠시뿐이었다. 그리고 그녀는 놀란 듯 웃으며 입을 떼고 도망가려 했다. 놀랍게도 석탄을 나르고 장작을 패는 이비의 힘이 전적으로 부족해 보였다.

"올리, 놔! 엄마를 도와 드려야 해!"

나는 다시 그녀를 꼭 안고 나무에 그녀의 등을 눌렀다. 그녀는 단단했고, 여성이었고, 나는 어떻게 해야 할지 몰랐다. 그때 원시적인 영감이 떠올라 나는 물건의 딱딱하고 불타는 뿌리를 꺼내 거부하지 않는 그녀의 손을 그 위에 얹었다. 이비는 눈을 뜨고 아래를 쳐다보았다. 그녀의 입이 비뚤어지면서 미소 대신, 탐내는 듯하면서도 경멸하는 듯하고 알겠다는 듯 조롱하는 웃음을 지었다. 그녀의 목소리는 거칠어졌고 호흡이 가빠져 말을 내뱉었다. 가슴은 부풀어 올랐다 가라앉았다 했다.

"그걸 다 가져?"

응, 나는 그녀에게 그러라고 말했다. 그녀만큼이나 호흡이 가쁘고 거칠어진 목소리로. 숲은 내 목소리로 울렸고 내 심장 박동 소리로 흔들렸다. 응, 그래야지, 그래야만 해. 그녀의 다리는 열리기 시작했고, 내 아래로 미끄러졌다. 그 소란 속에서 나는 그녀가 나를 향해 숨 쉬는 걸 들었다.

"그럼, 어서 해."

내 심장 박동이 가라앉으면서 수풀도 제자리를 찾았다. 나는 눈을 반쯤 뜬 채 누워 있었고, 나무에 달린 잎들은 초점이 흐려 보였다. 심장이 한 번 박동할 때마다 갑자기 물이 번지는 듯한 모습으로 잎들이 갈라졌다. 나는 평화로움 외엔 아무것도 느끼지 못했다. 내 피와 신경과 뼈에 평화로움이, 머리와 점점 안정을 되찾는 심장과 심호흡에 평화로움이. 선한 평화로움이었다. 퍼지는 이 평화로움은. 저기 저 위 잎들은 선했고 그 뒤로는 반짝이는 선한 하늘이 있었다. 내 아래 놓인 땅은 침대처럼 부드럽고 선했으며, 내가 깊이 들여다보지 않은 저곳에는 선한 어두움이 있었다. 나는 머리가 옆으로 떨어지도록 내버려 두었고 하얀색 양말과 갈색 샌들 한 짝이 눈에 들어왔다. 또 한 짝은 90센티미터 정도 거리에 있었다. 나는 돌아누워 한쪽 팔꿈치에 기댄 채로 깊고 고요한 평화로움 속에서 그녀의 발과 다리를 찬찬히 관찰했다. 내 눈은 탐색했다. 연푸른색 핏줄이 엉기성기 얽힌 부드럽고도 부드러운 하얀색 다리가 힘없이 풀린 채로 열려 있었다. 눈은 더 깊이 파고들어 평온하게 그녀의 허벅지를 지나 털이 거의 없는 그녀의 몸을 관찰했다. 몸 밖에서 절정에 이른 내 위험한 수음의 흔적이 분홍색 꽃잎 주위에 흩어져 있는 것이 보였다. 눈은 손을 펴고 있는 양팔과 심장 박동의 떨림을 보았다. 나보다 빨리 숨 쉬는 그녀의 가슴 주위를 보았는데 분홍색 꼭지가 있는 부드러운 반구의 일부는 단단하면서도 미세하게 뛰며 떨렸다.

승리감과 기쁨이 솟아올라 내 안에 퍼지기 시작했다. 나는 한쪽 겨드랑이에서 다른 쪽 겨드랑이까지 구겨져서 뭉친 면 드레스를 보며 웃었다. 나는 턱을 들어 웃으며 그녀 얼굴을 뚫어지게 쳐다보았다. 그녀의 머리는 약간 위를 향했고 떨리는 페인트 붓 사이에 어둡고 깊은 구멍이 뚫려 있었다. 입술은 평상시보다 더 많이 뒤집혀 있었고, 몸의 열기를 식힐 수 있는 방법이 그것밖에 없다는 듯이 입은 최대한 빨리 숨을 내쉬고 있었다. 나는 똑바로 앉았고 그녀는 머리 저 깊은 곳으로부터 내게 재빠르게 눈길을 준 후 다시 다른 곳을 응시했다.

그녀가 중얼거렸다.

"그게 다겠지."

그녀의 검은 머리칼은 짓이겨지고 흩어진 블루벨 사이에

퍼져 있었다. 나는 재빨리 몸을 구부리고 분홍빛 꼭지 가까이에 키스했다. 그녀는 머리끝부터 발끝까지 떨었다. 나는 웃으며 다른 젖꼭지에 키스하고 뒤로 앉아서 내 눈을 가린 머리카락을 넘겼다. 약간 불편해서 나는 왼손을 다시 들어 쳐다봤다. 관절이 엉망이었다. 다 부어올라 보기가 흉했다. 손가락을 구부리려고 할 때 통증이 찌르듯 팔을 타고 올라왔다.

"하느님, 맙소사. 왜 이렇게 아프기 시작한 거지? 전에는 안 아팠는데!"

이비는 머리를 들어 자기 자신을 쳐다봤다.

"이제 네가 원하는 걸 가졌지? 그렇지?"

"여기. 내 손수건 가져가."

내 손은 마치 내 것인 양 그녀의 젖가슴을 향했지만 그녀는 내 손을 찰싹 때리며 치웠다.

"날 가만히 놔둬!"

그녀는 벌떡 일어나 아코디언처럼 길게 늘어지도록 드레스를 잡아당겼다.

"아, 여기 구겨진 것 좀 봐. 어떡하면 좋지, 아!"

그녀는 갈색 잎사귀를 쾅쾅 밟으며 스카프와 속바지를 내가 던져 놓은 곳으로부터 채 갔다.

"머리카락에 잎사귀랑 작은 나뭇가지가 있어."

"여기 구겨진 것 좀 봐!"

구김들은 모든 걸 숨김없이 보여 주었다. 나는 이비가 이전에도 이런 특정한 어려움에 직면했을 거라고(적어도 로버트와는) 순간 생각했다. 나는 그녀의 등 아래로 깊이 손을 내리면서 그녀를 돕고자 했으나 그녀는 홱 밀며 몸을 비켰다.

"올리버 군, 네가 날 가졌다고 생각하지 마!"

"내가 너보다 나이가 더 많아!"

그녀는 눈을 번득이거나 도전적으로 바라보기보다는 한 인간이 물건을 쳐다보듯이 나를 보았다. 참 이상하다고 생각했다. 회색 눈이 저렇게 어두워 보일 수 있다니. 그녀는 말하기 위해 입을 열려고 했으나 다시 다물고 옷을 펴서 털었다. 그럼에도 내 속에서 퍼지고 있던 승리감은 폭발적으로 솟구쳤다. 내가 이 눈부시게 아름답고 여성스러운 생물을 가졌어, 가졌다고!

"잠깐, 이비. 나뭇가지들을 빼 줄게."

나는 그녀의 머리카락을 풀어 주며 머리칼의 향기와 땅의 향기 그리고 짓이겨진 꽃의 은은한 향기를 맡았다. 나는 나뭇가지를 버리고 그녀를 품에 안았다. 내 팔 안에서 그녀는 시무룩하고 수동적인 덩어리에 불과했다.

이비는 몸을 빼내고 길가 나뭇잎을 땄다. 더 빨리 걷기 시작했고, 나무와 아래 덤불에서 빠져나와 불규칙한 보폭으로 갔다. 섬세하게 타협하지 않고는 지나가지 못할 정도로 가시나무가 다닥다닥 붙어 있을 때 외엔 걸음을 멈추지 않았다.

챈들러스 레인으로부터 몇 킬로미터 안 되는 거리에서 내가 그녀를 멈춰 세웠다.

"이비."

그녀는 분에 찬 얼굴로 날 쳐다보았다.

"우리 언제……."

"몰라."

"오늘 저녁에 여기서 만나."

그 말을 듣고 그녀는 예전에 한 번 본 적이 있는 비뚤고 찡그린 웃음으로 날 바라보았다.

"걱정 마."

"그럼 내일."

"내가 어떻게 알겠어?"

"내일, 일 끝나고. 저녁에."

"내기할래, 잘난 아저씨?"

나는 그녀의 어깨를 꽉 잡았다.

"내일 일 끝나고 저녁에 봐. 기다릴게. 우리 좀 더……."

그녀는 아무 말 없이 내 가슴 사이를 어두운 표정으로 응시했다.

"어때, 이비? 내가 어떠냐고 물어보잖아."

이비는 내 손 사이에서 약간 축 늘어졌다.

나는 그녀가 습관적 걸음걸이로 교구 목사 집과 오두막들을 지나 챈드러스 클로스까지 흐르는 듯 가는 모습을 바라보았다. 그녀가 내 소유라는 자부심으로 그녀의 머리칼, 단단한 엉덩이 그리고 섬세한 팔의 움직임을 즐기며 서 있었다. 나는 집에 가서 음악을 대면했다. 나올 만한 게 충분히 있었고, 소리가 죽어 훨씬 더 강렬했다. 아버지는 직접적으로 분노를 표출하는 것만큼이나 공포스러운 진지한 관심을 보이며 날 대하셨다. 아무도 조각난 피아노 판을 언급하지 않았다. 어머니는 내가 수치심을 느껴야 한다고 생각했으나 내가 정상인지 아닌지 절실히 걱정하시는 걸 숨기는 게 분명했다. 아버지는 내 손을 보고 상처 부위에 요오드를 바르고는 약을 주셨다. 나는 물론 부모님에게 사과하며 내가 왜 그랬는지 모르겠다고 말했다. 피아노를 고치든지 어떻게 해서라도 수리비를 내겠다고 했다. 다시는 그런 행동을 하지 않겠다고 말했고, 그렇다, 나는 매우 평온했다. 그리고 한 번 더 무척 죄송하다고 말했다. 하지만 사실, 난 모든 것에 무감했다. 박살 난 판에도 아버지의 깊은 근심에도. 심지어 어머니의 눈물에도 난 무감했다.

그날 저녁 잠자리에 들었을 때 왼손이 욱신거리고 아팠다. 손을 차게 하기 위해 이부자리 바깥에 두었는데도 별로 나아지지 않아서 팔 앞쪽을 베개 위에 놓아 손이 머리 위로 가서 피가 빠지도록 했다. 인생이 얼마나 달라졌는지 놀라웠다. 심지어는 이모젠을 떠올려도, 늘 그렇듯 격통이 일긴 했지만, 통증이 무뎌졌다. 나는 이모젠 생각 위에 향기로운 흰색 육체에 대한 기억을 꽂았다. 나는 이상한 걸 바라는 나 자신을 발견했다. 나는 이비가 내 것이 되었다는 걸 이모젠이 알길, 내게 깊은 평정심을 선사한 이 매혹적인 우리 지역 명물이 얼마나 예쁜지 이모젠이 알길(물론 얼마나 예쁜지는 알았을 것이다.) 바랐던 것이다. 나는 스틸본을 상상하며 동쪽으로는 대학가의 상류층 자제들, 서쪽으로는 마구간 청년들을, 남쪽으로는 관능적이고 매혹적인 넓은 숲을, 북쪽으로는 황량한 절벽을 떠올렸다. 챈들러스 클로스에서 올드 브리지까지는 안전하고 순찰이 이루어지는 선, 은색 실과 같았다. 하지만 로버트는 옆쪽 골목으로 오토바이를 타고 감으로써 그 길을 뚫었다. 나는 심지어 더 안전하게 클로스와 그 우스꽝스러운 목조 교회당 사이 길을 뚫었던 것이다. 일정한 규정에 의거한다면, 나는 배버컴 중사를 오쟁이 진 남자로 만들었던 것이다. 나는 오쟁이 지다란 말에 대해 좀 막연하게 생각했지만, 적절한 말 같았다. 무엇보다도, 나는 다시 한 번 세세하게 즐기면서 그녀의 육체로 돌아갔다. 나는 이제 그녀의 몸에 대해 세세히 잘 알았다. 나는 새로운 승리를 계획하기 시작했다. 내일은 무심한 듯 우아하고 편안하게 웃으며 내 소유물의 떨림과 전율을 즐기면서 한쪽 분홍빛 꼭지에서 다른 꼭지까지 키스로 망을 짜리라. 손은 머리 위에서 욱신거리고 머리는 흰색 여성스러움으로 가득 차 나는 새벽이 넘어서야 잠이 들었다.

그다음 날은 심지어 아침 식사 시간까지도 길게 느껴졌다. 견딜 수 없을 만큼 시간이 남아 있었다. 날은 덥고 눈부셨으며, 기다림의 시간을 어떻게 보내야 할지 생각이 나지 않았다. 부모님은 여전히 심각하고 근심에 빠져 있었다. 나는 관계를 회복하기 위해 설거지를 돕는 등 최대한 배려심을 보이며 행동했다. 내가 무엇을 할 수 있을지 부모님에게 여쭤 보았다. 장보기는 어떤지. 하지만 어머니는 허락하지 않으셨다. 조제실로 들어가 약을 배달해 드릴지 아버지에게 여쭤 보았는데(수년간 하지 않은 일이었다.) 아버지는 머리를 저으실 뿐이었다. 나는 산책을 갈 수가 없었다. 왜냐하면 약효가 너무 강해서 대부분 시간을 집 안에서 보내야만 했기 때문이다. 손이 부어서 피아노를 칠 수도 없었다. 아버지는 피아노 앞쪽을 열어

서 조제실 벽에 기대어 놓으셨다. 시간이 날 때 수리하시고자 했다. 그래서 피아노 의자 위에 앉아 있으니 음악이 아니라 복잡한 기계가 보였다. 난 별로 개의치 않았고 피아노 칠 생각도 그다지 없었다. 엄청난 속도를 자랑하는 반음계 스케일을 오른손으로 한번 쳐 보았을 뿐이다. 피아노는 많이 망가진 것 같지 않았다. 아니면, 최근 입은 손상이 이미 너무 심각해서 조금 더 망가진 정도에 지나지 않았다. 심지어 건반들도 자기 자신의 우스꽝스러운 처지를 보고 무슨 일이 있어도 끝까지 가 보고자 용감하게 결심한 사람처럼 무시무시한 누런 웃음을 짓는 듯했다.

내가 챈들러스 레인에서 초조하게 발걸음을 옮기고 있을 때에도 병원 일은 끝나지 않았고, 참기가 어려웠다. 나는 다듬어진 봄까치꽃 울타리를 지나 우리 집 정원 밑 높은 벽에 기대어 서 있었다. 나는 절벽을 향한 언덕을 바라보았다. 그곳에는 토끼 서식지가 폭포수처럼 쏟아져 내렸고, 덤불이 있었으며, 그 너머 꼭대기에는 나의 관능적인 수풀이 있었다. 나는 교회당 종이 정시를 알리며 울리는 소리를 들었고 이비가 병원을 나온다는 생각에 심장이 뛰었다. 하지만 이비는 오지 않았다. 나의 분노는 더해 갔고, 나는 챈들러스 클로스 가까이까지 걸어갔으나, 이비의 모습은 보이지 않았다. 나는 내 은색 실을 왔다 갔다 하며 순찰했고 그곳을 떠날 수가 없었다. 그리고 시간이 지남에 따라 나는 내가 옴짝달싹할 수 없고 만약 필요하다면 하루가 다 갈 때까지 거기에 있으리라는 것, 필요하다면 밤새 있으리라는 것, 조금이라도 기회가 있다면 끝까지 그곳에 머물리라는 것을 알게 되었다.

정말 이제 기회가 없다는 생각이 들 찰나에 그녀의 모습이 보였다. 다시 한 번 우리 지역 명물로서 나타나 어느 때보다도 향기를 내뿜고 있었다. 그녀는 입을 벌리고 걸으면서 미소 지었다. 그녀가 나를 보고 몹시 기뻐한다는 걸 알았다. 왜냐하면 내가 그녀에게 손을 들었을 때 그녀는 웃으면서 검은 머릿결을 뒤로 젖히고 한두 발짝 내게 뛰어왔기 때문이다. 그녀의 향기가 그녀와 함께 왔다.

"이비, 안녕! 오래 걸렸네!"

"수업받고 있었어."

"수업이라니?"

"알잖아. 비서 일."

"아! 윌멋 대위."

이비는 깔깔 웃었고 내가 강요하지 않았는데도 우리의 수풀로 이르는 좁은 길로 접어들었다. 그녀는 어깨 너머로 눈을 번득였고(아니면 '반짝였고'가 더 나은 말일 수도 있겠다.) 나는 가까이에서 그녀를 따랐다.

"속…… 기. 속기."

"'폐렴'을 어떻게 쓰는지 말해 봐."

이비는 웃었고 막다른 곳에 이를 때까지 언덕 위로 소녀처럼 뛰기 시작했다.

"그런 거 아니야!"

무성한 나무들이 우리를 에워싸기 시작했다. 그녀의 드레스와 나 사이 잎들 틈으로 상쾌한 공기가 스며들었고, 인동 덩

굴의 향기가 뿜어 나오며 우리를 둘러쌌다. 나는 가까이에서 그녀의 걸음을 따라갔다.

"그런 게 아니라니 무슨 말이야?"

"의학 관련된 거 말고. 그러니까……."

그녀는 또 웃었다.

"그냥 아무 책이나 들어, 대위님은."

가시나무가 우리의 속도를 늦췄다. 내 코는 그녀의 머리칼로부터 몇 센티미터 채 안 되는 거리에 있었다. 내가 맡는 냄새가 위쪽 울타리 속에서 불타는 유혹과 뒤섞인 여름 내음인지 그녀 육체의 향기인지 알 수가 없었다. 냄새를 맡을 수 있든 없든, 나는 그녀의 몸이 얇고 희푸른 면 아래에서 움직이고 있는 것을 볼 수 있었다. 내 몸도 솟아올랐다. 나는 그녀의 팔을 잡고 끌어당겨 세게 키스했다. 그녀는 입을 치우며 웃었다.

"안 돼, 안 돼, 안 돼!"

그녀는 나를 밀어냈다. 웃고 광채를 발하고 향기를 뿜으며 길 위로 몸을 숙였다.

"더 잘하지 않으면 날 체벌하겠다고 하셨어!"

월멋 대위가 전동 휠체어에서 몸을 끌어올려 나오고 늑대처럼 웃는 모습이 떠올라 온몸을 흔들 듯 웃음이 터져 나왔다.

"망할 놈의 늙은이! 네 아버지한테 말하지그래!"

이비는 더 높은 목소리로 웃었다. 우리는 길에서 나와 수풀로 들어갔다. 나는 이비를 잡으려 했지만 그녀는 여전히 웃고 수줍어하며 덤불로 사라졌다.

"이비! 어딨어?"

아래 계곡에 있는 마을로부터 들려오는 소리 외엔 아무것도 들리지 않았다. 나는 덤불 사이로 더듬더듬 갔다. 그곳에서 그녀는 홍조를 띠며 반짝이는 얼굴로 날 맞았다. 팔을 그녀에게 두르자 그녀는 두 팔로 날 밀어냈다.

"안 돼! 안 돼! 안 돼!"

마을에서 놋쇠 종의 뗑그렁뗑그렁 소리와 대강 거칠게 외치는 소리가 선명하게 들려왔다.

"호 예이! 호 예이! 호 예이!"

이비는 숨을 멈췄다. 내 눈 앞에 단추처럼 부푼 것 두 개가 가슴을 덮은 얇은 천 속에서 솟아올랐다. 그녀는 눈을 감고 거칠게 날 밀어냈다.

"올리, 날 가져! 지금! 날 가지라고!"

그리고 일 분 후, 면 드레스는 꽃들 사이에 납작하게 뭉개지고, 눈은 떨리고 얼굴은 일그러져, 웃음은 변해서…….

"날 아프게 해, 올리! 아프게 하라고!"

나는 그녀를 어떻게 아프게 할 수 있을지 몰랐다. 소년의 열의로 나의 급한 맥박을 채찍질해서 이는 파동과 그녀의 수축하고 팽창하는 몸 사이에서 어쩔 줄 몰랐다. 그녀는 어떤 빠른 리듬도 허락하지 않았고, 길고 깊은 바다의 팽창만을 허락했다. 그 속에서 그녀의 남자, 그녀의 소년은 대상에 지나지 않았다. 뼈가 없는 것 같은 그 여자는 깊이 팽창하며 고개를 돌리고 두 눈을 감았으며 이마에는 주름이 졌다. 그것은 일종의 괴로운 여정이었으며, 깊디깊고 어두우며 고통스럽고 악한 곳에 이르는 데 집중되었다. 나는 심해의 작은 배였고, 바다는 신음 소리를 내는 사적 소유물이었으며 경멸과 환멸로 가득차 있었다. 동반자가 필요하지만, 환영받지 못하는 곳이었다. 나는 배를 더 이상 끌고 갈 수가 없었고, 내 배는 파도에 압도당하며 갑자기 그녀에게 지휘권을 빼앗겼다. 배는 바위로 향했고 고뇌에 찬 큰 고함 소리가 났다. 나는 부서진 파도와 난파된 자들 가운데 있었다.

나무들은 다시 제자리로 돌아왔다. 유일하게 나는 소리는 내 심장 소리였던 것 같다. 꽃들은 마치 페인트칠한 것처럼 고요하고 멀게 느껴졌다. 나는 그녀로부터 재빨리 떨어져 나왔고 죽은 잎사귀들 사이에 얼굴을 파묻었다. 매서운 깨달음이 다가왔고, 천천히 더 나쁜 뭔가가 되었다. 그녀가 휘청거리며 일어서서 성급히 드레스를 입는 소리가 났다. 나는 무릎 위로 몸을 일으켜 그녀를 쳐다보았으나 그녀는 나를 무시했다. 그녀는 길을 향해 돌아섰지만 나는 뛰어서 그녀와 길 사이를 가로막았다.

"이비!"

그녀는 더듬더듬 덤불을 헤치며 옆으로 향했고, 나는 따라가서 그녀의 팔을 잡았다.

"제기랄, 이비!"

이어서 우리는 얼굴과 얼굴을 맞대고 왜 어떻게 누구의 잘못인지, 나는 소리를 지르고 그녀는 고함을 지르기 시작했다. 마치 소음을 내면 그 순간이 지연될 수 있다는 듯이.

그러고 나선 시작할 때만큼이나 급작스럽게 조용해졌다. 그리고 돌이킬 수 없는 사실이 차가운 침묵의 위협 속에 그 정체를 드러냈다.

이비는 돌아서서 마치 공기가 필요한 듯 절벽 끝에 자리한 나무들 사이로 발걸음을 옮겼다. 나는 우스꽝스럽게도 최대한 작은 소리를 내며 그녀를 따랐다. 목소리를 가다듬고 속삭였다.

"네 생각에 생길 것……?"

짜증이 난 듯 그녀는 몸을 흔들고 수평으로 난 주름을 괜히 격하게 폈다.

"제길, 내가 어떻게 알겠어?"

"난 그러니까……."

"글쎄. 너도 나처럼 기다려 봐야 하지 않겠니, 그렇지?"

그녀는 불쾌한 표정으로 일그러진 웃음을 지으며 나를 쳐다보았다.

"아무것도 아닌 일 가지고 큰일이 생겼다고 생각하는 거지, 안 그래?"

나는 이를 꽉 물고 여성 인류 전체에 대해 적대심을 느끼며 그녀의 시선을 되받아쳤다. 마치 내 머릿속 생각을 읽을 수 있다는 듯이, 그녀는 나를 향해 중얼거렸다.

"난 남자들을 증오해."

미세한 놋쇠 소리가 계곡에서 들려왔다. 우리 둘 모두 몸을 돌려 소리에 귀를 기울였다. 배버컴 중사가 그의 두 번째 목적지에 도착했던 것이다. 나는 덤불 사이에서 심지어 올드 브리지 꼭대기에 있는 빨갛고 파란 점 같은 그를 볼 수 있었다. 이비는 다른 곳을 쳐다보았다. 그녀는 내 앞에서 약간 오른편으로 서 있었다. 가슴 아래 팔짱을 끼고 다리는 벌리고 머리는 숙인 채였다. 그녀는 우리 지역 명물이 아니었다. 그녀는 세탁소 여인처럼 서 있었다. 그녀는 교회로부터 다리까지, 챈들러스 클로스부터 바로 가로질러 숲으로 이르는 언덕까지 마을 전체를 천천히 훑었다. 드디어 입을 열었을 때, 그녀는 누더기를 입은 사람들 사이에 있는 저 끝 챈들러스 클로스의 조야한 목소리, 거칠고 한에 찬 목소리로 말했다.

"난 이 마을을 증오해. 증오해! 증오해! 증오한다고!"

나는 토끼 서식지가 갈색 폭포처럼 쏟아지는 곳을 넘어 초록빛 언덕 아래에 있는 마을 자체를 살펴보았다. 우리 집 정원, 우리 집 풀밭, 화장실 창문 아래 높은 벽을 관찰했다. 지붕을 넘어 돌리시 부인 집이 보였을 때 덤덤한 자동차 경적 소리를 들었다. 저곳에서 내 범죄의 경중이 가려질 것이었다. 나는 오리나무 밑으로 물러났다. 이비는 조롱하며 나를 향해 섰다.

"걱정 마. 저 거리에선 아무도 널 알아보지 못할 거야."

"이비, 우리 어떻게 하지?"

"할 수 있는 건 아무것도 없어."

"네가……."

내게는 그와 관련된 생물학적 요인들에 대해 막연하기 짝이 없는 생각만 있었고, 도움이 될 만한 것도 전혀 없었다. 나는 후회스러워하며 홀로 휘파람을 불었고 머리카락을 눈에서 치웠다.

"언제 알 수 있어?"

"다음 주 월요일이나 화요일. 어쩌면."

그녀는 마을로부터 돌아서서 촘촘한 걸음으로 길을 따라가기 시작했다. 나는 뒤를 따랐고, 우리 중 아무도 말하지 않았다. 저녁이지만 아직도 밝았고, 따뜻했다. 여자로 산다는 것이 얼마나 끔찍한 일인지 내가 갑작스럽게 깨달은 건, 아마도 너무도 가련하고 왜소해 보이는 그녀의 뒷모습과 연약해 보이는 맨팔 때문이었을지도 모른다.

"이비."

그녀는 돌아보지 않고 멈춰 섰다.

"기운 내. 아무 일 없을 수도 있어."

흐느껴 우는 것 같은 소리가 들려왔고, 그녀는 길 아래로 뛰어가기 시작했다. 나는 어떻게 해야 할지 생각하며 더 천천히 따라갔다. 챈들러스 레인으로 이르는 길에 다다랐을 때, 그녀는 30미터 정도 떨어져 집으로 가고 있었다. 다시 일정한 보폭으로 신중하고 안정감 있게 걸어갔다.

나는 그 모습에 당황하고 나의 위험을 감지하며 기력을 잃은 채 집으로 향했다. 나는 무서운 고통을 느끼며 옥스퍼드를 떠올렸다. 만약, 만약에, 그녀에게 아기가 생긴다면 옥스퍼드와는 영원히 작별이었다. 바로 그 벽돌과 모르타르 사이로 속삭임과 비웃음이 새어 나오는 것을 들을 수 있었다. 결혼하려고 열여덟 살 때 학교를 떠난다. 어쩔 수 없이. 아니면 생활비만으로 일주일에 7파운드 6펜스. 나는 7파운드 6펜스에 대해 알았다. 매달, 아니면 아홉 달 동안 놀림거리가 될 우리에게 쏟아질 수많은 말들 가운데 하나였다.

"그런 일이 없을 수도 있어!"

그러자 부모님 생각이 날 엄습했다. 너무나 다정하고 느리며 단단하신 아버지, 날카롭지만 날 정성껏 돌보고 지극히 자랑스럽게 생각하시는 어머니. 그분들이 받을 충격은 어마어마했다. 오직 결혼을 통해서긴 하지만 끔찍하게도 배버컴 중사와 혈연관계를 맺다니! 매우 섬세하게 자리 잡고 있으며, 신중하게 유지되고 극렬하게 방어돼 온 그분들의 사회적 위상이 나락으로 떨어지는 것이 보였다. 재기는 불가능하지만 쉽사리 추락 가능한 그 미미한 위치로 부모님을 층층이 끌어내리는 셈이 될 것이다. 그렇다. 그분들에게는 엄청난 타격일 것이다.

　나는 몰래 위층으로 가려고 했으나 소용없었다.

　"올리버! 얘야, 너니?"

　"네, 어머니."

　"빨리 와서 저녁 먹어라."

　나는 식당으로 들어갔다. 두 분 다 식탁에 계셨다. 나는 찬 햄을 바라보았다. 나는 음식에 대해 잊었고, 식욕이 없었다.

　"안 먹을래요."

　"무슨 소리니!" 어머니는 눈을 반짝이면서 날 바라보셨다. "너처럼 한창 크는 아이가! 앉아서 먹어야 착한 아이지. 게다가 아버지가 하실 말씀이 있단다."

　나는 순종하며 앉아 내 접시에 있는 햄 조각을 쳐다보았다.

　"어서 말하세요, 여보. 말하세요!"

　아버지는 씹기를 마치셨다. 깊은 생각에 잠긴 눈이었고 회색빛 해마 수염이 부드럽게 위아래로 움직였다. 그는 대머리를 내 쪽으로 천천히 돌렸다.

"피아노에 관한 거란다, 올리."

"죄송하다고 말씀드렸잖아요."

"그래, 다 지난 일이야." 어머니가 즐겁게 웃으며 말씀하셨다.

"다 끝난 일이지. 다 끝나고 지난 일이야. 들어 봐!"

"네 엄마랑 나랑 생각을 좀 해 보았다. 수리하려면 시간이 오래 걸릴 게다. 접착제가 붙어야 하고 등등. 그래도 네가 손을 다쳤으니 몇 주간은 칠 수가 없겠지."

"말씀 좀 하세요, 여보! 늘 이렇게 느려서야!"

"여태껏 네가 열심히 애쓴 데 대해 우리가 제대로 선물을 해 준 적이 없는 것 같아서, 네 엄마와 내가 생각을 했단다. 피아노를 바체스터로 가지고 가서 수리할까 한다. 두 작업을 한꺼번에 하려고. 물론 돈이 빠듯하긴 하다만. 그렇지, 여보?"

"돈이야 항상 빠듯하지요. 돈이라는 게 그렇잖아요!"

"그래도 내가 좀 살펴보았는데, 잘하면 될 거라 생각……."

"그리고 손이 아물면 바이올린을 연주할 수 있잖니, 올리버. 넌 피아노에 미치기 전에는 바이올린도 근사하게 연주하지 않았니!"

"휴일에 옥스퍼드에서 돌아오면 피아노가 제대로 준비되어 있을 게다."

아버지는 다시 접시를 향했고 계속 식사하셨다.

"물론, 비비시 피아노만큼은 아니겠지만!" 어머니가 말씀하셨다.

"더 좋을걸." 아버지가 말씀하셨다. "요즘 수리를 얼마나 잘하는데. 또 나무틀이 아니니까. 나무는 늘 쓸모없어져. 왜

나무를 쓰는지 모르겠어."

"건반도 다시 하얗게 만들 수도 있겠네요."

"촛대는 필요 없어요. 촛대를 없애라고 해야겠어요."

"철제 틀은 꾸준히 긴장을 줄 수 있어. 우리 건 철제잖아."

"얘야, 왜 그러니? 자, 이제 다 잊어버리자!"

"마음을 다잡도록 하자, 아들아!"

"아버지, 이건 유전자 문제예요."

"말 조심해라, 얘야."

"아버지께 조심해야지, 올리버. 햄 좀 먹어라. 먹으면 좀 나아질 거다."

아버지는 생각에 잠긴 듯 일어나서 조제실로 터벅터벅 걸어가셨다.

"아휴, 어리광 부리기는." 어머니가 부드럽게 말씀하셨다. "그래, 어떨지 잘 안다. 남자아이들한테도 커 가는 건 어렵지. 다 피 때문에 그래. 모든 게 다 들끓고 있거든. 얘야, 햄을 먹고 나면 기분이 훨씬 좋아질 거야. 나도 기억이 생생해. 놀랄 거다, 올리. 우리는 널 무척 자랑스럽게 생각한다. 하지만 그런 말을 자주 하면 네게 좋지 않을까 봐 안 하는 거야. 자, 여기 겨자."

아버지는 말없이 들어와서 내 접시에 작은 유리병을 놓으셨다. 약이었다.

하루하루가 질질 끌려가듯 지나갔다. 배버컴 부인은 50미터 거리 안에서는 내게 계속해서 눈을 번득이며 옆으로 인사했다. 이비는 더 이상 순찰로로 다니지 않았다. 챈들러스 레인에서 기다리면서 나의 희망은 점점 더 사라져 갔다. 때로는 그녀가 접수실에서 타자 치는 소리가 들렸고, 때로는 빠른 걸음으로 병원에서 집으로 가는 모습이 보였지만, 그게 전부였다. 이비는 날 피하고 있었다. 월요일이 오고, 화요일, 수요일이 지났지만 그녀의 모습은 보이지 않았다. 나는 공포 상태에서 끊임없이 걱정하는 상태로 접어들었다. 내 꿈들은 새로운 걱정거리였다. 늘 같은 꿈이었다. 스틸본에서 걸어 다니며 사형 선고를 받는 꿈이었다. 부모님도 꿈에 등장하셨다. 실은 스틸본의 모든 사람들이 꿈에 나왔고, 내 범죄 행위가 뭔지는 꿈에서 분명치 않았지만 나의 죄가 용서받을 수 없는 것이라는 데에 모든 사람들이 동의했다. 그게 꿈임을 알고 안도의 한숨을 쉬며 잠에서 깨곤 했다. 그러고 나선 이비를 떠올렸다.

일주일 후 나는 말을 건네진 못했지만 다시 이비를 보았다. 이비와 이완 선생님의 빼빼 마른 동료인 존스 선생님이 이완가의 두 잔디밭 중 더 넓은 곳에서 거니는 모습을 화장실에서 포착했다. 나는 처음에는 그녀가 걱정되어 마치 엑스레이 눈으로 보듯 쳐다보았지만, 별다른 점을 발견할 수 없었다. 실제로 그녀는 전과 똑같은 모습이었다. 휘날리는 속눈썹은 제멋대로 움찔거렸고, 입은 열린 채 무릎 아래만 움직였고, 입술은 신비스럽게 미소 지으며 숨을 내뿜었다. 나는 화가 나면서도 마음이 놓였다. 분명 저런 상태인 여자라면(만약 정말 그런 상태라면)……. 하지만 빼빼 마른 존스 선생님은 이상하게 행동했다. 마른 몸 뒤로 두 손을 꼭 쥐고 있었다. 무릎을 그녀의 몸 반대쪽으로 틀고 옆을 바라보며 웃고 있었다. 별로 의사 같아

보이지 않는다고 생각했다. 어리석은 늙은이 같아. 아무리 젊게 봐도 마흔 살 정도.

그러고 나서 드는 생각은 외모와 상관없이 그가 의사라는 점이었다. 여자들이 왜 의사를 만나는지 난 알았다. 마치 고르곤[15]인 듯 그 행복한 커플이 집 뒤로 사라지는 것을 보았다. 한 가지는 분명했다. 그녀를 만나야만 했다. 팔이 부러졌거나 두드러기가 났거나 하는 설득력 있는 이유가 없는 한, 의사에게 진료받아야 한다고 아버지에게 말씀드리면 처음과 같은 약을 주실 게 뻔했다. 아니면, 지난번 두 차례 약물이 완벽히 효력을 발휘한 것을 생각한다면 마무리 약을 주실 거였다. 심지어 피아노 판을 부순 것이 유별나게 요란한 일에 불과했고 별일 아니었다는 듯이 내 왼손도 다 나아서 움직일 수 있었다. 우울하고 근심에 젖은 나는 자신을 살펴본 결과 내가 건강하다는 것을 발견했다. 의심의 여지가 없었다. 게다가 나는 의사들과 무척 가까이에 살았음에도 놀랍게도 그들에 대해 경외심을 느꼈다. 그래서 이완 선생님이 정자 표본을 들여다보고 내가 곧 아빠가 될 거라고 선언할지도 모른다는 비이성적인 두려움이 있었다. 그녀를 만나야만 했고, 뻔뻔스럽게 행동해야겠다고 마음의 준비를 했다. 나는 내 침대 옆 책꽂이에 있는 책 한 권을 빼 들고 아래층으로 씩씩하게 걸어 내려가 조제실로 곧장 들어갔다. 아버지는 조그마한 안경알로 처방전을 유심히 보고 계셨다.

___

15) 그리스 신화에 나오는 세 자매 괴물.

"배버컴 양 줄 책이에요." 나는 가볍게 말했다. "가져다줄 까 했어요. 괜히 나중에 귀찮아……."

걱정할 필요가 없었다. 아버지는 오른손으로 주걱을 찾으려 더듬더듬하셨고 계속해서 처방전을 보며 중얼거리느라 내가 지나가는 것을 알아채지도 못하셨다. 나는 복도를 지나 문을 열고 접수실 안으로 들어갔다. 마치 이비가 주삿바늘을 꽂은 듯 존스 선생님은 벌떡 뛰어 이비로부터 멀리 떨어졌다. 입가에 미세한 립스틱 자국이 있는 그가 나를 바라보았다. 안도하는 듯, "아, 너였구나!"라고 말했다.

그러자 바깥문이 쿵 하고 열렸고 댄스 부인이 비대한 몸 때문에 힘들어하고 헐떡이면서도 최대한 큰 목소리로 울부짖으며 육중한 몸을 이끌고 들어왔다. 부인의 두 팔에는 어린 더기가 안겨 있었다. 더기는 얼굴이 새빨개져 컥컥댔다. 존스 선생님은 금세 변신하여 지시를 내리기 시작했다.

"댄스 부인, 침착하세요! 아이를 저한테 주세요. 배버컴 양, 따라와요."

네 명(다섯 명으로 보였지만)은 한데 모여 수술실로 들어갔다. 나는 이디스 시트웰의『전원 코미디』한 부를 든 채 문가에 남게 되었다. 나는 돌아섰고 아직까지도 내 불분명한 미래를 알 수 없어 괴로움에 빠진 아버지가 말없이 느리지만 확고하게 움직이는 조제실로 들어갔다.

그래서 나는 염탐과 순찰 그리고 호시탐탐 파헤치는 일로 돌아갔다. 어머니가 어떻게든 내게 뭐라도 먹이려 애써도, 나는 입맛이 없었다. 그리고 일요일 아침이 돌아왔고 나는 이비를 다시 만났다. 나는 챈들러스 레인에 있는 이완가 정원 밑 벽 옆에 시무룩한 표정으로 서 있었다. 나는 심지어 반대쪽에 있는 나무 오두막 근처도 둘러보았다. 혹시 거기에서 사람들이 미사를 드리고 있을지도 모른다는 생각에서였다. 하지만 그곳은 폐쇄된 채 조용했다. 나는 다른 쪽으로 향해 봄까치꽃 울타리가 있는 집들과 교구 목사 집 정원의 아래쪽을 지나 챈들러스 클로스가 잘 보이는 곳까지 갔다. 그녀의 모습을 볼 수 있을까 해서 그녀 집 입구에서 서성거렸다. 결국 나는 희망을 잃고 지친 채 헤매며 돌아와 이완가의 거친 벽돌 벽에 몸을 기대고 서 있었다. 긴 모퉁이를 도는 치마가 팔랑거리는 것을 처음 목격했다. 나는 옅푸른 꽃가지가 수놓인 하얀색 면 드레스가 이비 것임을 즉시 알았다. 나는 벽에서 휙 물러나 재빨리 그녀에게 다가갔다. 그녀는 일정한 보폭을 유지하지 않고 머릿결을 나부끼며 가슴과 허벅지 윤곽이 드러나는 드레스를 입은 채 무릎 밑 다리만 움직이면서 나만큼이나 빨리 걷고 있었다. 나는 곧장 그녀에게 다가가 두 팔로 그녀를 잡았다.

"이비, 말해 봐!"

그녀는 내가 마치 적군인 양 찌푸린 얼굴로 쳐다보았다. 정성 들여 짙게 화장한 얼굴이었다. 날리는 속눈썹은 손질되어 있었는데 검은색 물질이 달라붙어 딱딱해 보였다. 눈가는 푸른색으로 그려져 있었고, 입술은 선홍색 종이를 가위로 오려 낸 듯이 깔끔하게 칠해져 있었다.

"올리 군, 가 줄래? 난 너 다시는 안 볼 거야."

내가 붙잡자 그녀는 저항했지만 팔을 움직일 수 없었다. 나는 절박하게 속삭였다.

"너 임신했어?"

"아, 그거?"

나는 그녀를 흔들어 댔다.

"아기 말이야! 너……."

그녀는 팔을 빼내고 독기 서린 눈으로 날 바라보았다.

"그래, 궁금해 죽겠지? 그렇지?"

"알아야겠어!"

그녀는 짜증이 난 듯 머리를 흔들고 지나가려 했다. 나는 팔을 내밀어 그녀를 막아섰다. 그녀는 몸을 수그리고 그 아래로 지나가려다가 소용이 없자 옆을 향해 수풀로 이르는 길로 갔다. 그녀는 자신이 어디로 향하는지 알고 돌아섰지만 내가 길 입구를 막았다. 그녀는 나를 피해 길 위로 갔지만, 나는 그녀를 바짝 쫓았다. 그녀의 맨팔을 잡고 휙 돌렸다.

"이비!"

그녀는 울타리 쪽으로 머리를 돌려 뭔가를 내뱉었다.

"이봐, 이비! 너 왜 그러는 거야?"

그녀는 몸을 똑바로 하고 딱딱 소리 나는 속눈썹 아래에서 날 쳐다보았다.

"파리를 삼켰나 봐."

"자, 제발 말해 봐. 너 임신한 거니?"

"아니, 아니야. 내가 임신했더라도 네가 상관이나 하겠어? 아니면 그 누가 되었건."

"오, 하느님 감사합니다!"

그녀는 사납게 날 따라했다.

"오, 하느님 감사합니다, 감사합니다, 감사합니다!"

그녀는 가지에 부딪히며 쐐기풀에 아랑곳하지 않고 수그린 채 이리저리 더듬거리며 길 위로 올랐다. 내 마음에는 큰 기쁨과 평화가 찾아왔다. 나는 더 빨리 걸어가 불과 1미터 정도 뒤까지 그녀를 따라갔다. 그녀는 느리지만 몸을 실룩거리며 더듬더듬 갔다. 그녀는 뛰기 시작하며 말을 꺼냈는데, 그녀의 말은 그녀의 몸놀림만큼이나 가지런하지 않았다.

"내가 죽어도 네가 무슨 상관이겠어. 아무도 상관 안 해. 네가 원하는 건 이놈의 몸뚱이지 내가 아니잖아. 다들 내 몸뚱어리를 원하지, 아무도 나를 원하지 않아. 난 저주받았고, 넌 네 자지와 영리함 그리고 네 화학 공부로 저주받았지. 이놈의 몸뚱어리뿐이야, 난."

우리는 햇살이 쏟아지는 수풀에 갑자기 이르렀다. 나는 기쁨과 자유를 만끽하며 그녀를 다시 끌어당겼고 그녀가 나의 기쁨을 함께 누리기를, 세상 모든 사람들이 나의 기쁨을 함께 누리기를 바랐다. 한 팔로 그녀의 등을 잡고 둥근 젖가슴을 내 가슴에 댄 채 나는 키스하려고 손으로 그녀의 얼굴을 올렸다. 그녀는 얼굴을 찌푸리곤 옆으로 돌려 고양이 새끼처럼 침을 뱉었다.

"왜 그래, 이비! 귀염둥이! 기운 내라고, 배버컴 아가씨!"

이에 대한 답으로 그녀는 손을 내 어깨에 얹고 머리는 옆으로 내 가슴에 댄 채 나를 향해 무너졌다. 그녀는 목이 메어 훌쩍이며 말했다.

"넌 나를 사랑한 적 없어. 아무도 날 사랑한 적 없어. 난 사랑받고 싶었어. 나는 누군가가 내게 친절하기를 바랐어. 나는 원했어……." 그녀는 다정함을 원했다. 나도 그랬지만, 그녀로부터는 다정함을 원하지 않았다. 그녀는 나의 고매한 환상과 경배 그리고 절망적인 질투의 일부가 아니었다. 그녀는 접근 가능한 물건이었을 뿐이다. 나는 우리가 다시 상식적인 관계로 돌아갈 수 있도록 여름 번개 몇 줄기와 여름 폭풍우가 지나가길 기다리며 미소 지었다. 결국, 그녀는 여자였고, 유용하고 매혹적이며 호기심 많은 존재가 아니었던가. 그리고 예상했던 대로, 잠시 후 그녀의 훌쩍거림은 멈췄다. 나는 그녀를 조금 놀리면서 신비스러운 둥근 미소가 돌아오기를 기다렸다. 하지만 그녀는 천천히 나를 밀어내고 머리를 흔들어 빼냈다. 그녀는 손수건 한 조각으로 눈과 코를 닦으며 덤불 사이를 천천히 지나 토끼 서식지 위 오리나무로 향했다. 그리고 그늘에 펄썩 주저앉아 한쪽 팔꿈치를 괴고 잎사귀들 사이에 드러난 스틸본을 침울하게 바라보았다. 몇 분 후 나는 다가가 꽃을 향한 벌처럼 신이 나서 그녀 곁에 무릎을 꿇었다. 나는 그녀의 맨팔을 쓰다듬었고, 그녀는 날 파리 취급하며 내 손을 걷어 냈다. 나는 웃으며 라블레풍(風) 몸짓으로 그녀의 치마를 올렸다. 낄낄대며 그녀의 속옷 고무줄을 잡아당겼다. 내 손이 닿아 무릎까지 내려오자, 그녀는 몸을 피했다. 그녀는 격렬히 몸부림치며 다시 벌떡 일어났고 죽은 듯 창백한 얼굴에 화장이 두드러지는 가운데 어깨 너머로 날 내려다보았다.

어떤 것들에 대한 기억을 추적하는 데는 아무런 연구도, 학습도, 반복도 필요하지 않다. 그것들은 눈 속에 각인되어 그후 세세한 점들까지도 영원히 반추할 수 있다. 게다가 그런 것들은 본질상 (우리는 우주 어디엔가에 흔적을 남기지 않고는 생각할 수 없으므로) 필연적으로 해석을 동반한다. 거기서 무릎을 꿇었을 때, 그녀는 보이지 않았고 오직 계시만이 드러났으며 자연스러운 불가항력에 의해 모든 게 선명해졌다.

늑대같이 엉큼하게 웃고 몸속 깊이 포탄 파편이 박혀 있는 월멋 대위! 총검 준비! 자기 안에서 제거된 젊음의 유령을 쫓는 착한 이웃이자, 타고난 재능을 지닌 학생에게 지나치게 헌신적인 선생!

이비가 그자 앞에 무릎을 꿇었다는 건 분명했다. 그리고 그는 아마도 휠체어에 앉아 머리 숙인 그녀에게 다가가 오른손으로 그녀를 때렸을지도 모른다. 거대한 바다가 팽창하는 가운데 저 붉은 채찍 자국을 냈을 것이다. 그러고는 힘이 빠져 (왜냐하면 망가지고 분비물이 많은 그 괴물은 강하지 않았기 때문이다.) 자국이 난 다른 곳을 왼손으로 덜 세게 쳤을 것이다.

내가 얼마나 오랫동안 그녀를 제대로 보지 않으면서 그저 바라보기만 했는지 모르겠다. 우리 둘 다 아무 말도, 아무 움직임도 없이 조용히 있었다. 나는 열여덟 살이었고, 그녀도 그랬다. 내가 낸 첫 소리는 일종의 웃음, 도저히 믿을 수 없다는 웃음이었다. 그녀의 모습이 다시 보였다. 저 너머 아래 초점이 흐려진 스틸본을 보는 눈과 입술이 흰색 얼굴에 들러붙어 있었다. 나는 무능력을 자각하며 길을 잃은 듯 다시 웃었다. 마치 나나 어떤 사람이, 통치자가 누구인지 알 수 없을 뿐더러 존재하지도 않는 무, 괴리에 다다른 것 같았다. 삶의 단편.

내게서 눈을 떼지 않고 움직이지 않는 속눈썹 아래에서 날 뚫어지게 바라보던 이비는 머리카락에 한 손을 얹고 얼굴이 흐트러지지 않게 웃음소리를 냈다. 그리고 나와 눈을 마주하고 조용히 날 바라보았는데 피가 그녀 얼굴로 솟아올랐다. 피가 퍼져 얼굴이 붉게 상기되는 모습이 예사롭지 않았다. 반짝거리는 피부는 팽팽하게 부풀어 올랐고 얼굴은 움직이지 않았다. 입은 열린 채 고정된 것 같았다. 그녀는 자신을 방어하며 거친 목소리로 말했지만, 얼굴이 붉어진 것만큼 강박적이었다.

"그자가 불쌍했어."

나는 얼굴을 돌려 마을을 바라보았다. 덤불 아래 그늘 때문에 더 밝아진 마을은 다채로웠고 온화해 보였다. 우리 집 벽, 화장실 창문, 약국 창문, 작은 우리 집 정원을 보았다. 풀밭에 나란히 서 있는 부모님도 보였다. 어머니가 특유의 활발한 자세로 허리를 구부려 화단에서 일하는 동안 그곳을 내려다 보는 아버지의 모습이 보였다. 주위 풍경과 움직임으로밖에 알아볼 수 없을 정도로 그들은 너무 멀리 떨어져 있었다. 아버지는 어두운 회색 반점이었고, 어머니는 좀 더 밝은 회색 반점이었다. 갑자기 나는 그 총천연색 그림 속 깨끗해 보이는 그들과 이모젠의 세계, 그리고 자연의 잔인함과 투쟁으로 점철되어 썩어가는 고약한 냄새가 진동하는 땅, 즉 삶의 화장실이라는 여기 이 객체가 저쪽과 이쪽으로 완전히 분리된 느낌이 들었다.

그 객체는 아직도 날 응시하고 있었고, 그녀의 얼굴은 다시 하얘졌다. 우리는 거의 움직이지도 않고 거의 소리도 내지 않았기 때문에 찌르레기 한 마리가 풀잎을 쪼러 왔다. 찌르레기는 다리가 하나밖에 없었지만 꼬리를 옆으로 휙 날리며 균형을 잡았다.

이비가 무릎을 꿇고 몸을 일으키자 찌르레기는 시야 밖으로 사라졌다.

"올리."

"응?"

"너 안 그럴 거지……."

"뭘?"

그녀는 팔에 몸을 기댄 채 축 늘어져 땅을 바라보고 있었다. 앞니마다 붉은빛이 조금 보일 만큼 아랫입술을 깨물며 위를 쳐다보았다.

"뭐든 할게. 네가 원하는 거면 다."

내 심장이 큰 소리로 뛰고 내 몸이 흥분되기 시작했다. 두 회색 반점은 저기에 있었고, 삶의 필수 요소이자 형언할 수 없는 물체인 그녀는 이곳에 있었다. 나는 호기심에 차 내 노예를 쳐다보았다.

"얼마 동안이나 그랬어? 내 말은, 언제 시작되었느냐고."

"내가 열다섯 살 때."

놀랍게도 화장 아래에서, 그녀의 하얀 볼에서 미세한 미소가 나타났다. 마치 수줍지만 좋은 일을 기억하듯.

"그러다 말다 그랬어."

나는 손을 내밀었지만, 그녀는 움씰하고 손을 뺐다.

"안 돼. 오늘은 안 돼. 나 못 해!"

그녀는 조심스럽게 일어났다. 나는 그녀에게 단호하게 일렀다.

"내일 병원 끝나고 봐. 여기 있을게. 이곳에."

그녀는 몸을 흔들고 자기 자신을 추스르고는 다시 이비로 돌아왔다. 그녀는 심지어 숨을 조금 내쉬는 시늉도 하고 비뚤게 미소를 지었다. 그러고 나서 덤불 사이 길 하나를 찾아 사라졌다.

나는 그곳에 남아 무성한 자연과 냄새들 가운데서 스틸본을 쳐다봤다. 어딘가 벽에 걸려 있는 액자 안 그림인 스틸본을.

그날 저녁 식사 시간에 어머니는 계획을 발표하셨다.

"당신이 알아서 차 챙겨 마실 수 있지요? 당신과 올리 차요. 아니면 올리가 할 수도……."

아버지가 고개를 드셨다.

"뭐라고? 왜? 언제?"

어머니의 안경이 번쩍거렸다.

"아니, 여보! 당신이랑 올리 다 내 말은 하나도 듣지 않았나 봐요!"

아버지는 쑥스러운 듯 관심 있는 태도를 보이셨다.

"그래, 여보. 생각에 잠겨 있었소. 그래. 무슨 얘기를 하고 있었소?"

"올리도 완전히 딴 생각에 잠겨 있네요. 정말이지……."

"여보, 무슨 얘기지?"

"말했듯이, 바체스터에 간다고요." 어머니가 엄숙하게 선언하셨다. "토요일에요."

아버지는 머리를 문지르며 바체스터를 기억해 내셨다.

"아, 그렇지."

"1시 버스를 탈 거예요. 결혼식은 3시예요."

아버지는 결혼식을 기억해 내셨다.

"누구 결혼식이었더라?"

어머니는 찻잔을 제자리에 세게 내려놓으셨다. 분명, 예민한 날이었다.

"아니, 누구 결혼식이냐고요? 교황 결혼식이겠어요? 당연히 이모젠 그랜틀리 결혼식이죠!"

잠시 후 목소리가 다시 들려왔다. 어머니는 긴 연설을 마무리 짓고 계셨다.

"카데나에서 차를 마실 거예요."

"거기가 아마 제일 좋은 곳이겠지."

"거기가 어떤 곳인지 어떻게 아세요, 여보? 가 본 적 없잖아요. 끝나고 영화를 보러 갈지도 몰라요."

"스틸본에도 영화관이 있다오, 여보." 아버지가 도우려는 마음에 말씀하셨다. "뭘 상영하는지는 모르오."

"당신은 모르는 게 많아요." 어머니가 날카롭게 말씀하셨다. "등잔 밑에서 일어나는 일들도요."

아버지는 어머니의 마음을 진정시키려는 듯 고개를 끄덕거리셨다.

"나도 아오. 어쩌면 올리버가⋯⋯."

"그 아이요!" 어머니는 내가 마치 호주에 사는 어떤 경멸스러운 대상인 듯 나를 언급하셨다. "걔는 분명히 교외를 돌아다니고 있겠죠!"

잠시 동안 우리 셋은 모두 침묵했다. 어머니가 식탁 다리에 신발을 부딪치며 내는 소리가 들렸다.

"그래서 우리 집 남자들에게 같이 가자고 묻지 않았던 거예요."

소리가 그쳤다. 어머니는 잠시 멈춘 후 우울한 목소리로 문장을 완성하셨다. "왜냐하면 아무 소용 없는 걸 아니까요."

아버지와 나는 각자 다른 이유로 침묵하며 접시를 바라보았다.

다음 날 차 마시는 시간이 되어서도 어머니는 화가 풀리지 않았다. 나는 숨길 것이 많았기 때문에 어머니가 침묵을 깼을 때 불안한 마음이 완전한 걱정으로 올라섰다.

"여보, 저 여자애가 조제실에 오랫동안 있었지요?"

"그렇지, 그래."

"걔한테 좋은 조언을 많이 해 주었길 바라요. 누군가가 그렇게 해 줄 때도 되었어요!"

아버지는 회색 수염을 훔치고 정신을 바짝 차린 듯이 고개를 끄덕이셨다. 사람들은 가끔씩 아버지에게 조언을 얻으러 왔다. 내 생각엔, 그건 아버지가 이완 선생님보다 더 의사처럼 생겼고, 지역에서 차지하는 위상 때문에 유인 선생님이 풍기는 범접하기 힘든 분위기가 아버지에게는 없었기 때문이다.

사람들은 아버지에게는 이야기를 할 수 있다고 말했다. 그리고 사실 그 말은 진실이었다. 왜냐하면 아버지는 거의 답을 하지 않으셨기 때문이다. 아버지는 무엇이든 가능한 모든 생각들을 짜내기까지 곱씹고 또 곱씹으시기 때문에 사람들이 계속 떠들어 대는 동안 그들 말을 경청하는 것처럼 보인다. 이러한 점 때문에 사람들은 아버지에겐 지혜로운 위엄이 있다고 생각했다. 그리고 사실, 아버지는 천성적으로 선하고 친절하며 면밀하고 느리기 때문에 지혜로우셨을 수도 있다. 나는 아버지의 아들이기에 뭐라고 판단하기 어려웠다.

"그럼, 아버지, 그녀가 원하는 게 뭐였어요?"

나의 냉소적인 면이 나의 근심을 잠시 꺾고 아버지가 이비에게 약을 권하는 모습을 떠올렸다. 하지만 아버지는 찻주전자를 쳐다보며 입술을 오므리셨다. 나는 기다렸다.

"그 아이는 별로 좋게 생각하질 않아, 사람들에 대해."

나는 그 아이가 누구냐고 물을 때 무관심한 태도를 유지할 수 있을지 고민하다가 묻지 않기로 지혜롭게 판단했다. 하지만 어머니는 눈을 반짝이며 알겠다는 듯 고개를 끄덕이셨다.

"놀라운 일이 아니에요! 전혀 놀라운 일이 아니에요!"

"짐승."이라고 아버지가 말씀하셨다. "모든 남자들은 짐승이래. 그 아이가 그렇게 말했어."

"글쎄."라고 어머니가 말씀하셨다. "그런 애한테 뭘 기대하세요? 남자들이란 자기가……."

나는 식탁보에 차를 쏟았다. 이 작은 위기는 큰 안도를 불러왔다. 나는 등을 세게 맞은 것 같았을 때부터 대화 주제가 바뀔길 바랐다. 하지만 이상하게도 '예민한 감정'에 계속 사로잡힌 어머니가 한두 마디로 만족하지 않고 아버지가 이에 순응하시리라는 것을 알았어야 했다.

"여보, 계속해 보세요. 당신은 뭐라고 말했어요?"

아버지는 손으로 콧수염을 훔치고 대머리 부분을 지나 안경을 올린 후 다시 찻주전자를 바라보셨다. 어머니의 발이 다시 딱딱 소리를 내기 시작했다.

"난 '아니다.'라고 말했소."

딱딱 소리는 계속되었고, 아버지는 그 소리를 들으셨다. 그는 목소리를 더 크게 냈다.

"나는 그렇지 않다고 말했소. 나는 말했소. 나는 아니란다. 나는, 여기 있는 우리 올리는……."

딱딱 소리가 멈췄다. 아버지는 번득이는 얼굴로 나를 옆으로 쳐다보며 눈을 번쩍이셨다.

"올리에게는 물론 결점이 있다고, 많이 있다고, 하지만 짐승은 아니라고 말했소."

그리고 잠시 침묵이 흘렀다. 어머니는 아버지를 똑바로 쳐다보며 나지막이 말씀하셨다.

"그 아이는 뭐라던가요?"

아버지는 내게 등을 돌리고 접시를 보고 계셨다. 아버지는 막연하게 답하셨다.

"여보, 어떤지 알잖소. 내가 생각해 봤는데…… 기억이 나질 않소."

어머니는 일어나서 찻주전자를 들고 부엌으로 들어가 문을 닫았다. 다시 잠시 침묵이 흐르고, 아버지는 내게 부드럽게 말씀하셨다.

"결혼식 때문일 게다. 결혼식에 다녀오면 어머니가, 좀 나아질 거다."

병원 일이 끝났을 때 나는 수풀에서 기다리고 있었다. 이비는 늦었지만, 그래도 면 드레스를 차려입고 길 위로 천천히 걸어 올라왔다. 열병과 같은 음탕함에 빠진 나는 그녀가 다소곳하고 불안하며 자신의 새로운 위상을 자각하고 있으리라 상상했다. 하지만 이비에게 특징이 있었다면 승리에 도취된 웃음이었고, 그녀는 다시 숨을 내뿜고 있었다. 그녀는 자신 있게 날 지나 덤불 사이로 들어가 토끼 서식지 꼭대기의 짧은 잔디 위에 앉았다. 나는 뒤에서 머뭇거리며 그녀와 마을을 번갈아 바라보았다.

"이비, 이리로 와!"

그녀는 비단결 같은 머리칼을 흔들고 향기를 내뿜으며 태양 아래 누웠다. 팔을 넓게 펼치고 다리를 아래로 쭉 뻗었다. 면 드레스는 다시 가지런해졌다. 그녀는 하늘을 향해 웃었다.

"제발, 이비!"

그녀는 다시 머리를 흔들고 소녀처럼 까르르 웃었다. 나는 가서 그녀 옆에 쭈그리고 앉았다.

"이봐, 왜 그래?"

이비는 날 보며 눈을 반짝하고 짙은 속눈썹을 깜박깜박하며 온 사방으로 매력을 내뿜었다. 그녀가 턱을 아래로 내리고 몸을 더 길게 뻗자 윗몸이 땅에서 더 떨어졌고 난 숨을 멈출 수밖에 없었다. 향기가 진동했다.

"수풀에 가서 재미있게 놀자!"

이비는 눈을 감고 쓰러졌다. 미소 짓지 않고 그렇게 누워 있었다.

"여기 아니면 안 돼."

"하지만 저기가 마을이잖아!"

그녀는 머리를 들어 한쪽으로 웃으며 마을을 쳐다보았다.

"그렇지요, 똑똑한 도련님!"

나는 애원하고 명령하고 빌었다. 이비는 꿈쩍도 안 했다. 그녀는 웃지 않았으며 힘을 빼고 온몸을 길게 뻗은 채 내 말에 계속 똑같이 응답했다.

"여기 아니면 안 돼."

결국 나는 말을 잃고 갈색 땅과 마른 토끼 똥 알갱이를 우울하게 쳐다보았다. 이비는 일어나 드레스를 털기 시작했다.

"이비, 내일은······."

내일은 결혼식 날이었다. 나는 뭐가 필요한지 이미 알고 그 생각에 집착했다.

"여기서 봐, 내일 오후에."

이비는 옆으로 날 보고 웃었다.

"물론이지, 올리. 안 그럴 이유도 없어, 그렇지?"

그러자 그녀는 잘 익은 완벽한 견과류처럼 안정되어 떠났다.

어머니가 바체스터행 버스를 탈 수 있도록 세 식구가 식탁에 모여 앉아 이른 저녁을 먹을 때에야 난 이해했다. 어머니는 다정했고 흥분되었으며 음식을 급히 먹으면서 틈나는 대로 말씀하셨다.

"그리고 그 아이에 대해서는 더 이상 걱정 안 하셔도 돼요, 여보. 걔가 떠난다네요!"

"그래?"

"엑튼에 있는 아주머니 집으로 간대요. 어느 회사에서 자리를 마련해 준다고 하네요. 목재를 수입하는 곳이라는데. 잘되었지요!"

"잘되다니?"

"그 아이를 위해서요, 내 말은."

아버지는 무거운 시선으로 앞을 응시하며 음식을 씹으셨다. 눈썹을 찌푸리며 머리를 흔드셨다.

"런던이라. 잘 모르겠소. 먼 곳이기도 하고 젊은 여자가……."

아버지는 계속 음식을 씹으셨고, 런던 다리에서 몸을 던지려 끝없이 긴 줄에 서 기다리는 젊은 여자들을 보듯이 불길한 표정으로 머리를 흔드셨다.

"무슨 소리예요, 여보!" 어머니가 눈을 반짝이며 웃으셨다. "아주머니 집에 묵는다니까요!"

아버지는 음식을 천천히 씹으며(서른두 번, 아니면 예순네 번일 수도 있다.) 머리를 흔들다가 끄덕이셨다. 어머니는 더 이상 웃거나 눈을 반짝이지 않고 벽을 바라보셨다. 사람을 불안하게 하는 악마적 인식이나 직관을 선언할 때와 비슷한 목소리로 말씀하셨다. 어머니의 목소리가 아니라 어떤 사람의 침착하고 일반적인 목소리, 하지만 좀 더 고조되었고, 심지어 기쁨에 차 있기도 했다.

"조심하기만 하면 좋은 시간이 될 거예요!"

나는 이해할 수 없는 분노에 휩싸인 채로 설거지를 했다. 설거지가 끝난 다음 밖으로 나가 급경사면에서 떨어져 스틸본을 걸어 다녔다. 나는 관능적인 숲 사이로 몸을 던져 옆으로 돌아 다시 들판으로 나갔다. 사람들은 펜트리 언덕 꼭대기에서 바체스터 첨탑 끝을 볼 수 있다고들 했다. 나는 언덕을 다 돌고 난 후 꼭대기까지 올랐다. 하지만 바체스터와 첨탑이 있어야 할 곳에 저 너머 푸른 거리만이 있었다. 나는 돌아서서 급경사면으로부터 우리의 무성한 수풀까지 우울하게 눈으로 따라갔다. 갈색 토끼 서식지 꼭대기에 미세한 하얀 점이 있었다.

아니! 이럴 수가!

나는 코커스로 해서 경주마 마구간을 지나, 리틀 팜의 들판 사이로 다시 올라갔다. 하얀 점은 여전히 그곳에 있었다. 이 지역 반 이상의 곳에서 그 점을 볼 수 있었다. 나는 급경사면 끝자락을 따라 어색하게 뛰기 시작했고, 앤즈다이크와 배로스를 지나 아이언 게이트와 데블스 홀로 위로 갔다. 나는 쿵하는 소리와 함께 수풀에 도착했다. 땀이 머리 위로 줄줄 흐르고 머리카락은 젖어 있었다. 마을에서는 교회당 종소리가 3시를 알렸다.

"이비!"

나는 그녀 옆에 쓰러졌고, 내 심장은 맨땅에 부딪혀 쿵쾅거렸다. 그녀는 앉아서 다리를 꼬고 양쪽으로 손을 짚고 있었다. 마치 스틸본과 널리 퍼진 이 지역 전체 땅이 뛰어다니고 있었던 듯이 그녀 너머로 요동쳤다.

"이비, 제발!"

"여기 아니면 안 돼."

스틸본의 수많은 시선이 내 등에 느껴졌다. 하지만 그 눈들은 머나먼 곳에 있었고, 동근 안경을 썼으며, 불가해한 점에 불과했다. 내 살갗에 손을 대고 있는 것은 비이성적인 두려움과 창피함이었지만, 내게는 실제로 존재했다. 이비는 이 사실을 알았고 승리감에 젖어 옆으로 웃고 있었다. 그래서 내가 한 손으로 그녀의 등을 받치고 다른 손을 그녀의 젖가슴에 댄 채 입으로 야만스럽게 그녀의 말을 막자 심지어 그녀조차도 놀라고 겁이 났던 것이다. 그녀는 저항도 협조도 하지 않았고, 일이 끝난 후 내가 땅을 향해 얼굴을 대고 숨차 헉헉대고 있을 때 그녀는 아무 말 없이 얼굴이 빨개져 수치심을 느끼며 떠났다.

나는 내가 있던 곳에 머물렀다. 거의 시야 끝자락을 넘어선 곳에서 움직이는 묘한 형상이 뭔지 알아내고자 마침내 내 팔 아래로 내려다보았다. 나는 일어나서 오리나무 사이로 웅크리고 지나갔으며 챈들러스 레인에 이르러서야 몸을 일으켜 세웠다. 나는 도둑처럼 조용히 우리 집 문을 열었다. 어머니가 놀랍게도 나더러 연습하라고 하신 집시 음악을 연주하기 위해 바이올린을 꺼낼지 나는 망설였다. 내가 언제 외출하고 왔는지 아버지가 모르시도록 아니면 전혀 외출하지 않았다고 생각하시도록 처음에는 조용히 연주하다가 점점 더 크게 연주할까 했다. 하지만 일단 바로 안정을 취할 필요가 있었고 나는 아무 일 없다는 듯이 곧장 조제실로 걸어 들어갔다. 아버지는 창문 아래 긴 의자 곁에 서 있었다. 창문 위쪽 반은 수풀

이 보이도록 열려 있었다. 아버지는 문 뒤에 걸려 있는 가죽
통에 아직 망원경을 넣어 놓지도 않으셨다. 오래되었지만 쓸
만한 망원경은 의자 위에 세워져 있었다. 난 머릿속으로 간단
한 계산을 했다. 10배로 확대. 550미터를 10으로 나누면 55.
55미터.

아버지 앞 의자 위에 책이 한 권 있었다. 아버지는 천천히
책을 덮고 돌아서 나를 보지 않고 지나가셨다. 아버지는 옷걸
이에 걸려 있는 흰색 실험실 가운을 빼서 입고 천천히 다시 의
자로 돌아가셨다. 아버지는 철사로 묶인 서류철에서 처방전
을 꺼내 열심히 들여다보셨다. 몇몇 병을 찾아보고 다시 처방
전을 보셨다. 갑자기 아버지는 종이를 구기고 머리를 숙여 손
가락 마디에 기대셨다. 아무 소리도 나지 않았다.

마침내 아버지는 몸을 세우고 처방전을 조심스럽게 문질러
편 후 병을 하나 꺼내셨다. 갑자기 나는 성교만큼이나 막을 수
없는 어떤 일이 일어나리란 걸 알았고, 어떤 일이 일어나고 있
는지 느낄 수 있었다. 몸서리치며 이모젠과 이비와 피아노와
로버트와 어머니 사이의 혼란 속에서 그것을 느꼈다. 내 의지
와 뜨거워진 내 두 눈 사이 격렬하지만 소용없는 투쟁에서 그
것을 느꼈다. 나는 반쯤 목을 졸린 사람처럼 헐떡이며 욕설을
토해 냈다.

"제기랄! 제기랄! 제기랄! 아, 제기랄!"

맹렬하게, 고뇌에 찬 사람처럼, 어찌할 도리 없이. 물은 흐
르지는 않았으나 내 신발과 의자 그리고 내 손에 분출되었다.

"제기랄! 제기랄! 제기랄!"

머리는 들고 손은 꽉 쥐었다. 유리창은 길게 광택을 냈고 지하의 어두운 호수가 터져 흐르고, 흐르고…….

"제기랄! 아, 제기랄……."

아버지는 자신이 어떻게 포획되었는지 모르는 동물처럼 고무줄에 묶여 있는 듯 고개를 옆으로 흔들었다.

"나는 알아야만 했단다, 그래야만 했단다. 그 아이가 말한 후……." 아버지는 병을 내려두고 창문을 본 뒤 한 손을 바라보며 다른 한 손을 대머리 위로 가져갔다. "웃고 웃고. 히스테리라고 생각했지. 웃고 웃고 또 비웃고."

나는 다시는 남들 눈에 띄지 않으려면 어느 구석에 있어야 할지 이미 생각했고 비참함과 악함 그리고 패배 속에 안주하며 내가 있는 곳에 머물렀다. 아버지는 목소리를 가다듬고 단호해서 이상하게도 긴장된 목소리로 계속 말씀하셨다.

"젊은이들은 생각이라는 걸 안 한다. 나는…… 너는 그곳, 챈들러스에 대해 몰라. 그래. 글쎄. 거긴…… 질병이. 알겠니. 누군가가 어떤 감염에 노출되었다고, 꼭 그렇다고 말하는 건 아니지만. 하지만 누군가가 계속 그런다면……."

아버지는 안경을 벗고 의료 도구를 닦듯 깨끗하게 닦았다. 그리고 평소에 항상 스스로가 무관심한 무신론자라고 강조했음에도, 수 세기 동안 이어진 교회당의 목소리가 아버지로부터 갑자기 터져 나왔다.

"이 남자를 내가 뭐라고 불러야 할지 모르겠다. 이 책들, 영화, 글들, 이 섹스라는 것……. 그건, 나쁘다, 나쁘다, 나빠!"

나는 배설물이 되어 올라갈 수 있는 하수구를 절박한 심정으로 찾으며 서 있었다. 기어 올라가 부모님을 만나 무릎을 꿇고 용서받길 원했다. 우리의 순수한 날들이 다시 돌아오도록. 나는 아버지가 스틸본의 모든 질병에 대한 처방전을 쓰는 걸 보며 서 있었다.

그 이후 나는 집 안에 머물며 적어도 부모님이 원하시는 뭔가를 하려고 피아노 대신 내 싸구려 바이올린을 연주했다. 나는 이비가 마치 아버지가 거론한 질병인 양 그녀를 피했다. 그리고 실로 나는 그녀가 떠나기 전에 그녀를 딱 한 번 보았다. 나는 거실에서 바이올린을 손에 들고 서 있었다. 신경을 써서 열정적인 집시 음악을 연주한 후 바운스가 이렇게 열심히 연습하는 나를 보며 얼마나 좋아할까 슬픈 생각에 빠져 있었다. 그때 이비가 광장 건너편에 나타났다. 내 입이 서서히 열렸다. 공개적으로 알려진 그 타락한 여인은 전혀 변하지 않았던 것이다. 입술을 벌린 채 신비롭게 미소 지었으며 오뚝하게 선 코와 반짝이는 머릿결에 무릎은 움직이지 않고, 그녀는 흘러 나갔다. 그리고 그녀는 거의 손에 닿을 듯한 성적인 분위기를 어느 때보다도 더 주위에 자아냈다. 나는 그녀가 미끄러지듯 시청 너머로 가서 시야에서 사라질 때까지 그녀를 봤다. 그녀는 나쁘고, 나쁘고, 나빴다. 나도 그랬다. 나는 집시 음악의 화려한 선율을 연주하며 내 바이올린으로 돌아갔다.

그렇게 이비는 사라졌다. 하지만 왜 사라졌는지는 몇 년이 지난 후에야 알게 되었다. 비록 허영심과 수치심이 뒤섞여 내가 그 이유라고 생각했지만, 나 때문이 아니었다. 오토바이를 탄 로버트 때문도 아니었고, 타자기와 꼰 채찍의 주인인 윌멋 대위 때문도 아니었다. 더기 댄스는 경련을 일으켜 사망했고 댄스 부인은 광기 어린 슬픔에 빠져 히스테리에 걸렸을지언정 그녀의 머리에는 스틸본 눈 두 개가, 입에는 스틸본 혀가 있었다. 이비를 우리 가운데에서 런던 다리 방향으로 내몰았던 것은 존스 선생님 입가에 묻어 있던 얼룩진 립스틱이었다. 받아들이기 힘든 일이었다. 이비는 떠났고, 스틸본의 천연색 그림은 다시 정지하여 밋밋해졌다.

하지만 이비는 런던 다리를 피했다. 왜냐하면 나는 그녀를 스틸본에서 한 번 더 보았기 때문이다. 이 년 후 가을, 옥스퍼드에서 삼 년째를 맞이했고 또 한 번 전쟁이 임박했다는 사실에 불안해하던 때다. 나는 3학년을 마무리하지 말아야겠다고 생각했고, 또 다른 서부 전선의 포화 속으로 걸어 들어가는 내 모습을 우울하게 보았다. 몇 안 되는 마을 소상인들의 영업을 정지시켜 불평을 자아내는 연례행사인 스틸본 대박람회가 진행 중이었다. 그 박람회는 고대 색슨족의 성격이 너무나 짙어 의회에서 특별 법령을 내려야 폐지할 수 있었을 것이다. 스틸본의 분노가 더욱더 클 수밖에 없었던 것은 우리 광장과 올드 브리지 사이로 굽어 있는 하이 스트리트에 한때 자리 잡았던 가게 일대가 그네와 회전목마 그리고 미스터리 의자와 사랑의 터널 등 쾌락의 매매를 목적으로 하는 놀이 기구로 시끌벅적했기 때문이다. 토요일 밤이었다. 하늘은 맑고 달은 밝았으며 추웠다. 하지만 시끄러운 기계들이 서로 경쟁하듯 뿜어내는 증기는 박람회장 위로 기둥과 버섯을 그려 놓았고, 마치 전쟁이 개시된 듯 너울거리는 불길로부터 빛들이 솟아났다. 사격장, 회전목마, 각종 쇼, 그릇 깨기, 6펜스에 세 번 던질 수 있는 다트 놀이와 행운의 그릇이 300미터에 걸쳐 줄지어 서 있었다. 긴 줄들, 더 작은 가게에서 나오는 나프타 불길, 발전기로 작동하는 요란한 전구 화단은 그곳 전체에 활기를 불어넣고 전율을 주었다. 한쪽 길이 비어 있었는데, 이 길을 통해서만 박람회와 구름들을 피해 갈 수 있었다. 나는 더 이상 어린 시절의 기쁨을 즐길 수 없다고 확신하며 세련된 노스텔지어를 품고 돌아왔는데, 자칫하면 내가 지나치게 즐거워할 수도 있다는 사실을 알고 약간은 짜증이 나면서도 약간은 흥미를 느꼈다. 나는 손을 회색 바지 주머니에 찔러 넣고, 스카프는 앞뒤로 휘날리며 빈 길로 걸어 다녔다. 그곳에서는 온갖 소음과 기계 음악, 사람들의 고함 소리, 캔버스 막에 쿵 하고 부딪히는 나무 공 소리나 철판을 뚫는 총알 소리 등이 한쪽에 비켜 있는 듯 들렸고 나는 마치 부분적으로 세상과 단절된 것 같았다. 길거리는 한산했다. 텐트 뒤나 골목 사이사이에 연인들이 서 있기에는 아직 이른 시각이었고, 술에 취한 사람들이 길거리를 아직 토사물로 더럽히지 않았기 때문이다. 빛이 상대적으로 가려진 영화관 너머로 어떤 여자가 나를 향해 걸어오는 게 보였다. 그 머릿결과 움직이지 않는 무릎 그리고 매혹적인 보폭을 못 알아볼 리가 없었다. 그녀를 다시 보는 것은 자연스러운 일이었으므로. 최근에 배버컴 중사는 요란한 제복을 입고 시청에서 나와 놋쇠 종을 울리며 "호 예이! 호 예이!"라고 외치다가 세 번째 호 예이를 외치기 전에 쓰러졌다. 서로 지나

갈 만한 공간이 부족했다. 그녀는 증기 기둥의 빛을 반사하고 미소 지으며 내 앞에 섰다.

"올리, 안녕! 이런 데서 뭐하는 거니?"

"산책. 그냥 걷고 있어. 너는?"

"긴 주말이야. 사람들 만나러 왔어."

"그럼 가 봐."

나는 내키지 않았지만, 지나가려고 했다. 그녀는 내 앞에 서 있었다.

"넌 어디 가니?"

"집. 여기 정말 너무 엉망이다."

"같이 걸어갈게."

"사람들 만난다며!"

그녀는 머리칼에 손을 올렸다.

"말이 그렇다는 거지."

그러고 나서 우리는 조용해졌고 긴장하며 서로를 관찰했다. 그녀는 런던 물을 먹고 많이 달라졌다. 옷맵시가 약간 바뀌고 맞춤옷의 곡선이 살짝 변했는데, 원단과 재단 때문일 뿐이라 생각했다. 새로운 광채와 세련됨이었다. 그녀는 가죽신을 신고 평범한 진녹색 정장을 입고 있었다. 머리카락은 자유분방했지만 잘 다듬어져 있었다. 자연스러워 보이도록 디자인되었다고나 할까. 한 가지만은 내가 누구보다 잘 알고 읽어낼 수 있었다. 이비가 우리의 그 끔찍한 사다리를 몇 단 올라갔다는 점이었다.

"아버지 일은 유감이야."

이비는 엄숙하게 고개를 숙였다.

"올리, 자동차는 아직 없니?"

중사 애기는 여기서 끝났다.

"우리 집? 없어." 나는 그녀를 보며 웃었다. "날 좀 봐! 나한테 돈이 얼마나 들어가는데!"

이비는 웃으며 약간 숨을 내쉬었다.

"안경 쓰니까 너무 심각해 보인다!"

그녀는 두 손으로 능숙하게 내 안경을 쏙 빼 갔다. 밤이 흐려졌다.

"야! 제기랄!"

"내 상사에게 그렇게 하곤 해. 이제 올리 군 같아 보이네."

"도로 줘, 응? 나 안 보여."

"알겠어. 머리카락은 가만 놔둬."

그녀는 가까이 와 내 귀 뒤로 안경테를 씌웠다. 향기가 났고 단단한 그녀 몸이 느껴졌다. 나는 불활성 가스와 무관한 뭔가가 연상되듯 이례적으로 숨을 멈췄다. 이비는 다시 뒤로 물러났다.

"보비가 바운스의 자동차에 태워 주곤 했어."

"글쎄. 난 보비가 아니잖아?"

"그래. 알아."

페인트 붓이 깜박거렸다. 그녀는 돌아서 광장 쪽으로 걸었다. 나는 그녀의 어깨 뒤로 따라갔다.

"올리, 아직도 피아노 치니?

"가끔. 시간이 별로 없어. 너는 요즘도 노래하니?"

"누구? 나? 뭣하러?"

우리는 광장에 도착했다. 이비는 광장을 쳐다보고 다시 날 향해 섰다.

"그럼, 주로 뭘 하고 지내니, 올리?"

"아, 이비! 설명하기가 정말 어려운걸."

그럼에도 난 설명했다. 내가 생각하는 어떤 일에 대해 이미 실제 하는 일인 것처럼 이야기했다. 사람들은 크립톤이 불활성 물질이라고 한다. 하지만 만약 충분히 실험한다면, 온도와 압력을 조절하고 충분히 밀도 높은 크립톤 구름과 또 다른 원소에서 불꽃이 난다면, 그런 말이 가능하다면 완전히 비자연적인 물질을 만들 수 있을 것이다. 크립톤은 그러니까…….

이비는 눈을 크게 뜨고 날 쳐다보았다.

"와, 와, 와. 우리 올리! 넌 정말 영리하구나!"

나는 놀랐고 기분이 좋았다. 이비가 런던에 가서 많이 달라졌다는 데에는 의심의 여지가 없었다. 나는 그녀에게 실험실을 구경시키는 황당무계한 상상을 했으나 관두었다. 왜냐하면 정확하게 말해 그곳에서 내 위상은 내가 말했던 것처럼 높지 않았기 때문이다. 의사 선생님 집 옆 우리 집이 보이자 자연이 눈앞에 펼쳐졌고, 나는 그녀를 초대할 생각도 했다. 하지만 상식이 즉각 작동했다.

"아, 글쎄! 이비, 넌 정말 좋아졌는걸."

그녀의 향기가 나트륨등 아래에서 우리를 감쌌다.

"여자 친구 있니, 올리?"

나는 미소 지으며 머리를 흔들었고 키스를 받을 수도 있는 뺨을 눌렀다. 이비의 답변은 놀라웠다. 그녀는 엄숙하게 고개를 끄덕였다.

"넌 아직 그러기엔 좀 어리지, 안 그러니?"

"너보다는 나이가 많은걸!"

나는 주머니에 돈이 얼마나 있나 살피며 잠시 생각에 젖었다. 이비의 향기와 존경의 눈길을 한꺼번에 잃고 싶지 않았기 때문에 그 상황에서 할 수 있는 유일한 타협안을 생각해 냈다. 내가 생각하는 동안 이비는 광장을 살피며 발꿈치를 축으로 빙 돌았다. 그녀는 다시 내 얼굴로 돌아왔다.

"누군가는 있을 거 아니야."

"무슨 말이야, 이비?"

"살아 있는 누군가!"

뒤에서 박람회도 열리고 있는데, 매우 경박한 말이라고 생각했다.

"가서 술이나 한잔."

이비는 가방을 열어 들여다보았다. 하지만 나는 걱정하지 말라고 확신을 주며 다음 학기 등록금이 이미 다 은행에 입금되었다고 말했다. 같은 돈을 두 번 쓸 수 없다는 자명한 이치를 아직 모르는 나는 부자였다.

우리는 함께 크라운 술집으로 향했다. 난 그녀를 위해 정문을 열어 주었고, 문은 부드럽게 쿵 하고 뒤로 닫히면서 박람회 소음을 차단했다. 입구에는 기름과 음식 냄새 그리고 단내와 땀 냄새가 나지 않았고, 불길이나 흔들리는 빛도 없었다. 미세하지만 구석구석에 퍼져 있는, 먼지와 리놀륨의 점잖은 냄새가 났다. 우리는 액스민스터 양탄자를 가로질러 술집의 바로 가서 광택이 나게 칠한 높고 둥그런 의자 위에 자리 잡았다. 미니버 부인은 계산대 뒤에서 팔짱을 끼고 에든버러 성의 희미한 모습을 쳐다보며 서 있었다. 그녀는 직업의식을 발휘하며 환영한다는 의미로 잠시 팔을 풀고는 이비에게는 스카치 한 잔과 물을, 내겐 맥주를 주고 다시 팔짱을 꼈다. 나는 주변을 둘러보았다. 마지막으로 크라운에 왔었던 건 거의 이 년전 디트레이시 씨와 함께였고 특별한 일 때문이었다. 지금은 마을 의원 네 명이 구석에 있는 낮은 탁자에 둘러앉아 다음 주회의를 준비하고 있었다. 반대편 구석에는 어떤 남자와 여자가 아무 말도 하지 않고 침울하게 술잔을 보고 있었다.

"올리, 건배!"

"위하여."

마을 의원 중 한 명이 다리를 절룩거리며 천천히 남자 옷 보관소로 가고 있었다.

아, 그렇다. 키스를 받을 수 있을 것이다. 나는 길게 침묵하는 가운데 손가락으로 뺨을 만지작거렸다.

마을 의원은 다시 절뚝거리며 천천히 돌아왔다. 미니버 부인을 지나갈 때, 그는 날씨에 대해 불평했다. 미니버 부인은 활짝 웃으며 팔을 풀었다가 다시 팔짱을 꼈다.

이비는 잔을 들고 비웠다.

"한 잔 더 주세요, 미니버 부인!"

"자, 여기 이비. 내가……."

"싫어."

절뚝거리며 돌아온 의원은 한 손으로 귀를 잡고 의자에서 앞으로 몸을 기울였다.

"뭐라고? 크게 말해 봐요, 짐!"

"다른 곳과 계약하는 게 아니면 괜찮아요."

"아, 네."

이비는 손으로 볼을 꼭 누르고 머리를 흔들어 풀고는 나를 향했다.

"옛날에 참 재미있었어. 그렇지, 올리?"

나는 자동적으로 웃었다. 이비는 스카치와 물을 더 마시고는 뭔가 결심한 사람처럼 말했다.

"그래. 그랬어. 즐거웠지. 그리고 이제, 돌아오니까⋯⋯."

나는 맥주를 다 마시고 스타킹을 신은 이비의 다리를 쳐다보았다. 꽤 괜찮은 다리였다. 나는 빈 잔을 내밀었고 미니버 부인은 잔을 채웠다. 맥주 맛도 꽤 괜찮았다.

이비는 말을 이어 갔다.

"어려서 같이 자란 사람들, 남자애들 여자애들 모두."

그녀는 입을 둥글게 오므리며 뭔가 생각에 잠긴 듯 내 방향으로 숨을 내쉬었다. 나는 웃으며 맥주를 한 모금 길게 마셨다. 내게도 기억나는 일들이 있었고, 이 저녁이 어디론가 갈지도 모른다는 막연한 느낌이 있었다.

"그리고 이비, 로버트 말이야! 로버트를 잊지 마⋯⋯."

생각에 젖은 표정은 사라지고 입 모양만 동그래졌다.

"보비! 내 첫사랑!"

나는 돌리시 부인의 자동차를 생각하며 술을 더 마시다가

술이 목에 걸렸다.

"미니버 부인, 더 주세요!"

"그리고 나."

이비는 아무 말 없이 바 뒤에 있는 거울들을 바라보았다. 그녀는 꽤 괜찮았다.

"화요일에."

"무슨 말이니, 이비?

"난 화요일에 돌아가." 그녀는 옆으로 날 보고 웃었다. "그때까지 숨도 쉬지 말아야지." 그녀는 잔을 낚아채어 비웠다. "또 주세요!"

"건배."

"먼저 사람들을 찾아봐야 해, 물론."

"네가? 무슨 사람들?"

훌륭한 생각이 났다. 나는 그녀를 보고 웃었다.

"프레디 윌멋은 어떻게 지내?"

이비는 잠시 술잔을 쳐다보며 아무 말도 하지 않았다. 그녀는 술을 마시고 잔을 내려놓았다.

"난 얼마 전에 상사와 함께 스웨덴에 갔다 왔어."

나는 더 깊은 암시를 주며 웃었다.

"그 사람은 어때?"

"데이비드는 정말 좋은 사람이야. 모든 사람들이 그렇게 말해. 난 그에게 헌신적이고."

그녀는 갑자기 깔깔 웃었다. 십 초 만에 그녀는 마치 올드 브리지의 작은 악마 이비로 변한 것 같았다.

"그이는 모든 일을 잘해. 뭐든!"

높은 의자가 움직여서 그녀는 계산대를 잡았다.

"앗!"

"건배!"

"가서 부모님께 인사드리자."

"그만해, 이비!"

"아니면 존스 선생님께. 정말 훌륭하신 분이지! 그분들께 인사드리러 가자!"

"좋은 생각이 아닌……."

"스틸본에 이렇게 술집이 많은 건 당연해. 그렇지 않으면…… 데이비드가 여기 있으면 좋으련만. 위스키 한 잔 더 주세요!"

"모든 일을 잘해."

이비는 깔깔대며 크게 웃었다.

"침대에서 솜씨가 좋아. 모든 사람들이 그렇게 말해."

나는 맥주의 불길에 몸이 따뜻해져 이비의 세련됨에 지기 싫었다.

"정말 그래?"

하지만 나는 아직까지도 이비가 어떤 사람인지 도무지 몰랐던 것이다.

"정말 그래." 그녀가 말했다. "너보다 나아."

구석에서 들리던 불평스러운 대화가 멈췄다. 침묵이 흘렀다. 나는 의자에 반쯤 걸터앉아 바 옆에서 춤추듯 움직였다.

"우린 같이 잔 적 없는데." 나는 플라스틱 상자만큼이나 자연스럽게 웃으며 말했다. "없어! 그만해, 이비!"

"같이 잔 적 없지." 그녀가 끄덕이며 말했다. "7시 30분 이후에 침대에서 나온 적이 없지. 건배!"

나는 웃으며 내 잔을 들었다. 그리고 나의 위대한 스틸본식 실수를 범했다.

"죽 들이켜!"

이비는 빈 잔을 계산대 위에 매우 조심스럽게 내려놓았다. 마치 파리라도 있는 듯 그곳을 뚫어져라 봤다. 침울했던 남녀는 서로에게 고개를 끄덕이며 재빨리 일어나 아무 말 없이 떠났다. 이비는 머리를 다시 뒤로 젖히려는 것 같은 몸짓을 하다가 손을 다시 내렸다. 바를 따라 옆으로 날 보았고 조용한 술집 전체를 둘러본 후 벽 사이로 마을을 쳐다보았다. 비뚤게 조롱하는 미소가 나타났다.

"네가 날 강간했을 때." 그녀가 말했다. "모든 게 시작되었어."

악몽 같은 노래가 내 귀에서 시작되었다. 아무 말도 할 수 없었다. 부인할 수 없는 진실의 흔적을 담은 평범한 진술조차. 그리고 사실, 내가 무엇을 했던가? 우리가 무엇을 했던가? 한 사람이 일어나서 팔짱을 꼈다 풀었다 하는 미니버 부인을 지나 문으로 향하자 마을 의원 넷이 일제히 일어났다.

"언덕 꼭대기에서 말이야." 이비가 다 들리도록 큰 목소리로 말했다. "수풀에서."

"그런 적 없어!"

"내게 무슨 힘이 있었겠어." 이비가 말했다. "난 너를 원하지 않았어. 난 겨우 열다섯 살이었다고."

술집 문이 닫혔다. 우리만이 남았다. 스틸본 조류가 몰려오는 게 느껴졌다. 조롱하는 속삭임이 아니라 파도가 내 머리 위로 포효했다. 나는 잔을 쾅 내려놓고 도망 나와 시청 구석에 있는 나트륨등 밑에 섰다. 이비는 웃으며 내 곁에 나타났다. 그리고 나는 내 손이 그녀의 목으로 향하는 걸 가까스로 막았다.

"아, 우리 올리!"

"나한테 한 방 먹였어, 그렇지? 제대로 한 방 먹였다고!"

"응, 그래."

"너 자신한테도 한 방 먹인 거야!"

그녀는 깔깔 웃었다.

"아니, 우리 둘 다?"

"네가 할 수 있는 건 고작 웃고, 웃고 또."

"어린 오드리.[16] 그게 나야."

그녀는 향기를 내뿜으며 내게 몸을 휘청했다. 하지만 초승달과 광장의 가스등들만이 그녀를 빛내 주었다. 그녀는 안색이 시체같이 창백했고, 눈과 입은 감초 사탕처럼 검은색이었다. 분노로 내 안경이 부예졌다.

"아, 지옥에나 떨어져!"

이비는 잠시 고요했다. 그러고 나서는 엄숙하게 고개를 끄덕이기 시작했다.

"아." 그녀가 말했다. "그거. 그래. 글쎄."

---

16) 이비가 자기 자신을 이르는 말. '이비'가 애칭, '오드리'가 이름인 듯하다.

그녀는 여전히 고개를 끄덕이며 몸을 돌렸고 멈춰 선 후 다시 돌아섰다.

"올리."

"뭐야?"

"미안해! 하지만……."

"좀 늦었어."

갑자기 그녀는 얼굴을 앞으로 내밀고 작은 주먹을 쥔 채 다시 한 번 세탁소 여인으로 변했다. "너! 넌 언제 철이 들 거니? 여기 이곳. 너. 너와 네 엄마랑 아빠. 진짜 잘났어, 그렇지? 화장실도 있고. '난 옥스퍼드에 가!' 넌 바퀴벌레, 그런 건 몰라. 화요일이야. 다시는 돌아오지 않을 거야. 무슨 일이 있어도. 그러니까 네 마음대로 사람들한테 떠벌리고 웃고 다녀, 알겠어? 떠벌리고 비웃고."

"도대체 무슨 말을 하는 거야?

"떠벌리는 거."

"뭐에 대해?"

그녀는 증오심에 차 내 얼굴에 그 말들을 내뱉었다.

"나랑 아빠에 대해."

그녀는 돌아서서 불안한 걸음으로 광장을 가로질렀다. 돌리시 부인 집 창문에 이르러서야 안정된 걸음을 제대로 내디딜 수 있었다. 나는 수치심과 혼란에 빠진 채 분노하면서도, 깨끗하고 다정한 사람이 되려고 평생 분투하는 이비를 처음 다른 모습으로 보게 되었다. 마치 나의 좌절과 욕망의 대상이 갑자기 물건이 아닌 사람의 속성을 획득한 것과도 같았다. 마치 내

가, 마치 우리가 어쩌면 음악 같은 무엇으로 필요하고도 불가
피한 전투를 대체할 수 있을 것 같았다. 이 느낌이 너무 강렬
해서 나는 분노하면서도 텅 빈 광장에서 그녀에게 외쳤다.

"이비!"

그녀는 다시 일정한 보폭으로 걷고 있었다. 박람회 때문에
내 목소리가 들리지 않을 확률이 높았기 때문에, 나는 심지어
챈들러스 클로스의 어두운 입구까지도 그녀를 따라가려는 충
동에 잠시 동안 휩싸였다. 하지만 우리 집에 불이 켜졌고 나는
커튼을 가로지르는 어머니의 그림자를 보았다. 나는 또한 눈
을 번득이고 왼쪽 어깨 너머로 손가락을 흔드는 이비의 모습
을 보았다. 아니, 보았다고 생각했다. 그리고 나서 그녀는 사
라졌다. 혼란에 빠진 나는 알 수 없는 이 사람과 그녀의 이상
한 말실수에 대해 곰곰이 생각하기 위해 집으로 향했다.

옥스퍼드 첫 학기를 마친 후 나는 기차를 타고 바체스터로 돌아와 버스로 스틸본에 갔다. 이유는 전혀 모르면서 바체스터에서 서성거렸다. 서두르지 않으면 막차를 놓치리라는 걸 시계를 보고 알게 될 때까지 성당 구역 근처에서 서성대거나 책방에서 책 구경을 했다. 마치 그렇게 함으로써 뭔가를 지연할 수 있는 것같이 생각했다. 그 '뭔가'가 옥스퍼드일 리는 없었다. 화학이 음악을 제압했고, 놀랍고도 분하게도 전업으로 여겨졌다. 화학 자체는 재미있었지만 시간이 많이 들어 나의 사적 결함이라 할 수 있는 음악을 즐길 여유는 거의 없었다. 게다가 나는 부모님을 빨리 만나 멋스러운 내 회색 바지통을 과시하기 원했고, 하고 싶은 얘기가 많았다. 이비는 떠났고, 이모젠은 결혼했으며, 나는 제대로 된 가치관과 의무감을 갖춘 예절 바른 학생이었기에 부모님은 안심하셔도 되었다.

그럼에도, 나는 내 책에 집중했다.

긴 항해 끝 육지가 보여.
바람이 또 불어.
너비 없는 길이
크기 없는 위치
눈물 없는 기도.

아무 소용이 없었다. 시인이 아무리 훌륭하다 한들 나는 그를 이해할 수 없었다. 나는 단 한 가지 개인적 결함이 있는 과학자였다. 내가 둘 다 할 수 있을 만큼 영리하다고 생각했다면 나는 내게 너무 많은 걸 바라는 거였다. 난 책을 덮고 무엇이 닥치든 맞설 마음의 준비를 했다. 버스는 드디어 어둠 속에서 소처럼 들썩이며 올드 브리지를 넘었다. 나는 가방 두 개를 들고 버스에서 집으로 향했으나, 집은 어둠 속에 있었다. 현관문 앞 매트 아래 있는 열쇠를 찾으려고 더듬거리고 있는데 시청 쪽에서 광장 사이로 어머니의 목소리가 들려왔다. 어머니는 매우 다정하고 반갑게 날 포옹하셨다. 우리가 집 안에 들어가 대충 정리를 하기 전에 나는 아버지가 바이올린이 든 검은 나무 가방을 든 것을 보고 대략 무슨 일인지 짐작했다. 말하자면, 나는 본능적으로 사태를 파악했던 것이다. 왜냐하면 아버지가 불을 켰을 때, 나는 어머니가 제일 아끼는 회색 정장을 입고 금 브로치를 단 채 얼굴 양쪽에 희미한 분홍빛 분을 바른 것을 보았기 때문이다. 어머니는 웃으면서 눈을 반짝였고 홍분하셨다. 아버지의 바이올린이나 짙은 회색 양복을 보지 않아도 스틸본 오페라회가 이삼 년 만에 회생했다는 것을 알아차릴 수가 있었다. 그때가 되면 어머니는 매우 특이한 삶의 경지에 이르셨다. 어머니는 피아노를 차지하셨고, 오티시 대학 악장이 트롬본, 현직 범스테드 목사님이 콘트라베이스, 인쇄소 아저씨가 비올라를 맡고 아버지가 유일한 바이올리니스트인 오케스트라를 지배했던 것이다. 이 오케스트라의 빈약함은 재능이나 인적 자원의 부족만으로는 설명하기 힘들었다. 악기를 연주할 수 있는 사람들이 더 많았다고 하더라도, 오케스트라에는 그 사람들을 수용할 자리가 없었을 것이다. 이와 같은 이유로 단원과 합창단의 규모 역시 제한되었다.《시골 소녀》,《메리 잉글랜드》,《라일락 타임》,《추 친 초》같은 잡지는 마찬가지로 모두 인적 자원이 부족한 상태에서 운영되었다. 하지만 우리 마을에 재능 있는 사람들이 많고 큰 무대와 오케스트라석 그리고 강당이 있다 하더라도, 엄청난 제약이 있는데, 바로 사회적 제약이었다. 폐쇄적인 근처 대학가 사람들은 아무도 참가하지 않을 것이었다. 선임 하사관 오도너번은 오직 그 대학가 사회의 끝자락에 있었기 때문에 도와주었다. 게다가 스틸본 인구의 반은 챈들러스 클로스나 밀러스 레인에 살았고 가난했기 때문에 보이지 않았다. 이비가 노래를 잘하고 미치도록 매력적이라고 해도, 결코 합창단 일원으로라도 출연을 제의받지 못했을 것이다. 예술을 통해 사람들을 만날 수는 있었지만, 과도한 일일 수 있었다. 그렇기 때문에 보이지 않게 그려진 선 안의 사람들 소수만이 참여할 수 있었다. 누구도 그 선을 언급하지 않았지만, 그 존재에 대해 알지 못하는 사람은 아무도 없었다.

스틸본 오페라회는 표면 아래 사회에 퍼져 있는 정맥에서 생겨났다. 시장 행진 외엔 아무런 의식도 없었다. 우리에겐 우아함도, 과시도 없었다. 우리가 우리 자신의 비극이었고, 카타르시스가 필요한지 아무도 몰랐다. 우리는《더 뉴스 오브 더 월드》를 통해 뉴스를 접하며 충격을 받고 감정을 해소했다. 하지만 가끔씩 그 정맥은 압박에 의해 타오르기도 했고, 우리는 잠결에 불안하게 동요되기도 했다. 마지막 공연을 마친 후 한동안 잠재워진 스틸본 오페라회는 가끔씩 자기 상처를 핥곤 했다. 상처는 꽤 많았다. 왜냐하면 공연이 끝난 후 단원들끼리 다시 말을 거는 법은 거의 없었기 때문이다. 열정적으로 연기하고 잘난 척하며 남에게 잘 보이려는 욕망은, 악마적인 불가항력으로 인해, 평소 일상에서는 숨길 수밖에 없는 시기 질투와 적대감 그리고 분노와 악의적 감정들을 분출했다. 오페레타를 연출하면 우리의 잠재력은 단번에 반으로 줄어들었다. 왜냐하면 늘 서너 명은 주인공 역을 맡지 못하고는 심한 모욕감을 느끼며 극을 그만두든지, 아니면 더 심한 경우에는 조연을 맡아 사명감으로 극을 망쳐 놓았기 때문이었다. 삼일에 걸친 공연이 끝나고 나면 나머지 단원들은 이에 깊은 배신감을 느끼며 다시는 그러한 수치를 당하지 않겠다고 맹세했다. 이러한 이유로 스틸본 오페라회는 극을 매년 올리지 않았다. 상처에 딱지가 생기는 데 시간이 약간 필요했다. 분쟁이 가라앉은 후 적들이 만나 고개를 끄덕이며 서로 알은체하는 정도로 관계가 회복되면 그다음 해 공연을 하기에는 이미 너무 늦어 버렸고, 정맥은 다시 뛰기 시작했다. 위원회가 소집되고 오페라회가 되살아나 지난번의 피해를 점검했다. 그러고 나서 어떤 자선 단체를 돕기 위해서라는 명목으로, 예컨대 의사인 바나도 선생님의 자선 단체를 위해, 시청에서 제목이 이러이러한 뮤지컬을 공연한다고 선언하곤 했다. 나는 어머니의 불그스레한 볼을 보자마자 옥스퍼드에 대해 한마디도 언급하지 않아도 된다는 것을 알았다. 어머니는 고양되어 있었고, 이야기는 어머니가 주도할 것이었기 때문이다.

"어머니, 이번에는 어떤 작품인가요?"

"차를 좀 마시는 게 좋겠다." 어머니가 말씀하셨다. "여보, 주전자 좀 올려 주세요. 맙소사! 난 꽤…… 잘되었어, 올리버. 이렇게 훌륭한 작품은 처음인 것 같단다!"

어머니는 잠시 콧노래를 하셨고, 다시 웃으셨다.

"제목이 뭔데요?"

"「위대한 사랑」이란 작품이야. 몇몇 곡은 무척 예쁘단다. 네가 좋아할걸."

"보러 가지 않을 거예요. 걱정 마세요."

"그 얘긴 나중에 하자." 어머니가 말씀하셨다. "그거 아니? 이번엔 전문 연출가를 모셨단다. 옥스퍼드에서 들어 본 적 있을 거야. 디트레이시 씨라고. 에벌린 디트레이시 씨. 들어 본 적 있지?"

"없는데요."

"얼마나 매력적인 분이신데! 온갖 어려운 일을 능숙하게 처리하셨단다. 전문 연출가가 그러리라……."

"어려운 일이라니요?"

"시장 공관 말이야. 디트레이시 씨는 태연하게 '소년 소녀 여러분, 다른 방법을 찾으면 되니 염려 마세요.' 그렇게만 말씀하셨어. 여보, 찻잎 체를 빠트리셨어요!"

"시장 공관이 왜요?"

"글쎄 말이다. '안 됩니다.'라고 했다는 게 말이 되니? 그 이후로는 계속 잠겨 있단다."

"하지만 그렇게는……."

"디트레이시 씨가 원형 파노라마를 50센티미터나 더 멀리 걸어 놓고 단원들에게 그쪽으로 이동하라고 했단다."

"왜요?"

"글쎄, 잘 모르겠어. 여보, 여기 있어요. 주전자를 이미 가져가셨나 봐요! 올리버, 그러니까. 그분 따님 말이야. 따님이 너무 무리한 거란다."

"설마요."

"그렇다니까!"

"정말이에요?"

"그렇단다, 올리버. 알겠지?"

난 무슨 말인지 잘 알아들었다.

시장의 딸인 언더힐 부인은 고정 출연진이었다. 수년 전에 전문 극장에서 한 시즌 동안 공연했고, 성악 훈련을 받은 사람이었다. 그 후 언더힐 부인은 항상 우리 극에서 천진난만한 소녀 역을 맡게 되었고, 일은 간단해졌다. 그녀가 페르시아 바지, 중국 바지, 엘리자베스 왕조 치마를 입고 공연한 것을 나는 보았다. 그녀의 목소리는 드루어리 레인[17]을 꽉 채울 수 있었고, 조그마한 우리 시청은 신발 상자만 하게 느껴졌다. 정말이지, 한번은 숲에서 스틸본으로 내려오는 길에 그녀가 내는 높은 도 음을 들은 적이 있는데, 인근 병원의 환자가 지르는 소리인 줄 알았다. 위원회가 언더힐 부인을 무시했다면, 그녀의 늙은 아버지가 공관 사용을 금하고 최대한 피해가 가도록 공지를 끝까지 미룬 것은 자연스럽고도 논리적인 귀결이었다.

"그래서 어떻게 하셨어요?"

"뒤에 있는 계단으로 갔지, 물론. 굉장히 좁다고 사람들이 그러더라. 무대 뒤 왼쪽." 어머니가 기술적인 면을 자랑스럽게 강조하며 말씀하셨다. "입구가 하나야. 무대 오른쪽에서 입장하는 사람들은 원형 파노라마 뒤로 지나가야 해. 가끔 파노라마가 흔들리곤 한단다."

"가끔이 아니야." 아버지가 말씀하셨다. 존슨 군이 오늘 밤 팔꿈치로 장막에 구멍을 낼 뻔했어."

"그러니까, 어떻게요?"

어머니는 알아들으셨다.

"글쎄. 언더힐 부인은 이제 쉰보다는 예순 살에 가깝단다, 애야. 그리고 이 세상 모든 좋은 일들은 언젠가 끝나는 법이지 않겠니? 이젠 물러나고 더 젊은 사람들에게 기회를 줘야 할 때가 되었어."

---

17) Drury Lane. 런던 극장가.

"그럼 언더힐 부인은 무슨 역을 맡나요? 마녀나 뭐 그런 역인가요?"

"엘시 언더힐이 주연 외에 어떤 역을 맡겠니? 너도 참 순진하구나, 올리버! 극에서 빠졌단다. 굉장했어. 어떤 사람들은 클레이모어 씨가 일 처리를 제대로 하지 않았다고……."

"클레이모어 씨요? 그럼, 그 사람이 주연인가요?"

노먼 클레이모어. 《스틸본》의 소유주이자 편집장이며 이제 이모젠의 남편이 된 자. 언더힐 부인을 대체하는 천진난만한 주인공을 누가 맡게 되는지 알자 내 심장이 바닥에 떨어졌다.

"둘이 얼마나 잘 어울리는지 모르겠어. 클레이모어 씨 목소리가 좀 작긴 해도."

"곤충이 윙윙거리는 소리 같은데요."

"클레이모어 씨가 주인공 아이버[18]와 닮았다고 할 수는 없지. 하지만 예전에 이모젠 그랜틀리였던 클레이모어 부인, 아, 정말이지 이모젠은 공주 역에 너무 잘 어울린단다!"

나는 그 말을 충분히 믿었고, 머릿속에서 옥스퍼드로 다시 돌아가려고 애썼다.

"그 부인 목소리는……." 아버지가 말씀하셨다.

"여보, 그만해요! 차 한 잔 더 드세요."

나는 이모젠이 노래할 수 있다는 건 알았다. 완벽함에 완벽함을 더한 목소리였다. 나는 그녀 목소리를 듣고 또 빠질까 봐

---

18) Ivor Novello. 20세기 영국의 유명한 배우이자 작곡가. 웨일스 카디프 출신이다. 「위대한 사랑」은 당대 유행이었던 노벨로의 오페레타와 유사한 극으로 보인다.

그다음 날 길게 산책을 가리라고 머릿속에 입력해 놓았다.

"충계가 매우 붐비겠어요!"

"글쎄, 물론, 오케스트라석에서는 그 뒤에서 무슨 일이 일어나는지 잘 모른단다. 네가 더 잘 알 수 있을 게다."

내가 아직까지 이모젠 생각에 잠겨 멍하게 고개를 끄덕인 것도 잠시.

"어머니, 뭐라 말씀하신 거예요? 제가 충계에서요?"

"얘야, 첫 장면이란다. 어떤 장면이냐 하면……."

"아니! 잠시만요!"

"내가 무슨 말을 하려는지 듣지도 않았지, 그렇지?"

"저기요."

"장면 하나가 있는데, 헝가리인지 루리타니아[19]인지가 배경이란다. 식당에선데, 주인공 여자는 남자가 변장한 왕인지 모르고, 그 남자는 그녀가 변장한 파플라고니아[20] 공주인지 모르는 장면이야. 정말 재미있는 발상이지. 어떻게 그런 생각을 해내는지 모르겠어!"

"전 안 해요. 어머니, 말씀드렸어요."

"집시가 연주를 하고 남녀가 사랑에 빠진다는 얘기야."

"안 된다고요!"

어머니와 내가 있는 쪽을 쳐다보지 않고 마치 점괘를 읽는 사람처럼 컵을 주시하고 있는 아버지의 모습이 보였다.

---

19) 영국 작가 앤서니 호프 호킨스가 쓴 모험 소설들의 배경인 가상의 왕국.
20) 흑해 남쪽에 위치했던 고대 국가.

"생각해 봐라." 어머니가 말씀하셨다. "집시가 연주할 때 남녀는 정말 감동적인 대화를 나누지. 그리고 왕이 집시에게 금화 주머니를 주고 집시는 퇴장한단다. 그러고 나서 오케스트라가 집시 음악을 계속 연주하고 그가, 그러니까 왕이 그녀 가까이에 있는 탁자에서 노래를 시작한단다."

그러고선 흥분한 어머니는 엄청난 열정으로 노래하기 시작했다. "내 여인이여! 새벽이 밝아 오고, 내 가슴에."

"싫어요!"

"얘야, 올리버." 어머니가 열정을 가라앉히며 말씀하셨다, "엄마를 힘들게 하지 말고. 스미스 군이 소리가 안 나는 실크 줄로 연주하는 척하며 집시 역을 하고 아버지가 대신 연주했는데, 도무지 안 되겠더라. 스미스 군은 음악에 맞춰 활을 켤 줄 몰라. 그래서 디트레이시 씨에게 약속했단다. 내일 마지막 공연에서는 우리 아들 올리버가 기꺼이 연주하겠다고."

난 절박한 심정으로 지푸라기라도 잡고 싶었다.

"어머니, 보세요!" 요즘 전 그 망할 놈의 악기를 연주하지도 않아요! 그리고 내일까지 아무리 노력해도 새 곡을 익힐 수는 없다고요!"

"그럴 필요 없단다."

"그럼, 집시가 뭘 해야 하는데요? 보면대랑 아우게너판 악보를 가지고 갈까요?"

"네가 옥스퍼드 대학에 가기 전에 연주하던 곡이야."라고 어머니가 말씀하셨다. "네가 그 곡을 얼마나 아꼈는지 기억하지? 삼 주간 매일매일 하루 종일 연주했잖니! 훌륭한 연주라고 생각했단다."

난 입을 열었다가 다시 닫았다. 비난하는 눈초리로 아버지를 쳐다보았지만, 아버지는 아직도 컵을 내려다보고 있었다. 비난하는 눈초리로 어머니를 쳐다보았지만, 어머니는 다시 승리의 미소를 지으며 온화한 모습으로 돌아오셨다.

그다음 날인 토요일 아침, 나는 마음을 비우고 어머니를 따라 시청으로 갔다. 우리는 서쪽 문으로 들어갔고, 세 사람이 우리를 기다리고 있었다. 클레이모어 씨와 이모젠은 무대 위 작은 탁자에 앉아 있었다. 다행히도 공식적인 인사는 나누지 않아도 되었다. 복도를 급하게 걸어가는 어머니를 따라가다가 바이올린 가방 안 고리가 풀려 내용물이 모두 바닥에 떨어졌다. 물건을 주워 담느라 시간이 많이 걸리는 바람에, 사람들이 내게 주의를 기울이기 시작했을 즈음 나는 한 손에는 바이올린을, 다른 손에는 활을 들고 서 있었다. 나는 이모젠을 쳐다보았고, 그녀는 주름이 지는 특유의 아름다운 미소로 화답했다. 하지만 나는 아무 말도 하지 않았다. 클레이모어 씨가 내 귀엔 서리가 낀 유리창을 손톱으로 긁어 대는 것처럼 들리는 목소리로 말했기 때문이다.

"에벌린, 그가 왔어요. 직전 대사만 잠깐 하면 되겠죠?"

나는 처음에는 멍하게 이 말도 극 중 대사라고 생각했다. 왜냐하면 무대 뒤에서 내 왼쪽으로 나타난 사람이 의상을 입고 있었기 때문이다.

"디트레이시 씨." 어머니가 말씀하셨다. "제 아들 올리버예요. 올리버, 이분이 디트레이시 씨란다."

디트레이시 씨는 깊숙이 몸을 숙여 인사하고 아무 말도 하지 않았다. 무대에서 나한테 미소만 짓고 기다렸다. 그는 키가 매우 크고 말랐다. 커프스가 없는 격자무늬 바지를 입고 무릎까지 내려올 정도로 긴 재킷을 입었다. 또한 수놓은 조끼 위에 정장 깃을 달고 검은색 스톡 타이를 매고 있었다. 그런 차림을 한 인물이 헝가리나 루리타니아에서 뭘 하고 있었는지 궁금했다. 연출뿐 아니라 연기까지 해 주다니. 관대한 사람이라고 생각했다.

하지만 클레이모어 씨는 조바심을 내고 있었고, 토요일 아침에 그러는 건 이상했다. 신문은 목요일 밤에 인쇄에 들어갔다. 어머니가 내게 물으셨다.

"조율은 마쳤니, 얘야?"

나는 오케스트라와 관객 사이를 가르는 녹색 모직 커튼을 돌아서 피아노의 라 음에 맞춰 바이올린을 조율했다. 그동안 클레이모어 씨는 디트레이시 씨에게 말을 걸었다.

"에벌린, 내가 할까요, 당신이 할래요?"

그때 나는 디트레이시 씨에게서 이상한 점을 발견했다. 그는 몸을 떨었다. 입을 살짝 벌린 채 항상 멍한 미소를 띤 그의 긴 얼굴에는 표정 변화가 없었지만, 그의 긴 몸이 서너 번 정도 떨리다가 이내 정지했다. 무릎 쪽에서 옆으로 움직이곤 하는 그의 다리까지 떨렸다.

"노먼, 당신이 해요. 당신은 전문 연출가가 되었어도 훌륭했을 거예요!"

클레이모어 씨는 우쭐했다.

"에벌린 씨의 부담을 덜어 줄 수 있다면야."

"나같이 숙련된 전문가도 늘 배울 준비가 되어 있거든요, 노먼. 당신은 확실히 감각이 있어요."

클레이모어 씨는 만족스러운 듯한 미소를 지었다.

"나도 가끔씩 그런 생각을 안 하는 건 아니에요. 하지만, 잠시 생각 좀 해 보고요."

그는 흰 손에서 턱을 떼며 생각했다. 디트레이시 씨는 멍하게 미소 지으며 계속해서 아래쪽으로 날 쳐다보았다. 그의 큰 눈은 당구공 두 개 같았다. 점을 찍은 것처럼 눈동자가 매우 작았다. 뒤로 넘긴 검은색 머리 다발 조금 외엔 머리카락이 없었다. 그는 신비스럽고도 다정하게 미소 지었다.

클레이모어 씨는 똑바로 앉았다.

"자, 좋아! 이리로 오게나, 친구!"

나는 무대 위로 올라 이모젠으로부터 불과 1미터 거리에 서게 되었다.

"자, 이 장면에서는 말이야." 곤충같이 윙윙거리는 목소리가 말했다. "자네가 부자 손님들을 보고 음악을 연주하며 조금 더 가까이, 가까이 이 지점까지 오도록 하게나. 내가 대사를 할 때까지 띠리리 띠리리 연주하면 되네. 그러고 나선 소리를 줄여서 점점 더 조그맣게 연주하고 내가 자네에게 이 금화 주머니를 던지면 그만하게나. 매우 낮게, 매우 낮게 몸을 숙여 인사하고 나가면 되네. 알겠나?"

이모젠은 오렌지색 스웨터와 연녹색 치마를 입고 있었다.

번쩍이는 약혼반지 아래 금가락지가 보였다.

"맙소사! 이 친구 안 듣고 있었어! 자, 이봐, 올리 군."

"이렇게 갑작스럽게 출연하게 되면 어려워요." 디트레이시 씨가 내 뒤에서 나직하게 말했다. "조금 자신이 없나 봐요. 나라도 그럴 것 같아요."

"내가 한 말 다 들었나?"

"네, 클레이모어 씨."

"편하게 노먼이라고 불러도 되지 않나요? 어디에서 입장해야 하는지 이 친구가 알아야 할 것 같아요. 도움이 되지 않겠어요?"

"저 귀머거리 스미스가 들어온 곳에서 입장하면 되죠, 물론."

디트레이시 씨의 목소리는 아름답게 청명하고 부드러웠다. 그는 마치 그 목소리가 얼마나 소중한지 아는 사람처럼 매우 천천히 조금씩 이야기했다.

"어쩌면, 어쩌면 스미스가 여기 무대 위 중간으로 입장한 걸 모를 수도 있어요."

클레이모어 씨는 주먹을 이마에 얹고 눈을 감았다.

"그렇다면 어제저녁 공연을 보지 않았나 보군요!"

어머니가 복도에서 말씀하셨다.

"옥스퍼드에서 어제 늦게 도착했어요. 구술 평가가 있었어요! 학교에서 이 아이를 굉장히 좋아들 하셨어요. 그렇지 않니, 올리버?"

클레이모어 씨는 탁자에 주먹을 얹고 눈을 떴다.

"이 친구가 공연을 볼 거라 그러셨는데. 감을 잡을 수 있도록요!"

디트레이시 씨는 떨다가 멈췄다.

"우리는 최선을 다해야 해요, 노먼."

"그렇지. 그러면 올리버 군. 내가 '여기가 이 세상에서 가장 매혹적인 곳처럼 느껴지기 시작했어요.'라고 말하면 연주를 시작하도록 하지. 알겠나?"

"네, 클레이모어 씨."

"그리고 내가 '내가 표현할 수 없는 걸 음악이 대신 표현하죠. 내가 감히 할 수 없는 말들을!'이라고 하면 소리를 줄이도록 해."

"네, 클레이모어 씨."

나는 나가서 캔버스 장막 뒤에 서 있었다. 장막과 원형 파노라마는 50센티미터 떨어져 있었다. 이모젠은 아름다운 목소리로 말했다.

"여기는 유령이 나오는 이상한 곳이에요. 무서워요!"

"여기가 이 세상에서 가장 매혹적인 곳처럼 느껴지기 시작했어요. 아니, 잠깐. 여기가 이 세상에서 가장 매혹적인 곳처럼 느껴지기 시작했어요!"

나는 무대로 올라가 연주하기 시작했지만, 곧 멈췄다. 왜냐하면 클레이모어 씨가 일어나서 팔을 흔들기 시작했기 때문이다.

"그만! 그만! 그만!"

디트레이시 씨는 내 어깨를 팔로 감싸고 내 오른쪽 팔꿈치를 다독거렸다.

"이봐요, 노먼. 이건 내가 알아서 할게요. 오늘 저녁 공연을 위해 당신 목소리와 힘을 아껴야 하니까요. 알겠죠?"

클레이모어 씨는 의자로 펄썩 주저앉아 냉소적으로 웃었다.

"그러면 그렇게 하세요, 에벌린!"

그는 이모젠이 손을 자기 손에 얹고 모든 걸 이해한다는 표정으로 자신을 쳐다볼 때까지 손가락으로 탁자를 두드렸다. 하지만 디트레이시 씨는 청명하고 부드러운 목소리로 내게 말했다.

"이보게, 자네 연주는 무척 아름답네. 그러니 정확히 할 필요가 있겠어. 안 그래? 그렇게 멋진 걸음으로 들어오면 저기 뒤에 있는 왕과 공주를 위해 한 음을 연주하기도 전에 오케스트라석과 15센티미터 정도 거리에 서게 될 걸세. 반면에 자네가 멋지게 한 걸음만 내딛는다면." 이렇게 말하는 동안 그의 손은 나를 부드럽게 다독거렸다. "노예근성에 젖어 지나치게 아첨하며 굽실거리는 집시 연주자처럼 보이지 않을 걸세. 그렇지?"

"예."

"날 에벌린이라고 부르게. 다들 그렇게 부르니까. 그리고 난 자네를 올리버라고 부르겠네. 자, 그럼 무대 입장을 한두 번 더 연습해 볼까? 그렇지. 그러니까 한자리에서 발을 굴리는 것처럼 아주 조금씩 여러 번 걸으면 되네. 그렇게 하면 관객에게 무대가 더 크게 보이는 효과를 낳을 걸세, 믿기지 않겠지만. 좋아!"

그즈음 나는 너무 낮게 수그려서 디트레이시 씨의 무릎이 잘 보였다. 어떻게 저렇게 자유롭고 빠르게 무릎이 옆으로 움직일 수 있는지 찬탄했다.

"올리버 군, 혹시 자네 전에 연기 경험이 있는 건 아닌가? 음?"

"없어요. 정말이에요."

"학교에서도?"

"해 보라고들 말했지만, 제가 하도 물건을 망가뜨려서요."

"부인. 훌륭한 아들을 두신 걸 축하드립니다."

어머니는 보이지 않았지만 복도로부터 웃음소리를 내셨다.

"아, 디트레이시 씨! 전 확실히……."

"연주가 훌륭할 뿐 아니라 천부적 재능이 있어요. 자, 준비되었나요?"

클레이모어 씨는 또다시 냉소적으로 웃었다.

"준비된 지 한참입니다!"

"그래, 좋아요. 올리버 군?"

"여기가 이 세상에서 가장 매혹적인 곳처럼 느껴지기 시작했어요!"

나는 잔걸음으로 들어가 연주했고 아주 작게 연주하라는 신호를 기다렸지만, 아무 신호도 없었다. 대신 클레이모어 씨는 다시 일어나 팔을 흔들기 시작했다. 나는 연주를 멈췄다.

"정말 힘들군! 힘들어! 아, 맙소사!"

"말씀하시길 기다리고 있었는데요."

"말했어! 크게 말했잖아!"

이번에는 디트레이시 씨가 클레이모어 씨 어깨를 감쌌다.

"노먼, 이제 당신에게 한마디 해도 될까요? 괜찮겠지요?"

"하느님 맙소사! 맙소사!"

"성격 말인데요. 자, 진정해요. 좀 나아졌나요?"

"하느님 맙소사……."

디트레이시 씨가 그를 다독거리는 동안 긴 침묵이 이어졌다. 클레이모어 씨는 이마에서 손목을 떼고 눈을 떴다. 이모젠은 잔주름이 잡히는 아름다운 미소를 남편에게 선사했다. 클레이모어 씨는 디트레이시 씨의 어깨를 향해 머리를 떨구고 왼쪽 이두근을 꽉 잡아 세게 쥐어짰다.

"에벌린, 미안해요."

"괜찮아요, 노먼. 잠시 쉴까요?"

"아니, 아니에요."

"괜찮겠어요?"

"네."

클레이모어 씨는 머리를 뒤로 젖히고 머릿결을 정돈한 뒤 자기 자리로 향했다.

이모젠은 다시 한 번 손을 남편 손 위에 얹었다. 디트레이시 씨는 돌아서 내게 미소를 지었다.

"뭐, 어떻게 해서라도 소리를 줄여야겠네. 우리…… 자, 어떻게 말하면 좋을까?"

그는 한 손을 턱으로 가져갔고, 그의 노란색 당구공에 있는 점들은 어두운 복도를 응시했다.

"우리는……." 그는 턱에서 손을 떼 공중에 내밀고 반원을 그렸다. 손가락 사이에 뭔가를 든 시늉을 하며 말했다. "소리를 줄여야만 해!"

그는 탁자에서 곤충 같은 목소리로 노래하듯 말했다.

"그의 아버지에게, 이름이 정확하게 뭐였지, 아무튼 그 뭐가 있어요."

디트레이시 씨는 팔을 넓게 벌렸다.

"바로 그거야! 약음기²¹⁾를 끼우면 되지! 바로 그거야!"

"아, 절대 안 돼요." 어머니가 어둠 속에서 소리쳤다. "올리버의 소리를 줄이다니요! 그렇게 바보 같은 생각은 처음 들어봐요!"

"부인, 보세요."

"자, 노먼, 진정해요. 내가 처리할게요. 공연을 위해 힘을 아껴야지요. 자, 부인." 디트레이시 씨는 머리를 한쪽으로 기울이고 복도를 향해 멍하게 미소 지었다. "아드님이 왜 약음기를 쓰면 안 되는 건가요?"

어머니의 목소리가 우리 쪽으로 날카롭게 날아왔다.

"왜냐하면 그 아이가 거기에 있고 모든 사람들이 볼 거기 때문이에요!"

"일리가 있는 말이에요, 노먼."

"에벌린, 사람들은 알아채지도 못할 거예요. 왕과 공주를 보느라고요. 별로 중요하지도 않은 인물이에요."

"클레이모어 씨! 사람들은 당연히 올리버를 보고 있을 거예요! 귀를 기울이고요! 아니, 무대 저 뒤에서 바이올린 한 대

---

21) 악기에 장착해서 음향을 줄여 주는 기구. 뮤트라고도 한다.

연주하는 소리를 배경으로 대사 하나 큰 소리로 못 하는 게 도 대체 말이나 되나요?"

"바이올린 한 대라니요." 클레이모어 씨가 노래하듯 말했다. "관악대 소리 같은데!"

"이 아이가 고맙게도 연주해 주기로 했는데, 걔 소리를 안 나게 하다니⋯⋯."

"노먼, 천천히 이야기하지요. 앉으세요. 이모젠 씨도 좀 앉으세요. 부인."

"우리 극에서 연주하는 사람들을 너무 홀대하고 있어요!"

클레이모어 씨는 이마를 치고 탁자 위로 엎드렸다.

"아. 너무 피곤해. 맙소사. 너무 피곤해."

우리는 모두 조용해졌다. 나는 창피해서 아래쪽을 내려다 보았는데, 디트레이시 씨의 무릎이 얼마나 넓고 빠르게 여닫히는지를 보았고 그가 넘어질까 걱정했다. 나는 다소 수줍은 목소리로 어렵게 말을 꺼냈다.

"생각해 봤는데요, 수가 있긴 해요."

디트레이시 씨의 입이 살짝 열렸고 점을 찍은 당구공이 내 눈을 깊숙이 바라보며 계속해서 미소 지었다.

"뭔가, 올리버?"

"그냥 일종의 속임수예요. 동전을 쓸 수 있다면요. 오래된 걸수록 좋아요. 아, 이거면 되겠네요. 바이올린의 줄받침과 줄걸이판 사이예요. 현을 조금 풀어 놔야 해요. 이렇게 라 현 위로, 그다음 레 현 위로, 그리고 솔 현 아래로 동전을 끼워 두면, 됐어요. 물론 다시 조율해야 해요. 미 현엔 별 영향이 안 갈 거예요. 어차피 이 곡에선 별로 사용하지도 않아요. 다시 조율할 때까지 잠시만 기다려 주세요."

"잘 안 보일 거예요, 클레이모어 씨. 이제 됐나요? 올리버가 연주하는 소리를 아무도 듣지 못할 거라고요."

디트레이시 씨는 존경 어린 눈으로 날 바라보았다.

"천재적이야. 정말 천재적이야."

"아, 피곤해. 맙소사."

"에벌린 씨. 노먼이 너무 많은 일을 했다고 생각⋯⋯."

"우리의 다정하고 아름다운 이모젠 씨, 방법은 연극이지요.[22] 노먼, 다시 한 번만 부탁할게요. 한 번만요, 그리고 한잔 합시다. 올리버, 준비되었나?"

"여기가 이 세상에서 가장 매혹적인 곳처럼 느껴지기 시작했어요!"

귀가 거의 줄에 닿을 정도로 어깨 받침에서 머리를 옆으로 돌리자 희미하게 소리가 났다. 다른 쪽 귀로는 클레이모어 씨 소리가 들렸다. 우리는 윙윙거리는 두 마리 곤충 같았다. 나는 이 유령과 같은 연주 현상에 흥미를 느끼기 시작했는데, 다 끝나기도 전에 클레이모어 씨는 호주머니에서 작은 주머니를 꺼내 나를 향해 높이 던졌다.

"이보게, 주머니를 잡아야 하네."라고 디트레이시 씨는 원래 목소리로 다정하게 말했지만, 곤충들 사이에서는 천둥소리처럼 들렸다. "못 잡으면 꿇어앉아서 집어야 하네."

---

22) the play's the thing. 셰익스피어 극의 햄릿 대사.

"예. 연주는 괜찮았나요?"

"좋았어. 매우 아름다웠네."

"소리가 전혀 들리지 않았어요." 어머니가 복도 뒤에서 소리치셨다. "한 음도요!"

클레이모어 씨는 어둠 속을 노려보았다.

"이건 남녀 간 매우 다정한 장면이에요." 그는 노래하듯 말했다. "이제는 내 목소리도 안 들린다고 하실 거죠!"

어머니는 즐겁게 웃으셨다.

"솔직히 말하자면……."

"에벌린! 좋은 생각이 있어요! 저 아이 역으로 좋은 생각이 떠올랐어요! '위대한 듀엣' 직전의 그 웅장한 장면요! 기억해요?"

"물론이지요. 하지만 집시 역은 아니겠죠? 궁중에 집시는 없잖아요!"

나는 그들이 나의 미래를 결정하는 동안 활과 바이올린을 들고 조용히 서 있었다.

"꼭 필요해요! 원작에 조신들과 귀족들 그리고 귀족 부인들이 적어도 수십 명 등장하니까요."

"좋은 생각이에요. 좋은 생각임에는 틀림없어요."

"경비병 역을 하면 돼요. 칼을 뽑고 차렷 자세로 서 있다가 경례하고 물러나는 거죠."

"어디 서 있으면 좋겠어요?"

"여기? 아니, 저기! 아니면 무대 중간에 있는 긴 창문 앞은요?"

"내 생각에는…… 무대 안쪽으로 저 오른쪽에 서 보게나."

"에벌린, 아이버 역을 맡은 사람이 이런 몸동작으로 신하들에게 물러가라고 한 걸 보았어요. 그런데 근위병이 한 명밖에 없는데 뭔가 말을 하는 게 좋지 않을까요? 어떻게 생각해요?"

"노먼, 차차 생각해 보죠. 그런데 그건 기술적인 문제고. 경비병에게 뭘 입혀야 할까요?"

"근위병 역이 좋겠어요," 어머니가 말씀하셨다. "투구를 쓰면 근사할 것 같아요."

"부인, 저도 그렇게 생각합니다. 그런데 아쉽네요! 제복 다섯 벌을 다 합창단에서 입어야 하거든요. 그들은 마지막 장면을 기다리면서 여자들과 함께 계단에서 줄을 서 있어야 해요."

디트레이시 씨는 머리를 한쪽으로 기울이고 우리를 돌아가면서 바라보며 다시 팔을 벌렸다. 그의 어깨는 아주 미세하게 들썩했다.

"할 수 없지요."

나는 다시 숨을 쉬었다. 그런데 어머니가 복도를 지나 녹색 모직 커튼이 있는 곳으로 급히 올라오는 소리가 들렸다.

"디트레이시 씨, 분명 뭔가 방법이 있을 거예요!"

"어머니, 좀!"

"네, 부인. 우리가 할 수만……."

클레이모어 씨는 살짝 이마를 내밀었다.

"생각이 떠올랐어요."

"네, 노먼?"

"내 생각이 뭐냐면요, 내가 저번 공연 때 에식스 백작 역을 맡는다고 광고했던 걸 보여 준 적 있지요?"

"네, 그래요."

"바체스터 야외극이었어요." 이모젠이 약간 생기를 띠며 말했다.

"「천 년의 역사」였는데, 노먼이 참 근사했죠!"

"이제 알겠죠! 내 옷을 빌려 주고 왕실 근위병 역을 맡기면 돼요!"

"아, 네. 더블릿23)과 꽉 끼는 바지를 입히면 왕실 근위병에 맞을 것 같은데, 모자는 어떻게 하죠? 모자가 있어야 하는데."

"제게 딱 맞는 게 있어요, 디트레이시 씨! 챙이 넓고 오래된 까만 모자가 있어요!"

"아니, 어머니. 제 생각엔 제가……."

"올리버, 잠깐만 기다려라. 오늘 오후에 내가 장미 매듭이랑 종이를 모자에 달 수 있어."

"좋았어, 아주 좋았어!"

클레이모어 씨는 다시 손가락으로 탁자를 두드리기 시작했다.

"의상 팀과 이 사항을 협의할 수 있을까요?"

"그런데 색상 문제도 있어요. 왕실 근위병은 검정과 빨강이 들어간 옷을 입어야 하지 않을까요?"

클레이모어 씨는 웃음을 터뜨렸다.

---

23) doublet. 14~17세기 유럽 남성들이 입던 꼭 끼는 상의.

"하지만 배경이 헝가리잖아요. 헝가리 근위병이 영국 왕실 근위병과 옷 색상이 같아도 될까요?"

"노먼, 정말 당신은 모든 걸 완벽하게 생각하는군요. 그런데, 잠깐만요. 미늘창[24]이 있어야 할 것 같아요. 에식스는 미늘창을 가지고 다니지 않았지요?"

"물론이에요, 에벌린 씨." 클레이모어 씨가 노래하듯 말했다. "농담이지요? 창과 말 그리고 하인 부대가 있었죠!"

디트레이시 씨는 아래로 그를 멍하게 바라보았다.

"하인들 중 일곱 명이 순종하며 출발하고……."

"그보다 많았어요. 무슨 말인지는 알겠어요. 우리에게 미늘창이 없다는 말이지요."

나는 아무도 눈치채지 못하게 무대 밖으로 걸어 나가기 시작했다.

"그럼 된 거죠. 전 이만."

"올리 군, 잠깐만. 헨리 윌리엄스. 바로 그 사람이야. 그래. 내가 집에 가면서 헨리에게 말해 놓지. 그라면 금세 어디선가 미늘창을 찾아올 거야."

어머니가 녹색 모직 커튼 끝 쪽에서 말씀하셨다. "제 생각엔 왕실 근위병 신발에도 장미 매듭이 있어야……."

"부인, 부인에겐 사진이 있잖아요."

"아, 네!" 어머니가 흥분한 듯 웃으며 말씀하셨다. "올리버의 『어린이 백과사전』에 있어요!"

---

24) halberd. 15~19세기 유럽에서 쓰던 무기. 도끼 창이라고도 한다.

"어머니! 하느님 맙소사."

"좋아." 클레이모어 씨가 노래하듯 말했다. "올리버, 오늘 오후에 우리 집에 와서 의상을 가져가고 헨리가 미늘창을 마련해 주는 대로 즉시 받아 오도록 하게. 자, 이제 이 장면을 마무리 지어야겠어."

나는 무대를 기어 내려가서 바이올린과 동전 그리고 활을 집어넣었다. 어머니를 향해 내 불편한 심기를 나타내려 험악한 표정을 지으려고 했으나, 복도가 너무 어두웠다. 돌아섰을 때 클레이모어 씨와 이모젠은 마치 벽 너머로 서로를 바라보듯, 무대 중간에 서서 얼굴을 위로 향하고 있었다. 디트레이시 씨는 빗자루를 쳐다보고 있었다. 그는 내게 빗자루를 내밀었다.

"자, 여기 미늘창이 있네. 무대 아래 오른쪽. 마무리 부분 외엔 마지막 장면 내내 저기 서 있어야 하네."

"에벌린, 뭔가 대사가 있어야 해요! 대사를 주세요!"

"아이버가 했던 것처럼 손을 움직이는 건 어떻겠나?"

"아, 생각났어요, 에벌린. 이건 어때요? 전하, 이곳에 우리만 있는 것이 아닙니다."

그는 돌아서서 손을 세차게 내밀었다. "물러가시오!"

"훌륭하군요. 매우 극적이에요. 아이버보다 훨씬 훌륭해요!"

"그러고 나서는 우리에게 경례를 해야지, 물론."

"그런데 미늘창을 들고서 어떻게 경례를 하죠?"

"창끝을 땅에다 대고 해야지. 올리 군, 한번 해 보게. 이봐, 조심해! 아, 맙소사! 날 칠 뻔했어!"

"내 생각엔……." 디트레이시 씨가 무릎을 흔들지 않고 말했다. "내 생각엔 창끝을 땅에 대지 않는 게 좋겠어요. 왜냐하면 그렇게 되면 창이 무대 반을 차지할 테니까요. 아니면, 이건 어떨까요. 올리버 군. 이렇게 한번 서 보게. 왕이 근엄하게 자네한테 다가와서 말할 때 이렇게 서서 이렇게 해 보게. 알겠나? 그리고 나서는 돌아서서 저리로 행진하면 우리 모두 자네의 씩씩한 걸음을 다시 한 번 볼 수 있을 걸세. 그렇지? 한번 해 보게나!"

"이보게, 물러가시오!"

"아니, 아니, 아니에요!" 어머니가 살짝 웃으며 외치셨다. "'이보게'라고 하지 않을 거예요. 왕이 어떻게 왕실 근위병에게 그렇게 말해요!"

"부인, 그렇다면 어떤 계급이 좋을까요?"

"장군이 어떨지." 어머니는 여전히 웃으며 말씀하셨다. "그게 듣기에 좋지 않을까요?"

"내가 저런 애를 장군이라고 부를 수는 없어요!"

"그렇게 부르기엔 좀 어리긴 하지요. 올리버 군, 어떤 계급이 적당할까? 음?"

"몰라요. 난 그저……."

"그러면 '중위'라고 부르지요. 부인, 그건 어떻겠어요? 알려 주세요!"

"제 의견엔 신경 쓰지 마세요, 클레이모어 씨! 전 음악 담당일 뿐이에요. 하지만 제게 물으셨으니 말인데요, '대령'이 좋을 것 같네요."

"대령이라! 하! 대령이라니! 저 아이가요?"

"노먼, 조심하세요."

"대령이라니!"

"그러면 소령은 어떨까요? 올리버 군, 소령은 좀 실감이 나나?"

"소령은 좋아요. 올리버, 네 생각은 어떠니, 얘야?"

클레이모어 씨는 무대 아래로 세 발자국을 옮겼다. 양쪽 주먹을 꼭 쥐고 있었다. 창백한 얼굴에는 땀이 흘렀고, 온몸이 떨렸다.

"부인." 그가 노래하듯 말했다. "방금 부인께서 음악에만 관여하겠다고 분명히 하셨어요. 제발 그래 주시길 바랍니다!"

어머니는 높은 목소리로 깔깔 웃으셨다.

"적어도 전 악보를 읽을 줄은 알아요." 어머니가 말씀하셨다. "그리고 음표 하나하나 다 누가 가르쳐 주지 않아도 되지요!"

경이로운 침묵이 흘렀다. 클레이모어 씨는 발걸음을 돌려 페인트칠한 장막과 그의 코 사이 거리가 불과 15센티미터 정도가 될 때까지 무대 왼쪽으로 천천히 걸어 올라갔다. 나는 죽고 싶은 심정으로 내 빗자루를 바라보고 있었다. 이모젠은 여전히 자신만의 신비스러운 세계를 바라보며 영원하고 요정 같은 미소를 띠고 앉아 있었다. 침묵은 계속해서 이어졌다.

어머니는 갑자기 피아노로 가서 뚜껑을 쾅 닫고 악보를 다 접으셨다. 침침한 빛 아래에서도 어머니가 클레이모어 씨와 똑같이 떨고 있는 모습이 보였다.

"자, 가자, 올리버!"

"어딜요?"

"집이지, 물론. 어딜 가자고 한 줄 알았니? 동물원이라도 갈까?

디트레이시 씨는 무대 중간으로 들어왔다. 그는 어머니의 떨리는 브로치로부터 클레이모어 씨 뒤통수의 곱슬머리에 이르기까지 우리 모두를 무한한 이해와 애정을 담은 미소와 몸짓으로 감싸 안았다. 하지만 그가 무슨 말을 하기도 전에 클레이모어 씨는 페인트칠한 장막을 향해 노래하듯 말하기 시작했다.

"절대 안 돼. 안 돼, 절대 안 돼. 내가 말하겠는데, 절대 안 돼요!"

어머니는 건반 위로 피아노 뚜껑을 쾅 하고 닫았다.

"저도 말하겠는데요, 클레이모어 씨, 절대 안 돼요. 안 된다고 말했어요! 자, 가자, 올리버!"

디트레이시 씨는 애정 어린 미소를 띠며 머리를 저었다.

"아, 예술가들이여! 뼛속까지 예술가적인 면을 보이는군요! 그렇지요? 자, 모두들, 친애하는 여러분! 이봐요. 이모젠 씨, 내 사랑스러운 친구! 그렇지요? 이런 일을 한두 번 본 게 아니에요. 모두 긴장해서 다툴 수도 있는 거고. 그렇지요?"

어머니는 두 손으로 피아노의 보면대를 꽉 쥐고 무대 양쪽을 바라보고 있었다.

클레이모어 씨는 계속 노래하듯 말했다.

"절대 안 돼. 아, 절대 안 돼, 절대!"

"어머니, 그만 좀 하세요!"

"이모젠, 부인."

"노먼. 나 배가 고파요. 제발, 여보!"

"뼛속까지 예술가들."

다시 한 번 긴 침묵이 흘렀다. 어머니는 갑자기 낮게 웃으셨고, 피아노를 바라보며 조용해지셨다.

"어머니, 제발요. 날 찰리 아줌마라고 부른다 해도 저는 아무 상관 없다고요!"

디트레이시 씨는 우리 모두를 감싸 안는 듯 팔을 벌리고 유쾌한 표정을 지으며 큰 소리로 웃었다.

"자, 이제 여러분 모두에게 제가 한 말씀 드리겠습니다. 네? 꼭 그러고 싶어요. 연출가가 누구지요? 음? 부인? 올리버? 아름다운 우리 이모젠 씨? 우리 친애하는 노먼? 당신이 우리의 모든 짐을 그 넓은 어깨에 다 지고 갈 순 없어요!"

침묵은 짧아졌다. 그러고 나서 클레이모어 씨는 장막에서 살짝 얼굴을 돌리고 목멘 채 입을 열었다.

"'대위'. 대위라고 부를게요. '물러가시오, 대위.' 이렇게 말할게요."

디트레이시 씨는 점이 찍힌 노란색 공 같은 눈을 복도 쪽으로 돌려 미소를 던졌다.

"어때요?"

"전 아무 상관 없어요, 디트레이시 씨. 제 임무는 음악이에요. 알아서 결정하시면 돼요. 전 한마디도 더 하지 않겠어요."

클레이모어 씨는 휙 돌아서서 주먹을 꽉 쥐고 입을 열었다가 다시 닫았다. 그는 모두를 바라보며 서 있었다. 디트레이시 씨는 계속해서 다정하고 부드럽게 미소를 지었다.

"좋아요! 잘되었어요! 다 동의하신 겁니다! 자, 이제 한잔하러 갑시다! 노먼? 올리버? 여성분들?"

"디트레이시 씨, 고맙습니다만, 전 그런 곳엔 가고 싶지 않아요."

시장 공관 문 뒤 제자리에 빗자루를 놓으며 나는 사과주나 음료수 한 잔을 조용히 마시고 싶은 생각이 간절했다. 그때 어머니가 높은 목소리로 단호하게 말하는 것이 들렸다.

"그리고 제 아들도 마찬가지예요!"

그날 오후 나는 집시 의상 그리고 왕실 근위병용 더블릿과 긴 바지를 클레이모어 씨에게 얻었다. 집에 가지고 가서 입어 보았는데 두 벌 모두 내게 작은 편이었다. 클레이모어 씨와 나는 키가 비슷했지만, 더블릿은 가슴을 꽉 죄었고, 허리는 너무 커서 어머니가 줄여 주신 후에야 비로소 조금 맞을 정도였다. 집시 의상은 또 다른 문제였다. 키가 내 반만 하고 몸집이 4분의 1 정도 되는 사람에게 맞는 옷이었다. 그래서 보라색 공단 조끼는 내 겨드랑이까지만 껴입을 수 있었고 나머지 의상 중 나한테 맞는 것은, 조금 늘린다면 쓸 만한 빨간색 둥근 털모자 뿐이었다. 모자 끝에는 금칠한 유리 구슬이 달려 있어 내가 머리를 움직일 때마다 딸랑 소리가 났고, 구슬 소리 때문에 클레이모어 씨 목소리와 소리를 죽인 내 바이올린 소리마저 들리지 않을 거라는 생각에 나는 화가 났다. 하지만 어머니는 모든 의상이 매우 잘 어울린다고 하셨다. 나는 옷을 다 입어 본 후에 미늘창을 가지러 정비소로 향했다. 헨리는 양복을 입고 사무실에 있었다.

"안녕하세요, 아저씨! 미늘창은요?"

헨리는 책상에서 몸을 돌렸다.

"올리버 도련님. 지금이 토요일 오후인 건 아시죠. 우리 모두 여가가 충분한 신사들이 아니에요."

"아, 네."

"글쎄, 봅시다. 잠시만요."

아저씨는 열쇠 판에서 열쇠 하나를 뽑은 후 높은 의자에서 내려와 콘크리트 앞마당을 가로질러 갔다. 그는 건물 안 창고로 이어지는 나무 문을 열었다. 미늘창은 꿰목 두 개로 고정되어 벤치 위에 놓여 있었다.

"아, 맙소사! 정말 괴상망측한 물건이네요! 도대체 저걸 어디다 쓰려고 하시죠?"

"클레이모어 씨에게 경례할 때 쓰려고요."

헨리는 아무 말 하지 않았고 우리는 미늘창을 보며 나란히 서 있었다. 날은 얇은 철로 만들어졌고, 은색 페인트로 칠해져 있었다. 그 아래에는 술 한 뭉치가 달려 있었다. 그 밑엔 빨간색으로 칠한 창 자루가 있었다. 나는 손을 내밀었다.

"맙소사, 조심 좀 하세요! 아직 젖어 있어요. 공연이 몇 시지요? 7시 30분쯤이겠지만요."

"어떡하죠? 그때까지 가게가 열려 있을까요?"

"주유만 돼요. 도련님이 가지고 갈 수 있는 곳에 옮겨 놓아야 해요. 자, 저 꿰목을 드시고 전 이……."

우리는 미늘창을 매우 조심스럽게 잘 움직여 건물 밖으로 나와 돌리시 부인의 자동차만 서 있는 차고로 가지고 왔다. 우리는 벽 옆 콘크리트 위에 미늘창을 놓았다.

"자." 헨리가 말했다. "필요할 때까지 여기 놔두세요, 올리버 도련님."

"10시나 되어야 필요할 거예요. 빨라도 9시 30분이요. 마지막 장면에 필요한 거예요."

"그땐 다 말랐을 수도 있겠지만, 보장할 순 없어요. 다 말랐을 거예요. 바지에 페인트 묻은 거 아닌가요?"

"아닌데요."

"맙소사. 이게 바로 옥스퍼드 바진가 뭔가 하는 그건가 봐요."

"옥스퍼드 바지예요."

"그러니 신발을 닦을 필요가 없겠죠. 시간도 아끼고 좋죠. 됐습니다, 올리버 도련님. 이 미늘창을 최대한 늦게 가지고 가세요."

"고마워요."

나는 서둘러 집으로 갔는데, 어머니는 모자를 만들고 계셨다. 어머니는 아직도 은근히 행복한 흥분 상태였다. 클레이모어 씨랑 한바탕하자 어머니는 오히려 더 행복해졌다.

"얘야, 이리 와 보렴. 써 봐라."

나는 모자를 썼고, 모자는 팬케이크처럼 놓여 있었다.

"두상이 아버지를 닮았어, 넌." 어머니는 즐겁게 말씀하셨다. "고무줄을 빼야겠다."

"이걸 어디서 쓰나요, 어머니?"

"당연히 여기서지! 무슨 말이니?"

"전……."

"우리 집이 바로 근처라 너무 다행이지 뭐니. 스미스 씨는 불쌍하게도 그렇게 먼 길을 와야 해! 게다가 의상이 다 젖어 왔단다! 워트휘슬 부부는 여자들을 위해 거실을 내주었단다. 물론 지난주까지는 시장 공관을 쓰는 줄 알았지. 비가 또 안 와야 할 텐데! 제대로 된 극장이 없다는 게 너무 안타깝구나!"

"거리로 나가야 하나요?"

"쓸데없는 소리 말고, 올리버!"

"집시처럼 옷을 입고요? 왕실 근위병 차림으로요?"

"자, 이거 한번 다시 써 봐라. 꽉 눌러쓰지 말고. 고무줄을 빼서 긁힐 수 있으니까. 아, 어쩌니. 안 되겠다. 뒤를 잘라서 늘려야겠다. 머리 자를 만한 시간이 있겠니?"

"아니요!"

"별로 협조적이지 않구나. 정육점에서 아주 좋은 옷깃을 빌렸다. 댄퍼드 씨가 매우 친절하더구나."

"거리에선 안 돼요!"

"왜 우리 집 남자들은 둘 다 이렇게 비협조적인지 모르겠다. 먼저 네 아버지는…… 관두자꾸나. 저 멀리 범스테드 교구에서부터 오는 하비 씨를 봐라. 내일 설교를 해야 하는데 저 조그마한 자동차에 콘트라베이스를 싣고 오잖니! 올리버, 넌 부끄러운 줄 알아야 해! 아니, 하비 씨가 젊었을 때는 세발자전거에 그 콘트라베이스를 실어 날랐잖니! 어떤 땐 저 숲에서

언덕으로 내려오는 모습을 보고 가슴을 졸이곤 했단다. 올드
브리지를 건너오면 안도의 한숨을 쉬었다니까! 스틸본에 음
악과 관련된 일만 있으면 늘 숲 사이로 자전거를 타고 왔지 뭐
니. 물론 건초 더미 아래 깔린 다음엔 일이 년 정도 쉬긴 했지
만. 스패로 노인네는 만취 상태였지. 그 아들이 쇠스랑으로 즉
시 건초를 집어 올린 게 정말 다행이었지. 건초 더미를 치우고
나서 콘트라베이스가 보이니 누가 깔렸는지 알게 된 거였지.”

“어머니……..”

“미안하지만 좀 더 잘라 내야 할 것 같다. 괜찮지? 아니. 이
세상 어떤 사람들에겐 일이 닥친단다! 너한테처럼 말이다! 네
가 피아노를 좋아하게 된 거 기억나니? 물론 하비 씨는 이제
나이가 들어서 솔직히 말해 귀가 좀 먹었지만. 안된 일이긴 해.
목요일에는 보면대의 악보가 뒤죽박죽이 되어 엉뚱한 곡을
연주했어. 다행스럽게도 다 4분의3 박자였지만.”

“모두 4분의3 박자잖아요. 항상.”

“그래서 별 상관은 없었단다. 왜냐하면 한 ‘움팜팜’은 다른
곡의 ‘움팜팜’과 비슷하니까, 그렇지? 문제는 4번 대신 7번을
연주했다는 건데, 7번 곡이 더 길거든. 그래서 다른 사람들은
연주가 다 끝났는데도 계속 ‘움팜팜’ ‘움팜팜’ 하고 있었단다.
사실 곡 전체를 한 번 더 연주했어. 네가 상상할 수 있듯이, 사
람들은 일부러 그렇게 한 줄 알고 아무도 박수를 치지 않았어.
클레이모어 씨가 격노했지.”

“네, 상상이 되네요.”

“클레이모어 씨한테 신경 쓸 필요는 없단다, 올리버! 디트

레이시 씨가 연출가니, 그분이 말씀하시는 대로 하면 돼."

"그분은 무슨 역을 맡으셨나요?"

"아무 역도 맡지 않았는데?"

"그럼 왜 옷을 그렇게 입으셨어요?"

"전문가니까. 런던 사람이고. 옥스퍼드에서 한 학기나 있었는데도 넌 아직 그만큼 세련되진 않았나 보다, 그렇지?"

"말씀 다 하신 거예요?"

"좀 참을 줄 알아야지."

"못 참겠어요!"

"클레이모어 씨같이 굴지 말아라, 얘야. 그 사람이 마지막으로 한 말 들었니?" 클레이모어 씨 흉내를 내며 코를 들자 어머니의 안경이 반짝였다. "에벌린, 오늘 오후엔 누워 있어야겠어요!" 어머니는 내 모자 위로 안경을 반짝였다. "하지만 디트레이시 씨는 벽돌 벽이라도 꿰뚫어 볼 수 있으셔. 정말이야! 인품이 훌륭하지! 그 사람을 다룰 수 있는 방법, 그 사람이 아니라 그 가족 중 누구라도 다룰 수 있는 방법은 아첨밖에 없다는 사실을 아시는 거야. 오늘 그를 어떻게 다루는지 너도 봤지?"

"네. 봤어요."

"물론 그분 눈에 우리는 정말 아마추어처럼 보일 거다. 하지만 늘 친절하고 즐겁게 우리들을 대해 주시고 음악을 사랑하신단다. 우리 오케스트라가 특별히 언급할 필요가 있을 만큼 훌륭하다고 어느 기자에게 말하는 걸 들었단다. 이런 오케스트라를 본 적이 없다고 하셨어. 물론 클레이모어 씨가 우리를 이끌고 있으니 '오케스트라는 누구누구의 지휘 아래 열심히 연주했다.'라는 정도로 언급이 되겠지. 이번에는 우리 이름이라도 제대로 표기되었으면 좋겠구나!"

"이제 된 거 같죠?"

"이 뒤에 고무줄을 조금 넣어야겠다. 안 그러면 너무 벌어지게 생겼어. 모자가 떨어지면 안 되지! 솔직히 말해서 클레이모어 씨가 흠잡을 일이 하나도 없으면 좋겠다. 싸움을 걸려면 걸겠지만, 난 가만히 있을 거야. 싸우려면 두 명이 있어야 하니까. 게다가 디트레이시 씨가 좋은 인상을 받고 갔으면 좋겠단다!"

"그분 무릎이 좀 이상하지요?"

"무릎? 아! 그래, 무슨 말인지 알겠다! 우리가 어렸을 땐 그런 걸 '승마 무릎'이라고 불렀단다. 크로머 경이 연구소를 설립했을 때 넌 너무 어렸지, 물론. 기억이 나지 않을 거다. 디트레이시 씨가 한때 기병대 소속이었다는 거 모르겠네?"

"별로 그랬을 것 같지 않아요."

"근사하셨을 것 같은데!"

어머니는 명랑하게 벌떡 일어나서 모자를 써 보고 내게 주셨다.

"어머니. 뒤가 별로 안정돼 보이지 않아요. 약간 말리는 것 같은데요."

"아, 어쩌지. 네가 좀 잡고 있으면 안 되겠니? 한 손으로?"

"전 경례해야 하는데요."

"올리버!"

"그놈의 미늘창을 들고요."

"끈을 꿰매 줄게. 네가 옛날에 쓰던 선원 모자처럼 턱 아래 끼면 된단다. 그때 너무 귀엽다고 생각했는데. HMS LION이라고 끈에 씌어 있었는데. 웨이머스에 이 주간 머물 때 선원들한테 가서 '저도 선원이에요!'라고 했잖니!"

"오, 하느님 맙소사."

"주전자를 올려 줄래? 정식으로 차 마시는 시간을 갖자꾸나. 그리고 공연이 끝나고 와서 배가 고프면 뭘 좀 찾아 먹으렴. 물론 끝나고 나면 커피랑 케이크가 있지만, 별로 먹질 않는단다. 다들 몹시 흥분해서 말이다. 그렇고말고! 너 바이올린 연습을 좀 하는 게 어떻겠니?"

"필요 없어요."

"클레이모어 씨에게 흠 잡히는 건 싫잖니?"

"아, 알겠어요."

"그리고 동전은 빼라!"

"클레이모어 씨가……."

"아니, 실제 공연에서 말고. 얘도 참." 어머니는 다시 웃으면서 말씀하셨다. "지금 말이다. 동전을 거기 놔두면 바이올린이 상할 거야."

"뺐어요."

"가방 안에 넣어 두어라!"

"주머니에 넣어 둘게요."

"잘 가지고 있기만 하면 되지. 네 집시 의상 안에 말이다, 물론."

"정비소에 가서 미늘창이 다 말랐나 확인해 봐야겠어요."

"얼른 다녀와라."

나는 다시 미늘창을 보러 가서 만져 보았다. 페인트가 아직 끈적거렸기 때문에, 나는 미늘창을 그대로 놔두었다. 헨리는 헨리답게 사무실에 아직 있었다. 하지만 헨리에게 가서 설명해도 아무 도움말도 주지 않았다. 약간 의외였다. 헨리가 문제를 해결해 주는 사람이라는 데에 익숙했기 때문이다. 나는 천천히 집으로 걸어갔는데, 어머니는 차와 새로 고정한 모자를 준비해 놓으셨다. 아버지도 있었는데 콘월 고기 파이를 우울하게 씹고 계셨다. 어머니는 아무것도 먹지 않고 구름 위를 걷고 있는 사람처럼 활기찬 어조로 내내 이야기하셨다.

난 아버지에게 깊은 친밀감을 느꼈다.

"저, 아버지. 아버지 역할에 만족하시나요?"

아버지는 머리를 돌리고 나를 근엄한 표정으로 바라보셨다. 그리고 다시 머리를 돌리고는 계속 음식에 집중하셨다.

"여보! 애가 말을 하면 대답 좀 하세요!"

"바흐, 헨델." 아버지가 말씀하셨다. "나는 열심히 연주하는 걸 좋아하지!"

"「위대한 사랑」에도 꽤 괜찮은 곡들이 있어요." 어머니가 말씀하셨다. "당신도 그렇다고 인정하셨잖아요!"

아버지는 뭔가 홀린 듯한 표정으로 위를 처다보셨다.

"그래, 맞아. 처음 들었을 때 그렇게 말했지."

어머니는 내가 집시 의상을 입는 걸 지켜보시고는 분장하라고 조언하셨다. 수염에는 특히 어려움이 따랐다. 그리고 나서 부모님은 오케스트라석에 자리를 잡으러 함께 떠나셨다.

시청 근처 길거리는 정말 볼 만했다. 말도 안 되게 평퍼짐한 크리놀린 차림 여자들, 투구를 쓰고 깃털을 단 위병들, 시골뜨기 몇 명 등은 광장 한쪽에서 다른 쪽 끝으로 이동했고 시청 아래 계단을 은밀히 기어 올라가 자리를 잡았다. 나는 그 광경을 보고 아무도 날 알아보지 않으리라 생각하며 위안을 얻었다. 그래서 바이올린 가방을 들고 광장 사이로 소리 죽여 걸었다. 하지만 계단에 이르러 보니 도무지 계단을 오를 때가 아니었다. 계단에는 투구들과 크리놀린들이 엉겨 붙어 있었다. 그래서 나는 아직 관객들이 도착했을 리 없을 거라 판단하고 정문으로 들어가는 방법을 알아보려 했다. 시청 아래에 있는 시장 사이를 몰래 지나 하이 스트리트를 살피며 돌아보았다. 버클을 채운 신발 아래로 심장이 떨어졌다가 곧바로 다시 목구멍으로 뛰어올랐다.

시청 정문에 줄이 있었다. 난 사람들이 공연을 보러 오리라는 건 막연하게 알았다. 하지만 이건 실제로 생생하게 살아 있는 사람들이었다. 그들이 누군지 다 알았지만 일종의 내적 결심과 조심스러운 몸가짐에 힘입어 얼굴이 심하게 빨개지거나 걸려 넘어지지 않고 그들을 지나갈 수 있었다. 평상시 나는 최악의 경우에는 내가 별로 눈에 띄지 않는다고, 최선의 경우에는 보이지 않는다고 믿거나 바랐다. 이제는 이 실재하고 줄을 서 있는 사람들에게 나 자신을 드러내야 한다는, 이론에 그치지 않는 끔찍한 사실과 더블스토핑[25] 소리로 그들의 귀를 괴

---

25) 복선이라고도 한다. 두 현을 동시에 긁어 화음을 내는 현악기 기교를 말한다.

롭혀야 한다는 사실에 직면하기에 이르렀다. 나의 양팔은 그 엄청난 사실에 떨기 시작했고, 나는 시청과 일시적인 안전을 보장하는 그 기둥의 그늘 아래 숨었다. 줄은 조용히 입구까지 들어섰다. 내 머리 위에서는 오도너번 선임 하사관의 트롬본 이 내는 갑작스러운 소리가 귀를 찢었다. 서곡이 시작되어 막 이 오른 것이었다. 나는 서둘러 계단으로 갔으나 계단은 아직 까지 복잡하기 짝이 없었고 내겐 또 다른 근심거리가 생겼다. 내 바이올린 가방을 어디에 두어야 할지 알 수가 없었다. 그래 서 집으로 다시 뛰어갔고 집이 얼마나 평온하고 편안한지를 생각하며 거기에 동전을 두고 왔다. 한 손에는 바이올린, 또 다른 손에는 활을 들고 뛰어와 보니 서곡은 끝났고 나는 계단 위로 뚫고 올라가기 시작했다. 계단은 나나 내 악기에 무관심 한 맹렬하고 신경질적인 사람들로 가득 차 있었다. 나는 첫 번 째 모퉁이까지 겨우 올라갔고 연기자들 물결에 밀려 두 번째 모퉁이까지 운반되었다. 그리고 바로 무대 밖에 서게 되었다. 여기까지 와서야 나는 바이올린 줄 사이에 동전 넣는 것을 까 먹었음을 떠올리고 다시 계단 아래로 내려가려 했다. 쉬 소리 를 내고 속삭이며 수많은 격한 언쟁을 벌였지만 나는 속속들 이 패했다. 힘으로 거칠게 밀고 나가 쉽게 길을 뚫을 수 있었 지만, 상대적으로 연약해 보이는 소녀들 무리가 막고 있기도 했고 어쨌거나 난 바이올린을 들고 있었다. 나는 정신을 가다 듬고 나의 지적 능력을 발휘했다. 사람들이 화장한 얼굴을 들 이밀어 내게 쉬 소리로 주의를 줄 때마다 나는 동전이 필요하 다고 말했다. 동전 있나요? 하지만 단 한 개도 찾지 못했고, 알고 보니 그 무리 중에는 날 비웃을 만큼 냉혹한 사람들도 있었다. 내 수염은 떨어져 나갔고 사람들에게 완전히 짓밟혀 복구가 불가능해졌다. 나는 마지막 희망, 완벽하게 변장하고자 하는 희망을 버렸다. 포기하고 내 운명에 굴복해 클레이모어 씨의 신호를 기다리며 페인트칠한 장막 바로 뒤에 서 있었다. 이젠 계단 위 단원들이 아니라 관객들로부터 보이지 않는 끔찍하게 고요한 압박이 밀려왔다. 나는 떨기 시작했고 내 손은 바이올린 위에서 얼어붙었다. 머리가 하얘지며 지시 사항들이 모두 기억에서 멀어졌다.

"여기가 이 세상에서 가장 매혹적인 곳처럼 느껴지기 시작했어요!"

나는 페인트칠한 장막 너머로 멋지게 발걸음을 내디디며 무대 위에 섰다. 조명이 눈앞을 가렸다.

불빛 아래서 눈을 깜박거리며 바이올린을 들고 얼어붙어 서 있는 동안 박수 소리가 한 번 들려왔다. 이어서 더 많은 박수 소리가 났고 열광하는 박수의 물결이 몰려왔다. 일종의 '와' 소리가 섞여 있었다. 내가 인정받고 알려졌으며 약사의 아들이라는 점은 명백했다. 또한 명백한 점은 내가 제대로 된 사회적 위상을 갖춘 사람들 중 한 명이라는 사실이었다. 길거리의 얼굴들이 날 알아봤으며, 내 행동을 인정하고 적어도 묵과했다는 걸 나는 순간적으로 이해했다. 무섭고 심지어 공포스러운 상황 속에서 나는 정반대로 자신감이 넘치게 되었다. 올바른 청년이고 뼛속까지 음악가이며 인정을 받았을 뿐만 아니라 훌륭한 연주를 하는 바이올리니스트로서 나는 내 첫

화음을 뽑았다. 손가락은 따뜻했으며 살아 있는 듯한 느낌이었고, 바이올린을 켜는 내 팔은 자유롭게 기교를 펼치는 듯했다. 내게는 아무런 의심도 없었다. 언더힐 부인이 노래했던 것만큼이나 큰 소리로 연주했다. 나는 마지막에 이어지는 화려한 더블 스토핑 화음 세 개가 정확하고 깜짝 놀라리만큼 울리리라고 예상하며 연주했고 곡이 끝나자마자 감격스럽게도 큰 박수가 터져 나왔다. 내 몸가짐에는 새로이 생긴 자신감이 계속 넘쳤다. 이제 나는 불빛에 조금 더 적응되었고 피아노 앞에서 고개를 끄덕이고 웃으며 박수를 치는 어머니의 모습이 보였다. 나는 무척 침착하게 몸을 굽혀 인사했고, 몸을 펴자 돈주머니가 내 얼굴 옆으로 휙 지나가 원형 파노라마에 맞았다. 나는 다시 인사하고 무대 뒤로 물러났다. 관객은 발을 굴리기 시작했다.

"앙코르! 앙코르!"

나는 이런 반응이 지나치다는 걸 알 만큼은 겸손했다. 그래도 이 장면의 주연은 클레이모어 씨였고 나는 그에게 찬물을 끼얹기는 싫었다. 땀이 식으면서 나는 계단에 있는 무리 사이로 조금씩 움직였고, 내 새로운 위상의 정점에서 모든 사람들을 향해 예의 바르고 부드럽게 미소를 지었다. 왕실 근위병으로 변신하기까지 시간은 충분했다. 사실 저녁 내내 시간이 있었다. 나는 이미 그 장면이 일종의 안티클라이맥스가 될 거라고 느꼈다. 하지만 그 장면을 쉽게 지나갈 수 있다는 생각에 위안을 받았다. 연주도 없고 연기도 없으니까. 옷만 입고 서 있으면 되니까. 나는 계단 밑으로 빠져나왔고 저녁 공기가 놀랍도록 상쾌한 걸 알았다. 나는 거기에 잠시 서서 완전한 일상성을 느끼고 내 승리의 장면을 기억하며 즐겼다.

디트레이시 씨는 1~2미터 떨어진 기둥에 몸을 기대고 있었다. 그는 여전히 다정하게 미소 짓고 있었다.

"친구, 어디로 가려나?"

"옷을 갈아입어야 해요. 앞에 서 계시지 않으셨나요?"

"여기 서 있으면 전적으로 음악에 집중할 수 있다고 생각했네. 어려운 점이 있었나?"

"돈주머니를 잡지 못했네요, 생각해 보니. 그리고 수염이 떨어져 나갔어요."

디트레이시 씨는 미소 지으며 달콤한 숨을 내뱉었다.

"좋네, 좋아!"

그는 옷자락을 뒤져 병을 찾아 빛 아래 내보였다. 하지만 병은 비어 있었고 채워야 했다.

"둘이서 몰래 한잔하러 갈까, 올리버?"

"의상을 입고 있는데요!"

"나도 그래. 널 '친구'라고 부르는 말도 안 되는 가식을 버려도 될까?"

"제가 연주하는 거 들으셨어요?"

"그래, 들었네. 동전이 없는 것 같던데?"

"정말 죄송해요!"

디트레이시 씨는 무릎을 떨었다.

"자네가 싫어하는 그 맞수가 별로 좋아하지 않았을 텐데?"

"제 뭐라고요?"

"우리의 훌륭한 남자 주연 말일세."

나는 그를 위로 쳐다보며 침을 삼켰다. 그는 진의 잔향을 내게 내뿜으며 미소를 지었다. 나는 입이 벌어졌지만 이상하게도 얼굴은 빨개지지 않았다.

"어떻게……?"

"자네의 남자다운 발이 그때 아주 조금, 아주 조금 안으로 굽었네. 자네의 은밀한 동경. 매력적일세, 매력적이야!"

"전 그런……."

"자네 비밀은 안전하네."

"그녀는 몰라……."

그는 긴 팔로 내 어깨를 감쌌고, 난 이상하게도 유쾌하고 안정되었다.

"그 여자는 뭘 몰라, 그렇지? 자네 병이 나을 때도 되었다고 생각하네."

"제가 살아 있는 동안……."

그는 내 어깨를 마사지했다.

"충격 요법이 필요한 것 같네."

"전 괜찮아요. 정말이에요."

"10기니와 3등석. 뭐 불평할 거리는 아니지. 물론 불평하긴 하지. 그리고 도망가고자 하는 욕구가 너무 강해서 결국에는 10기니를 거의 다…… 하지만. 무덤으로 오게나."

"그게 어디죠?"

나는 그가 크라운 술집을 바라보는 걸 보았다. 나는 불안에 떨며 그를 설득하고자 했다.

"저, 그게요! 먼저 옷을 갈아입어야 해요! 그러니까, 전 이곳 출신이니까요!"

"그런 운명을 타고난 자네에게 해 줄 수 있는 유일한 위로의 말은 진 한 잔을 마시라는 걸세, 올리버. 클레이모어 씨 장면을 위해 옷을 갈아입기까지 아직 시간이 많네."

"그를 '노먼'이라고 부르시지 않았나요?"

디트레이시 씨는 부드럽게 고개를 끄덕였다.

"아, 그렇지. 맞아."

"하지만 무대 앞에 계셔야 하지 않나요?"

"그래." 그는 나를 향해 밑으로 숨을 내쉬었다. "내가 그래야 하는 건 자네도 알지 않나, 올리버? 내가 그랬다고 자네가 증언해 줄 거지, 그렇지?"

나는 흥분하며 웃었다.

"네, 그럼요!"

"그리고 날 '에벌린'이라고 부르게나."

"노먼처럼요?"

"아니, 이보게. 노먼처럼이 아니라. 내 친구처럼 말일세."

"정말요?"

그는 크라운 술집 밖에서 날 붙잡고 머리를 한쪽으로 기울이고는 시청을 바라보며 서 있었다.

"소리가 전혀 안 나는 걸 보니 클레이모어 씨가 노래를 부르고 있겠는걸."

그에 대한 사랑이 샘솟으며 나는 키득키득 웃었다.

"네! 네! 하느님 맙소사!"

"내가 그들을 만들어 낸 걸세, 내 죄 때문에. 그러니 난 그들을 다 잘 알아. 특히 그녀에 대해선."

"어떻게요?"

"나에겐 쇼 씨가 말한 '내 안의 여성'이란 게 있네, 올리버. 내 내면은 매우 여성적이야. 그래서 잘 아는 걸세, 알겠나?"

"그녀는 아름다워요."

디트레이시 씨는 아래를 보며 미소 지었다. 그리고 벌이 쏘는 듯 쓰라린 말 한마디를 했다.

"그녀는 머리가 비었고 무감각하며 허영심 많은 여자일세. 얼굴이 단정하고 계속 미소 짓고 있을 만큼만 감각이 있지. 아니! 자네는 그 세 배쯤……. 자네의 순정은 그녀의 허영심만 부추길 뿐이야. 그들 둘 다 건방지기 짝이 없어! 10기니만큼의 가치도 없고, 100기니, 1000기니……."

나는 입을 열었지만 무슨 말을 해야 할지 몰랐다. 디트레이시 씨는 내 어깨에서 손을 내리고 민첩하게 몸을 똑바로 폈다.

"자, 다 왔군."

그는 문을 열고 입구 쪽 홀을 유심히 둘러보았다.

"올리버, 저 의자를 가지고 와서 저기 앉으면 벽난로와 종려나무 화분 사이에 아주 편안하게 있을 수 있겠지?"

그는 바의 문 사이로 사라졌다. 이 위압적인 건물의 배치를 바꾸는 것은 겁나는 일이었다. 하지만 나는 갑자기 변화를 감지하고 순종하며 의자를 집어 왔다. 디트레이시 씨는 맑은 액체로 가득 찬 유리잔 둘을 가지고 돌아왔다.

"아주 훌륭하게 했어. 어머니께서 아주…… 아니야. 그건

못된 말이지. 올리버, 미안하네. 그런데 자네 그거 아나?" 그리고 그는 마치 어딘가에서 적절한 단어를 찾을 수 있듯이 허공을 자세히 들여다보았다. "그리고 나는…… 괴롭힘을……."
그는 내게 유리잔을 건네주고 몸을 접어 안락의자에 앉았다. "예술을 위해 이 일을 하고 있다고도 말 못 하겠네. 10기니 때문에 하는 거고. 자네는 처음으로, 그러니까 이 시골뜨기들을 데리고 말도 안 되는 연습을 하면서 만난 사람 중 문자 그대로 유일하게 인간으로 느껴지는 사람이네. 글쎄. 물론 자네의 고상하신 어머니를 빼고 말일세."

"어머니는 선생님을 극찬하세요, 늘."

"그런가? 마음이 흐뭇하구먼. 아버지는 어떠신가?"

"아버지는 원래 과묵하시고요."

"그러니까, 회색빛 옷을 입고 체구가 큰 그분이지? 열정을 억누르며 연주하는 재주가 있는 분?"

"네."

"네 아버지는 스타니슬랍스키[26] 기법으로 연주하셔. 격렬한 경멸을 그토록 뚜렷하게 투사하는 건 처음 봤어. 아무 말도 없이. 악보만 보면서. 모든 음을 정확하게 말이야. 열정을 억누르고, 억누르고, 억누르고. 도대체 왜 그렇게 되셨을까?"

"어머니가 원하셔서요."

나는 잔을 들고 한입 마셔 보고 질식할 뻔했다.

---

26) Konstantin Stanislavsky. 러시아 배우이자 연출가로, 배우의 개인적 경험이나 감정을 역할에 대입해 연기하는 방법론을 고안했다.

"천천히 마시게, 올리버. 해방되는 느낌일 걸세. 오, 이런! 내가 정말 마시긴 많이 마신 것 같은데."

"해방된다고요? 무엇으로부터 해방되죠?"

"뭐든지 자네가 원하는 걸로부터. 해방되고 싶은 모든 것으로부터."

나는 잠시 내 삶의 답답한 벽들을 점검하며 아무 말도 하지 않았다. 갑자기 내 목구멍에서 말이 쏟아져 나왔다.

"맞아요. 바로 그거예요. 모든 게 다 잘못되었어요. 모든 게요. 진실도 없고 정직함도 없어요. 오, 맙소사! 삶이란⋯⋯ 내 말은 그러니까 저기 저기에⋯⋯ 하늘만 봐도 그래요. 스틸본은 하늘을 지붕으로 받아들이죠. 마치⋯⋯. 그리고 우리가 몸을 숨기는 것, 우리가 말하지 않고, 감히 언급도 하지 않는 것들이나 우리가 만나지 않는 사람이나⋯⋯ 그리고 사람들이 음악이라고 부르는 그것들. 다 거짓이에요! 그 사람들은 이해하지 못하는 건가요? 다 거짓말, 거짓말이라고요! 다 역겨워요!"

"내가 아주 유명하지. 돈도 많이 벌었어."

나는 재빨리 한 모금을 삼켰다.

"에벌린. 그거 알아요? 어렸을 때 나는 내가 문제인 줄 알았어요. 그리고 물론 약간은⋯⋯."

"좋아! 좋아!"

"다 뒤죽박죽이에요. 그거 아세요? 몇 달 전만 해도 저는, 저기 저 언덕 위에서 어떤 소녀를 가졌어요. 거의 모두가 보는 앞이라고 할 수 있는 곳에서요. 그런데 왜 그러면 안 되죠? 이, 이곳에서 사람들이⋯⋯ 그 누구도 더 더 한 적이⋯⋯."

나는 금방이라도 눈물이 터져 나올 것처럼 내 존재가 다 흔들리는 느낌이 들어 말을 끊었다.

"자넬 본 사람이 있나, 올리버?"

"아버지요."

디트레이시 씨의 무릎이 한두 번 열렸다가 닫혔다.

"에벌린, 그게 있잖아요. 마치 화학과 같아요. 그걸 사물로 볼 수도, 아니면 그걸 사물로 볼 수도 있어요."

"뭐가 화학 같다는 건가?"

"그러니까. 삶이요."

"삶은 무능한 연출가가 연출한 아주 별난 소극과 같아, 올리버. 그 소녀 말이야. 예뻤나?"

"그럼요!"

디트레이시 씨는 유리잔 너머로 나를 쳐다보았다. 점을 찍은 공 같은 두 눈은 매우 고요했고, 입은 끝 부분 너머로 부드럽게 미소 짓고 있었으며, 긴 얼굴은 조금 젖어 있었다.

"부럽군."

"에벌린. 당신은 그녀를 원하지 않았을 거예요. 주위에 여자 배우들도 많을 텐데요. 그리고 그녀는 챈들러스 클로스에 사는 시골 처녀일 뿐이었어요. 그런데 생각해 보니 도대체 우리가 왜……"

나는 내가 무슨 말을 하고 싶었는지를 생각하며 말을 멈췄다. 이비와 스틸본 그리고 아버지의 망원경과 하늘에 대한 무엇, 에벌린에겐 모든 게 말하기 쉬웠기 때문에 그에게 말하기 어렵지 않은 것. 나는 그를 들여다보고 애정 어린 표정으로 미소 지었다. 그의 주위에 김이 조금 났다. 그 속에서 그의 얼굴은 굉장히 선명하고 사랑스러워 보였다. 그의 눈동자가 왜 점을 찍은 것처럼 보이는지 이제 알았다. 눈동자 주위 홍채가 눈알의 노란색 부분과 수정체에 의해 침범당해 어디서부터 눈동자가 시작되는지 명확하지가 않았다.

"에벌린. 저는 모든 것의 진실을 원해요. 하지만 어디서도 찾을 수가 없어요."

디트레이시 씨는 진저리 치며 숨을 길게 내쉬었고, 더 크게 미소 지었다.

"진실, 올리버? 글쎄⋯⋯."

"삶은 그래야만 해요."

"통찰력."

그는 가슴 주머니에 한 손을 넣고 작은 가죽 지갑을 꺼냈다. 나를 계속 쳐다보며 사진 뭉치를 꺼내 제일 위에 있는 사진을 보여 주었다. 김이 안으로 퍼져 온통 뿌옜다. 아니면 사진을 보고 찡그리며 집중하고 있는 내게 김은 다른 것에는 신경을 쓰지 않는다는 증거일 수도 있었다. 디트레이시 씨는 뭉치 속 나머지 사진들을 내 다른 손에 꼭 쥐여 주었다. 하지만 내가 볼 수 있는 사진이 날 사로잡았다. 확실히 디트레이시 씨였다. 사진 속 모습은 지금보다 젊었을 때였지만 옆모습에 보이는 긴 코와 긴 턱은 확실히 그의 것이었다. 날씬한 몸매도 그랬다. 그가 쓰고 있는 긴 검은색 가발은 귀와 어깨 사이 반 정도까지 내려오는 단발이었고, 그의 근육질 목이 보일 정도 길이였다. 오른팔은 우아하게 뻗었고 왼팔은 뒤쪽 아래로 향했다.

두 팔은 함께 대각선을 이루었다. 그는 주름이 잡히고 몸에 꽉 끼는 하얀색 치마 등 발레리나 옷을 입고 있었고, 늘씬한 다리는 양쪽 무릎이 서로 지탱하는 자세로 구두를 신은 큰 발까지 뻗었다. 여성스러운 화장 때문에 그는 심지어 더 남성적으로 보였다. 내게서 우렁찬 웃음이 터져 나왔다.

"이게 대체 뭐예요?"

"그냥 내 의견을 말하는 걸세, 올리버. 통찰력에 대해서 말이야. 나한테 다시 돌려주겠나?"

하지만 나는 사진 뭉치를 뒤져 보고 있었다. 모든 사진은 동일한 의상을 입은 디트레이시 씨의 모습을 담고 있었다. 어떤 사진에서는 체격이 좋은 젊은 남자가 디트레이시 씨를 받치고 있었다. 두 사람은 서로의 눈을 그윽하게 바라보고 있었다. 나는 아파서 더 이상 웃을 수 없을 때까지 웃었다.

"올리버. 이제 돌려주게나."

"이게 다 뭐였어요?"

"그냥 소극일 뿐일세. 제발 돌려주게나."

"난 이제껏 이런 건 본 적이……."

"올리버. 달라니까. 그리고 이제 가 보게나."

"우리 또 한 잔……."

"자네가 근위병 역을 맡은 걸 잊지 말게나."

"엿 먹으라죠!"

"그래도."

나는 고개를 들었고 디트레이시 씨가 여전히 같은 장소에 있긴 했지만 멀찍이 몇 미터나 떨어진 걸 보고 깜짝 놀랐다.

"제 생각엔⋯⋯."

"자네 어머니에게 실망을 안겨 주면 안 되네."

갑자기 기억이 났다.

"에벌린, 내게 무슨 말을 하려 했지요. 뭐였어요?"

"아쉽게도 기억이 나질 않네."

"진실과 정직에 대한 얘기였어요."

"전혀 모르겠네."

"이곳에 관해, 모든 것에 관해 말씀드리고 있었어요."

"자네 가서 옷을 갈아입어야 할 것 같은데."

"그래요?"

"자, 빨리 가게."

"아, 이제 기억났어요!" 나는 그 생각을 하며 다시 웃었다. "제 병을 고쳐 주시려고 했잖아요!"

눈의 초점이 돌아와 그의 얼굴이 보였다.

"그랬네, 올리버. 작별 선물로. 글쎄. 경례하고 무대에서 나오면 '위대한 듀엣'을 듣도록 하게."

"네? 그러고요?"

"그게 다네. 그냥 들어 보게."

"네. 돌아와서 말씀드릴게요."

"여기 없을 걸세."

"왜요, 무대 앞으로 가실 건가요?"

"나는 도망칠 걸세."

갑자기 그가 손을 들고 집게손가락으로 손목시계를 탁탁 치면서 내 가까이에 와 있었다. 나는 시각을 확인하고 갑자기 당황하며 황급히 나왔다. 나는 근위병 의상을 아무렇게나 걸쳐 입고 소리를 죽이며 광장을 가로질러 정비소로 갔다. 내 미늘창은 완전히 말랐지만 무척이나 무거웠다. 미늘창을 어깨 위로 들고 뒤쪽 계단으로 갔지만 지나가기엔 지붕이 너무 낮았다. 그래서 난 몸을 낮춰서 창을 들고 위로 올라갔지만 단원들이 계단에 줄지어 있었고, 나의 무대 입장은 순식간에 내 창의 빨간색 자루를 놓고 속으로 욕하는 분장한 얼굴들과의 격렬한 레슬링 시합이 되어 버렸다. 게다가 반쯤 드러난 가슴팍들과 주홍빛 입들 그리고 밝은 옷들과 얽힌 팔다리들도 문제였다. 하지만 나는 빨리 일을 다 끝내고 에벌린에게 돌아가야겠다는 집념으로 꿋꿋하게 미늘창을 들었다. 첫 번째 모퉁이는 돌았으나 두 번째 모퉁이에 이르렀을 때 피할 수 없이 명백한 진실에 봉착했다. 내 미늘창이 모퉁이를 돌 재간은 도무지 없었던 것이다.

거기에다가 미늘창을 들고 계단 밑으로 내려가는 건 올라가는 것보다 시간이 더 오래 걸렸다. 왜냐하면 단원 개개인은 「위대한 사랑」을 공연하는 마법의 땅으로 점점 더 가까이 가고 싶어 하는 반면, 차가운 밤바람이 부는 쪽으로는 1센티미터라도 밀려나지 않으려고 단단히 결심했기 때문이다. 나는 결국 내려가서 어떻게 해야 할지 생각하며 시청 바깥에 서 있었다. 미늘창을 기둥에 기대어 놓고 크라운 술집으로 뛰어갔지만 에벌린은 아까 있던 곳에 보이지 않았다. 나는 바 안으로 머리와 모자를 쑤셔 넣었다.

"미니버 부인, 디트레이시 씨 보셨어요?"

"나갔다."

"돌아오시나요?"

"그럼, 돌아와야지. 돈도 안 냈는데. 극장가 인간들이 어떤지는 내가 잘 알지!"

"어디로 가셨는데요?"

"맥줏집으로 갔을 것 같다."

"그분을 찾아야만 해요!"

"올리버 군, 그 사람을 왜 그렇게 찾아? 늙은……."

"공연에 관한 거예요. 문제가 생겼어요!"

"아, 그래. 그러면 마구간 청년들이 가는 '러닝 호스'에 한번 가 봐라. 그리고 술값 내라고 말했다 전하고!"

"네!"

"왜냐면 돈 안 내고 막차를 타고 떠나면……."

"네!"

나는 하이 스트리트를 휙 지나 올드 브리지로 갔다. 러닝 호스는 거의 텅텅 비어 있었지만 디트레이시 씨는 구석에 숨어 있었다. 그는 바 구석에 등과 팔꿈치를 기대고 있었다. 내가 문을 박차고 들어갔을 때 그는 나를 한 번 쳐다보고 무릎부터 그 위까지 모두 떨기 시작했다.

"에벌린! 어떻게 하지요?"

허리 아래 모든 부위가 떨리고 뒤틀리면서도 창백한 얼굴에 어떻게 변함없이 미소를 지을 수 있는지 신기했다.

"에벌린! 내 미늘창이요. 계단이 통로로 이어지는 부분 있잖아요. 도무지 그리로 올라갈 수가 없어요!"

그는 몸을 온통 떨며 술집 안으로 다정한 말들을 쏟아 냈다.

"뒤 통로로 미늘창을 가지고 갈 수 없었다…… 아무도 믿지 않을걸."

"어떻게 하지요?"

"그렇다면 앞으로 입장해야 하지 않겠나?"

이 말을 하며 디트레이시 씨는 발작이 일어난 듯 떨었다. 그리고 그의 머리 꼭대기에서 석고를 칠한 듯한 조그만 머리 다발이 갑자기 떨어져 나와 뿔처럼 위로 섰다.

"하지만 사람들이 볼 거 아니에요!"

에벌린은 떨기만 했다. 팔꿈치가 탁자에서 미끄러져 내려오자 그는 그것을 다시 탁자 위로 올렸다. 나는 '러닝 호스'에서 뛰쳐나와 하이 스트리트를 쿵쿵거리며 올라갔다. 기둥에 기대어져 있던 미늘창을 들고 시청 정문으로 갔다. 소리를 크게 내지 않고 문을 열어 어두운 강당으로 겨우 들어갔고 관객 왼쪽으로 몰래 지나 피아노 너머에 있는 녹색 모직 커튼까지 갔다. 미늘창 날로 커튼 밑을 조심스럽게 들고 그 후에 창 자루를 밀었다. 거의 즉시 약간 밀리는 기운이 느껴지다가 쿵 하는 소리와 함께 사라졌다. 그래서 나는 미늘창을 앞으로 밀며 머리를 앞세워 커튼 아래로 기어갔다. 커튼 안쪽에는 작은 등이 켜져 있었고 간이 의자가 있었다. 그 위에 파란색 색연필로 온통 표시된 「위대한 사랑」 대본이 놓여 있었다. 나는 몸 아래 깔린 발을 들고 무릎을 댄 채로 일어섰다. 무대 이쪽 장막과 벽 사이에는 틈이 거의 없었다. 그리고 끝에는 잠긴 문이 있었다. 아니, 시장 공관으로 이어지는 잠긴 문의 일부가 있었다는 게 더 정확한 말이겠다. 그쪽을 보며 나는 내 미늘창에 대한 저항이 왜 완전히 잠재워지지 않았는지, 처음 쿵 소리가 난 후에 내가 꽉 쥐고 미는데도 왜 미늘창이 흔들리고 뒤틀리며 자기 자신만의 미미한 생명력을 발휘하게 되었는지 이해가 갔다. 어떤 젊은 청년이 어두운 복도 반대편 끝에서 시장 공관 문을 뒤로하고 서 있었다. 그는 머리와 어깨를 문에 단단히 기대고 그의 가슴으로부터 4~5센티미터 정도 거리에 있는 내 무기의 날을 두 손으로 밀어내고 있었다. 나는 그를 이해할 수 없었다. 내가 미늘창을 그의 품에서 빼앗으려 하자 그는 욕하며 그것을 밀었다.

클레이모어 씨가 곤충처럼 윙윙거리는 소리로 노래했다. "하지만 공주, 가지 마세요. 우리만 있는 게 아닙니다!"

차례를 놓친 나는 그 젊은이로부터 미늘창을 빼앗았다. 불행히도 그는 그 순간 미늘창을 놓아 버렸다. 무대 위로 자빠지지 않은 것만으로도 감사했고 미늘창 밑동 일부만이 조명 안으로 부주의하게 들어간 걸 다행이라고 생각했다. 그래서 나는 두 장막 사이로 돌아서서 걸음을 내딛고 몸을 올렸다. 나는 이모젠을 보고 있었는데 클레이모어 씨는 보이지 않았다. 클레이모어 씨를 찾던 나는 그가 내 신발 버클을 점검하는 사람처럼 몸을 구부린 채 내 앞에 있다는 걸 알았다. 이모젠은 팔하나를 내밀었고 그녀의 두 눈은 날 쏘아보았다.

"물러가시오!"

나는 그녀의 분노에 너무 당황하고 그 몸짓에 위압당해 귀가 타는 듯했고 무대 밖으로 몸을 던졌다. 관객이 뭘 하고 있는지 들리지도 않았다. 경례하는 것을 까먹은 걸 알고 나 자신에게 욕을 퍼부으며 원형 파노라마 뒤의 벽에 미늘창을 기대어 놓았다.

음악이 시작되었다.

나는 평상시에 이모젠의 완벽함을 생각하곤 할 때만큼은 내 심장이 덜컹거리지 않았다는 걸 알았다. 마치 에벌린이 내 곁에 서 있는 것 같았다. 마치 그가 손으로 여전히 내 어깨를 잡고 있는 것 같았다. 땀이 말랐다. 그녀는 내가 갈 수 있고 내가 원주민이었던 나라로 무심하게 걸어 들어왔다. 음악 소리와 모든 소리들이 색으로 가득한 가시적인 물체들로 변한 풍경 안에서 그녀는 무식하고 꼴사나운 발로 걸어 다녔다. 그녀가 노래를 못하는 것만이 문제가 아니었다. 그녀는 자기 자신이 노래를 못한다는 사실조차 몰랐을 뿐 아니라 그런 모습을 공공연하게 내보이는 것에 스스로 동의했다. 너무 심각한 음치라 산봉우리처럼 뾰족해야 할 노래들이 일렬로 늘어선 뭉툭한 언덕들처럼 들렸다. 나는 내 어깨에 놓인 에벌린의 부재하는 손을 느끼며 계속해서 윙윙거리는 '위대한 듀엣' 소리 사이로 그의 목소리를 들었다.

머리가 비었고 무감각하며 허영심 많은 여자.

그 둘의 무지와 허영심은 서로 잘 어울렸고 서로에게만 용납 가능했다. 그 장면은 그들을 꿰뚫어 볼 수 있는 구멍이었고, 그 추한 모습은 내 영혼을 치유해 주었다. 나는 노래에 귀기울였다. 나는 자유를 얻었다. 나는 계단 위로 올라오는 물결을 다시 헤치고 내가 너무 큰 빚을 진 사람을 찾기 위해 뛰어갔다. 하지만 '러닝 호스'나 하이 스트리트 저편에 있는 네 군데 술집 어디에서도 그를 찾을 수 없었다. 나는 시청 쪽으로 돌아왔다. 그때 당연히 그가 커튼이 내려오길 기다리며 앞에 있을 거라는 생각이 들었다.

하지만 내 생각은 틀렸다. 그는 광장에 없었다. 나는 그를 멀리서 보았다. 그는 수많은 나트륨등 중 하나 아래 서 있었다. 그는 두 손으로 철제 난간의 뾰족한 곳들을 잡고 매달려 있었다. 거미같이 가느다란 다리는 접혀 있었다. 마치 그 부분만 떨리고 흔들리는 것처럼, 다리는 여전히 움직이고 있었다. 난간을 배경으로 그의 옆모습이 보였는데 그는 여전히 변함없이 창백하고 여전히 부드럽게 미소 짓고 있었다. 두 다리만이 가볍게 산책했고, 산책을 갔다가 마치 누군가를 두고 온 것처럼 다시 돌아오곤 했다.

나는 옥스퍼드 광장에서 그러한 광경을 여러 번 목격했기 때문에 무슨 일이 일어났는지 깨달았다. 당연히 그는 커튼이 내려갈 때 공연장에 있지 않을 것이다. 할 수 있는 건 단 한 가지밖에 없었다.

"이봐요, 에벌린!"

그는 날 알아보지도 못했고 내가 있는지도 몰랐다. 나는 그의 어깨를 잡고 그를 들었다. 그의 모든 힘이 손에 뭉쳐 있는 듯해서 나는 뾰족한 난간으로부터 그의 손을 겨우 떼어 냈다. 그를 반쯤은 들고, 반쯤은 끌면서 하이 스트리트 아래로 내려왔다. 바체스터행 막차가 텅 빈 채로 기다리고 있었다.

차장은 의상을 입은 우리 모양새를 보고 탐탁지 않게 여겼다.

"저 사람, 어디가 아픈가요?"[27]

"아니에요." 난 웃으며 말했다. "디트레이시 씨가 그럴 리 없어요. 그렇지요, 에벌린?"

에벌린은 아무 대답도 하지 않았다. 이제는 순순히 말을 잘 듣고 무게도 거의 나가지 않아 에벌린을 버스 안으로 옮겼다. 문 바로 안에 있는 긴 의자에 그를 조심스럽고도 다정하게 앉혔다.

"자, 이제 됐어요!"

마치 그가 수면 위에 떠 있는 물체인 듯, 아니면 그러한 행동이 불가피하고 습관적인 듯 에벌린은 두 손을 오른쪽 볼로 가져가고 무릎을 턱까지 끌어모으는 동시에 오른쪽으로 90도 돌았다. 그는 마치 그 자세로 세상을 바라보는 것도 충분히 좋은 듯 그렇게 몸을 꼭 모았고 얼굴과 미소 그리고 점을 찍은 공 같은 눈은 변함없이 그대로였다. 시동이 걸리고 버스가 흔들리자 마치 이 특이한 스틸본의 광경이 일련의 개인적인 오락거리들 중 마지막 장면일 뿐이라는 듯 그는 몸서리를 쳤다.

차장은 석연치 않은 표정을 지었다.

"어떡할지……."

"괜찮을 거예요. 바체스터에 도착하면……."

하지만 차장이 벨을 울렸을 때 나는 에벌린이 바체스터에 가려고 했는지가 확실치 않고 내가 그러리라고 넘겨짚었다는

---

27) 원문에서 차장은 런던 토박이의 사투리인 코크니(cockney)를 쓰는데, 이는 주인공과의 계급 차이를 암시한다.

사실을 깨달았다. 그래서 나는 소리치며 버스를 쫓아갔다.

"에벌린! 이봐요! 에벌린! 바체스터로 가게 되셨어요!"

하지만 버스는 꼽추의 등처럼 휘며 올드 브리지를 넘어 숲을 향해 달렸고 나를 뒤로한 채 가 버렸다. 나는 돌아섰고 집에서 돈을 가져다 미니버 부인에게 줄지 생각했다. 하지만 '러닝 호스'의 불이 꺼지는 걸 보고 다음 날 가야겠다고 결정했다. 그리고 내가 돈을 대신 내서 무일푼이 되면 에벌린을 다시 만날 때나 에벌린이 내게 편지를 쓸 때 돈을 받으면 된다고 머릿속으로 생각했다. 그러고 나서 나는 시청 뒤쪽 계단에 가 보았다. 텅 비어 있었다. 계단으로 올라갔지만 커튼 뒤에서 나지막한 소리가 날 뿐 무대도 텅 비어 있었다. 편리하게 뚫린 구멍 사이로 단원 전체와 연주자들 그리고 지인들이 커피를 마시며 듬성듬성 서 있는 모습이 보였다. 서로 아무런 교감이 없는 듯 삼삼오오 서 있었다. 적어도 삼 년간은 스틸본 오페라회가 다시 가동되지 못하리라는 사실을 깨닫고 나는 안도의 한숨을 쉬었다. 나는 축하를 받기 위해 앞으로 발을 내디뎠다.

'스틸본'이라고 씌어 있었다. 하지만 그런 표지판은 처음이었다. 예전에 본 표지판은 '스틸본'이라는 검은색 글자가 갈라져 희미하게 씌어 있으며 늘 잘못된 방향을 가리키는 기울어진 것이었다. 표지판은 잎이 무성한 나무들, 딱총나무, 벚나무, 단풍나무 등에 가려져 있어서 울타리 치는 사람들이나 도랑 파는 사람들에게만 불필요한 정보를 주곤 했다. 표지판은 결코 오지 않는 마차를 기다리며 길가에 서서 퇴락해 갔다.

이 '스틸본' 표지판은 800미터 거리에서도 잘 보였다. 파란색 판에 흰색 글자로 표기된 표지판이 도로에 서 있는 걸 보고 나는 스틸본이 결국 그 밖의 다른 곳과 비슷하다는 사실을 즉시 깨달았다. 마치 밭을 가는 사람과 말이 헬리콥터를 보고 놀라듯 자동차에 깜짝 놀라는, 작은 강가에 군집한 촌락인 스틸본. 이곳을 살펴보려면 수학적인 진보를 활용해 옴니움으로

부터 바체스터까지 인공위성으로 스캔을 하거나 사진을 찍어야 할 터였다. 내 손은 자동차 운전대를 저절로 알아서 조종했고, 의도하지 않았건만 나는 내 삶의 과거를 향해 전속력으로 가고 있었다. 예견했듯이 올드 브리지는 회색빛에 굽어 있었고 세상의 모든 아름다운 것들이 그러하듯 비경제적이었다. 아무도 다리를 넓히거나 그 굽은 언덕을 평평하게 펴지 않았고, 나는 그네를 타듯 그 위를 넘어 앞쪽 작은 광장에 이르는 언덕 위로 커브를 돌며 자동차를 멈췄다. 느낌이 어떨지 내 마음을 살폈지만 어떠한 감정도 일지 않았다. 죽은 것들에 의해 심장이 산산조각 나거나 뒤틀릴까 봐 결코 돌아오지 않으려고 했던 결심이 미미한 호기심에 지나지 않는 감정으로 대체되었다는 걸 알았다. 나는 아마도 걱정하고 있었는지도 모른다. 그리고 만약 나의 향수가 견딜 수 없을 만큼 날카롭게 날찌른다면 도망갈 마음이 있었다. 하지만 차 유리창 때문에 그곳은 엽서 속 사진처럼 보였다. 나는 강철과 고무 그리고 가죽과 유리의 보호를 받으며 한 발자국 떨어져서 그곳을 지나갈 수 있었다.

하지만 하이 스트리트가 다 똑같은 건 아니었다. 올드 브리지에서부터 광장까지 거의 다 콘크리트와 판유리 그리고 크롬으로 덮여 있었다. 물론, 그건 헨리의 작품이었다. 글자들이 거리 위로까지 뻗어 있었다. '윌리엄스 정비소', '윌리엄스 전시장', '윌리엄스 농기구'. 그리고 공원과 강이 닿는 곳에는 헨리가 이 마을을 어떻게 변화시켰는지를 보여 주는 물건들이 진열되어 있었다. 강렬한 오렌지색이나 파란색인 건초 포장기, 콤바인, 트랙터, 울타리 절단기 들은 그가 얼마나 성공했는지 잘 보여 주었다. 강가에는 거대한 콘크리트 관들이 놓여 있었고, 곧 강을 삼킬 태세였다. 그리하여 헨리의 땅이 도로 맨 앞을 향하게 된 것이다. 나는 앞으로 가서 주유기 옆 콘크리트 길에 차를 세웠다. 마크와 소피가 '휘발유 아줌마'라고 부르기로 한 사람이 내게 다가왔다. 체구가 통통한 금발 아주머니가 왼쪽 가슴에 '윌리엄스 정비소'라고 수놓은 흰색 작업복을 입고 나타났다.

"윌리엄스 씨 계시나요?"

그녀는 어린 윌리엄스 씨는 런던에 갔지만 나이 든 윌리엄스 씨는 사무실에 있을지도 모른다고 답했다. 차에서 내려 발이 콘크리트에 닿자마자 나는 어디로 갈 수도 숨을 수도 없이 사춘기 소년이 된 느낌이었다.

이곳을 방문한 것이 실수라는 걸 금방 깨달았다. 하지만 안정감을 주는 가죽과 강철 그리고 유리로 돌아가기 전에 뒤에서 목소리가 들려왔다.

"올리버 도련님!"

그는 내 손을 오랫동안 따뜻하게 꼭 쥐고 있었다. 마치 우리가 보편적인 슬픔을 나누는 듯이, 손을 잡고 흔드는 게 아니라 위아래로 부드럽게 움직였다. 그의 마른 얼굴은 이집트나 모로코의 마라케시에서 겨울을 보냈을지도 모를 만큼 햇볕에 그을었지만 거의 변하지 않았고 내겐 그것을 알아챌 만큼 시간이 있었다. 슬픈 갈색 눈동자 주위는 너무나 슬퍼 보여서 눈물이 쏟아질 것만 같았다. 머리카락만 좀 달랐을 뿐이다. 그는 백발이 되었다.

"우리 헨리 아저씨. 아주 잘 계시는 것 같은데요."

"잘 있습니다."

"아, 그리고 판매하시는 차들요! 최고만 있는 것 같아요."

"글쎄요, 도련님. 차를 바꾸시게요?"

하지만 그는 내 어깨 너머로 내 차를 이미 봤다. 그는 손을 놓았다.

"글쎄요!"

그의 발음에서 뭐라고 규정짓기는 힘들지만 미세한 소리(마치 산속 어디선가 흐르는 시냇물 소리처럼 들렸고 웨일스 출신인 그 자신에 대한 패러디와도 같았다.)를 확실히 들을 수 있었다.

"저렇게 훌륭한 차를 몰고 다니시는데 그럴 이유도 없죠. 그렇죠!"

내 발이 꿈틀거렸다. 난생처음으로 헨리에게 잘 보이려고 했던 것이다. 그의 태도는 그의 가장 은밀한 곳에 있는 무엇을 전형적으로 잘 보여 주었다. 타맥, 유리, 콘크리트, 기계류 같은 것, 즉 사람들이 좋아하거나 즐기지는 않지만 불가피하다고 인식하는 기습 같은 것. 자비가 없는 신이라고나 할까. 그는 태도를 미세하게 조정했다. 내가 무엇을 성취했는지 그는 정확하게 몰랐지만 나에게 경의를 표했다. 그리고 발을 통제할 수 있게 된 나는 그러한 경의를 받아들였다. 나는 우리 둘의 사회적 안테나가 진동하는 방식을 경멸하며 그를 따라 주변을 둘러보러 갔다. 나는 건물의 가장 오래된 부분에 이르러서야 어떤 연유에서인지 논리적으로 깨닫기도 전에 무엇인가가 친근하게 느껴져 멈춰 섰다. 이제 그곳에는 종려나무와 화분이 있었고 부드러운 조명이 설치되었으며 전차대가 있었다. 전차대 위에는 번쩍거리는 놋쇠 라디에이터와 번쩍이는 마차 등 그리고 새 타이어를 끼운 옛날식 바퀴들과 뒤로 젖힌 덮개로 단장한 2인승 빈티지 자동차가 있었다. 그 차는 내게 차체 오른쪽을 보이다가 이어서 아래에 번호판이 달린 라디에이터를 보이며 노부인처럼 굉장히 위엄 있게 빙빙 돌았다.

나는 외쳤다.

"바운스!"

"더 이상 타지 않으리라는 걸 아시고 우리한테 파셨어요. 가격을 흥정할 생각은 감히 못 했다는 건 상상이 가죠."

"그러면, 돌아가셨군요."

"돌리시 부인은, 음, 그러니까 삼 년 전쯤 돌아가셨어요. 원하는 곳에 묻히셨어요. 오르간 바로 옆에요. 아, 정말 좋은 분이셨어요!"

겉으로는 열심히 듣고 있는 것처럼 보였어도 사실 나는 그의 말에 반쯤밖에 귀를 기울이지 않았다. 옆에서는 그래 보였겠지만, 2인승 자동차를 유심히 보고 있는 것도 아니었다. 나는 나 자신을 살펴보고 있었다. 그 감정들. 주체할 수 없이 넘쳐, 고급스러운 종려나무와 화분에 더 잘 어울리는 감정들.

"그분은 교회 남쪽 트랜셉트[28] 근처에 고이 잠드셨어요. 그분에게 조사(弔詞)를 바치거나 그분을 기리는 게 예의라고 생

---

28) 교회당과 건물을 연결해 주는 아치형 통로.

각했죠. 가다 보면 보일 거예요."

"바운스가 돌아가셨단 말이죠!"

"도련님은 그분께 늘 헌신적이셨죠? 전 잘 기억해요! 고인의 명복을 비셔야죠!"

나는 그녀의 자동차에서 눈을 떼고 헨리를 쳐다보았다. 그의 눈은 매우 솔직하면서도 아무것도 내비치지 않았다. 나는 마치 아이가 된 것처럼 하필이면 얼굴이 빨개지기 시작했다. 그의 어른스러운 명령이 내게 영향력을 끼치는 걸 느꼈다. .

"네." 나는 중얼거렸다. "물론이죠. 네."

나는 내 순종적인 발을 옮겨 하이 스트리트의 굽은 길에서 광장으로 걸어갔다. 새롭게 페인트칠한 곳이 많았다. 시청 기둥이 닦여 있었고 발코니는 번쩍거리는 흰색으로 칠해져 있었다. 헨리의 기계들이 시청과 교회당 사이에 있는 광장 한복판의 풀밭을 요란하게 깎고 있었다. 반은 정돈되었고 나머지 반은 반란을 일으키는 듯한 데이지 꽃으로 덮인 직사각형이었는데 점점 작아지고 있었다. 풀밭 주위 사슬 울타리는 기둥과 더불어 폐기되었다. 집 앞에 있던 오래된 난간들도 사라졌지만, 기둥은 돌 속에 남아 있었다. 눈에 익은 집들은 일직선상에서 약간 비틀어지거나 튀어나오거나 기울어 있었고, 모두 울새 알과 같은 하늘색으로 칠하고 강렬한 노란색 문을 단 첼시 양식으로 바꾸었다. 나는 스틸본이 치매 걸린 노파처럼 방문객들에게 그럴싸해 보이도록 예쁘게 꾸며졌다고 별 감정 없이 비판적으로 생각했다. 풀밭과 집 사이에는 번쩍번쩍

한 자동차들이 마치 소가 물통에서 물을 마시듯 보닛을 길가로 향하고 서 있었다. 아버지 집은 의사 선생님 집 쪽으로 기대 있었는데, 사람이 사는 집이라기보다는 사진에 담기 좋게, 생명의 흔적은 없지만 고아한 옛 세계를 보여 주는 풍경처럼 서 있었다. 내 침실 창에 한가하게 나부끼는 친츠 천은 나와 아무 상관이 없었다. 교회당만이 황량한 회색빛을 띠고 한결같이 그곳에 서 있었다. 누군가가 오르간을 연습 중이었고, 그 소리는 헨리의 기계음과 더불어 내가 보러 온 것이 무엇인지 생각나게 해 주었다. 나는 묘지 문을 열고 회색 묘비들 사이에 있는 짧은 잔디 위를 걸어갔다. 돈을 아끼지 않고 만든 최고급 하얀색 대리석이라 어렵지 않게 헨리의 조사를 찾을 수 있었다.

제일 처음 느낀 건 그 중량감이었다. 안쪽이 하얀색 부스러기로 꽉 찬 직사각형 테두리가 있었고, 그 부스러기 사이 유리통 안에 건조화가 가득 있었다. 머리 쪽에는 적어도 1톤짜리 마름모 대리석이 있었는데, 가장 놀라운 것은 그 대리석이 실제 하프 모양과 흡사하게 조각되어 마치 하프 줄이 오르간 소리에 반향이 되어 떨리는 듯한 착각을 일으키는 점이었다.

나는 주위를 둘러보며 뭘 해야 하는지 생각했다. 적합한 공식을 알아야만 했다. 기도해야 할까? 고인의 명복을 어떻게 빌지? 깎아 놓은 잔디와 대리석 조각들 그리고 오르간 소리에 어떻게 예를 갖추지? 사실은 이랬다. 살아 있는 게 기뻤고 기뻐하는 마음 때문에 약간 죄책감이 들었다. 나는 다리를 벌리고 덜 화려한 묘비에 앉았고 마치 그녀 이름에 집중하면 제대로 예를 갖춘 의식을 대체할 수 있는 것처럼 하프 밑 조사를 쳐다보았다.

클라라 시실리아 돌리시
1890~1960년

육십 년 하고도 십 년. 양쪽 다 십 년 단위로 끝났다. 예상된 수명이었다. 나는 이름과 날짜를 여러 가지 방법으로 읽어 보았지만 별다른 의미를 찾아내지 못했고, 그 이상의 것을 알아내지 못했다. 눈을 낮춰 대리석 부스러기들을 보며 결혼식 케이크처럼 너무 부적절하게 생긴 건조화를 조심스레 살펴보았다. 더 가까이에 있는 테두리를 유심히 보았을 때에야(사실 거의 양발 사이를 내려다보았다.) 헨리의 조사가 얼마나 사려 깊은 것인지를 알게 되었다. 거기에는 작은 글자로 세 단어가 있었다. 아래쪽에 그 글자가 있다는 사실은 그가 겸손하게 자기 자신의 위치를 인식하고 누가 무엇을 가질 수 있는지 잘 안다는 것을 보여 주었다. 하얀색 대리석을 앞에 두고 이끼가 낀 묘비에 앉아 나는 기억의 미로에 빠지게 되었다. 그것은 바운스가 자주 쓰던 말이었지만 바운스의 말도, 정작 헨리의 말도 아니었다. 그것은 그녀 아버지의 말이었다. 나는 햇살 속에서 비꼬듯 웃음을 짓고 기억을 더듬으며 겨우 그를 떠올릴 수 있었다.

늙은 돌리시 씨. 그는 아이가 풍경의 일부로 받아들이는 괴짜 중 하나였다. 스틸본에는 괴짜가 몇 명 있었다. 말의 물통이나 해독 불가능한 말이 새겨진 시청 기둥의 돌처럼 어떤 물건과도 같아서 내가 전혀 동정심을 느끼지 못한, 휠체어 탄 기형 정신 이상자가 있었다. 또 치마 여러 벌을 걸치고 마른 잎이 가득한 커다란 모자를 쓴 이상한 부인이 있었다. 그녀는 늙고 말라비틀어진 오필리어[29] 같았다. 바운스의 아버지인 늙은 돌리시 씨는 확실히 이 두 사람만큼 괴짜 같지는 않았다. 하지만 그는 주목할 만했다. 소문에 의하면 작곡을 하다가 실패한 음악가였다. 하지만 사실 그는 악기점을 운영하며 피아노 조율을 했다. 우리 마을의 복잡한 구조 안에서 그에게는 상속받은 재산이 조금 있었고, 그는 악기점뿐 아니라 우리 집 반대쪽 광장 너머에 있는 집 한 채도 소유했다. 그는 돈뿐 아니라 부동산까지 상속받아 매우 존중받는 위치에 있었다. 바운스가 커서 그 자리를 이어받을 때까지 돌리시 씨는 교회에서 오르간을 연주했다. 하지만 어떤 소녀가 무료하게 상점 일을 볼 동안 그는 마을 길거리를 활보하며 대부분의 시간을 보냈다. 그는 체구가 작았고, 몹시 미적인 얼굴 위로 쏟아지는 하얀 머리카락이 인상적이었다. 그는 사람들이 누더기 조각인 세상에서 마치 어떤 절대적인 것에 몰두한 듯 항상 위와 옆을 바라보았다. 가끔 그가 길거리에서 돌진할 때 격정적인 생각에 사로잡힌 베토벤처럼 소리를 지르거나 아니, 그것보다는 까마귀가 울부짖는

---

29) Ophelia. 「햄릿」의 여자 주인공으로 슬픔에 사로잡혀 익사한다. 대표적인 비련의 여인상이다.

것같이 외치는 것을 들을 수 있었다.

"아아악!"

자신에게 재능이 전혀 없지는 않다는 것을 깨달아, 적어도 『대가들의 삶』에 나오는 일류 작품을 한 편 공연하려고 결심하거나, 들라크루아[30]의 그림에 등장하는 낭만주의 음악가처럼 되려고 했을 수도 있다. 나중에 알게 되었지만, 그는 신여성과 바그너 그리고 스턴데일 베넷[31]을 신봉하며 조지 버나드 쇼와 젊은 홀스트[32]를 좋아하지 않았다. 그가 기괴하게 행동했음에도 그에게 상당한 재산이 있었기 때문에 스틸본은 고통스럽지 않은 범위 내에서 그의 존재를 예술의 세계와 최대한 닿아 있음을 느끼게 해 주는 매개체로 간주했다. 나는 보모가 날 유모차에 태워 올드 브리지에서 하이 스트리트를 지나 광장까지 밀고 갈 만큼 어린 나이에 그를 처음 보았다. 어떤 보잘것없는 남자가 망가진 유모차를 가지고 길 구석에 서 있는 걸 보고 나는 관심을 느꼈다. 유모차 안에는 아기가 아니라 그보다 훨씬 흥미로운 물건이 있었다. 끝에 넓은 트럼펫 주둥이가 둥글게 감긴 녹색 호른이었다. 그는 한 손으로 호른 아래 손잡이를 돌리며 다른 손으로는 모자를 내밀고 있었다. 우리가 다가가자 호른에서 정말 흥겨운 소리가 들려왔다. 홍키 티 통크 티 통크 티 통크! 나는 환호했고 그 주위를 돌고 있는 아이들과 함께 놀게 유모차 띠를 풀어 달라고 아우성쳤다. 물론

30) Eugène Delacroix. 프랑스 화가.
31) Sterndale Bennett. 영국 작곡가.
32) Gustav Holst. 영국 작곡가.

공공장소였고, 아이들은 누추하고 더러웠기 때문에 불가능한 일이었다. 하지만 내가 징징대는 소리를 내기 시작하자마자 흥분이 점점 더 고조되었다. 돌리시 씨가 막대기를 손에 쥐고 하얀 예술가 머리카락을 날리며 교회당에서 광장으로 돌진했다. 그는 춤추고 있는 아이들을 향해 갔고, 보잘것없는 남자는 내 보모에게 내밀던 모자를 그를 향해 내밀었다. 돌리시 씨는 격분한 떼까마귀처럼 울부짖으며 축음기 턴테이블에 막대기를 꽂았고 그러자 검은색 파편들이 온 사방에 날렸다. 춤추는 아이들은 소리를 지르며 웃고 손뼉 치며 계속 춤을 추었다. 보모는 유모차 속도를 줄이고 보도 안쪽 깊숙이 거리를 유지하며 그 아이들 곁을 빨리 지나가다가 파편에 맞았다. 나는 유모차 띠에 묶인 채였지만, 최대한 오랫동안 그 광경을 즐기려고 노력했다. 몇 초 남지 않은 시간에 나는 햇살 가득한 나른한 길거리에 들어찬 사람들을 보았다. 철물점의 무어 씨와 바느질 가게의 딤블 양, 사탕 가게의 패트릭 부인, 페더스의 남자 세 명, 문이 반쯤 열린 곳에서 연기 나는 편자를 들고 있는 대장장이. 그 사람들 사이로 하얀 머리카락이 날렸다. 더 이상 홍키티 통크 소리는 나지 않았고, 떼까마귀의 울부짖음과 아이들 소리만 들려왔다.

내가 세 살이란 어린 나이에 그런 사람들 그리고 그들의 이름과 출신을 어떻게 알았을지 궁금해할지도 모르겠다. 하지만 아이의 망막은 너무나 완벽한 기록 장치기 때문에 충동적으로 흥분하거나 관심을 갖게 되면 영원히 지워지지 않는 스냅 사진을 찍는다. 나는 사람들 이름이나 그들이 어느 곳 출신인지는 알지 못했다. 하지만 그 후 그들을 여러 번 보았고 그 때 내 머릿속에 있었던, 그리고 아직까지 머릿속에 저장된 그 스냅 사진과 비교하게 되었다. 사진들이 보관된 서랍에 남은 인상은 두 가지로 분류된다. 하나는 기본적인 무지의 인식이고 또 하나는 점점 더 정교해지는 인상인데, 이를 통해 편자가 식고 있고, 내 신발이 염소 가죽으로 만들어졌으며, 기운 빠진 돌리시 씨가 자신의 편견과 열매 맺지 못한 야망의 드라마를 폭력적으로 분출한다는 것을 알게 된다.

바운스에 대한 유년기 사진들도 있다. 이상한 옷을 입고 탄력 있는 걸음으로 광장 반대편에서 교회당을 향해 가는 이 여인의 모습은 익숙했다. 그녀에게 음악을 조금 배우게 된 건 불가피한 일이었다.

내가 '조금'이라고 하는 것은 신중을 기하기 위해서다. 왜냐하면 아버지는 음악가라는 직업이 매우 위험하며, 음악가가 되면 형언할 수 없는 자유분방한 기질을 따라 몰락해 결국은 축음기를 밀고 다니며 모자를 내미는 결과에 이르리라고 깊이 확신했기 때문이다.

바운스를 가끔씩 본 것을 차치한다면 나는 여섯 살 때 처음 그녀를 만났다. 나는 어머니와 함께 광장을 가로질러 그녀가 혼자 살며 음악을 가르치는 집으로 갔다. 그곳은 그녀 아버지의 악기점에서 150미터 거리였다. 어머니는 신경을 써서 몸단장하셨다. 장갑을 끼고 모자를 쓰고 턱까지 올라오는 외투를 입으셨다. 어머니는 우리 집 현관문을 열어 나를 내보내셨고, 철문을 열어 주셨다. 우리는 자갈길을 가로질렀고, 쇠사슬을 조금 풀어 풀밭에 들어가 뒤로 다시 쇠사슬을 채웠다. 풀밭 안은 처음이었는데, 내 눈에 그곳은 밤의 초원처럼 광대했다. 늦가을이었고 광장 주변의 가스등은 중심가까지 빛을 비추지 않았기 때문이다. 풀밭 건너편에서 어머니는 또다시 쇠사슬을 풀고 뒤로 채우셨다. 우리는 더 많은 자갈길을 가로질러 바운스 집의 철문을 열었고, 어머니는 현관문 초인종을 누르셨다. 나는 4분의 1 크기 바이올린이 든 비로드 안감 악기 상자를 왼손에 들고 있었고, 문이 열렸을 때 가방을 내려다보고 있었다. 나는 수줍음을 타서 처음에는 바운스의 발 외에는 거의 아무것도 보지 못했는데, 안으로 들어갔을 때는 어두워서 조금 더 많은 것을 볼 수 있었다. 바운스의 신발은 무거웠지만 평범했다. 두 사람이 머리 위로 어른의 대화를 할 동안 나는 신발을 쳐다보고 있었다. 나는 복도의 제한된 어둠에 눈이 적응되어 조금 더 대담하게 위를 천천히 쳐다보았다. 바운스를 가까이에서 처음 보게 된 것이다. 나는 가죽띠로 허리를 강조한 뻣뻣한 회색 치마를 관찰했다. 그 위에는 커프스와 깃이 좁은 흑백 줄무늬 셔츠가 있었다. 앞에는 갈색 넥타이가 매여 있었다. 넥타이에는 갈색과 검은색 준보석으로 장식한 흉하고 큰 브로치가 달려 있었다.

오른쪽에 자리한 캄캄한 갈색 복도를 반쯤 지나자 짙은 갈색 문이, 그 옆에 짙은 갈색 세틀[33]이 있었다. 나는 모자, 장갑, 목도리와 외투를 세틀 위에 놓았고 우리 셋은 짙은 갈색 문을

---

33) settle. 등이 긴 의자.

지나 갈색을 찾아볼 수 없는 어둠 속으로 들어갔다. 내가 볼 수 있는 것은 희미한 빛을 내는 이질적인 두 눈뿐이었다. 하나는 저 아래 암적색 점이었고, 또 하나는 저 위 파란색 꽃봉오리와 같았다. 바운스의 얼굴이 꽃봉오리에 다가가 어두움을 완전히 없애지는 않고 방을 밝히기만 했다. 그녀의 얼굴에서는 분홍색이나 흰색을 찾아볼 수가 없었고, 오직 연노란색뿐이었다. 게다가 튀어나온 광대뼈와 쌍꺼풀 없는 눈 그리고 민 눈썹 때문에 그녀는 유럽인이라기보다 중국인 같았고 여자라기보다는 성별을 알 수 없는 사람처럼 보였다. 그 당시에 나는 사람들이 입는 옷을 보고 성별을 구별했고, 바운스가 확실히 여자라는 것을 보여 주는 것은 치마뿐이었다. 심지어 뒤로 잡아당겨 쪽 진, 칙칙한 갈색 머리카락도 확실한 증거가 될 수 없었다. 쪽 진 머리가 너무 납작해서 내 눈에는 보이지 않았기 때문이다. 조용히 그녀를 관찰하는 동안 내 뒤의 문이 살며시 닫히는 소리를 들었다. 나는 깜박이는 창문을 바라봤고, 자갈길을 가로지르는 어머니의 발자국 소리를 들었다. 뒤를 돌아 바운스를 보니 벽에 걸린 선반을 가지고 이상한 행동을 하고 있어서 나는 대신 방을 관찰하기 시작했다. 어두움은 쉭 소리를 내는 가스등 뒤에 여전히 웅크리고 있었다. 내가 그 후 몇 년 동안 알게 된 사실이지만 햇빛은 누렇게 변하고 있는 모슬린 커튼 사이로 거의 들어오지 못했다. 커튼이 없었더라도, 햇빛은 방의 중간 지점까지만 뚫고 들어올 수 있었다. 호시탐탐 커튼을 갉아먹을 듯 야만적인 웃음을 짓는 엄청나게 큰 그랜드 피아노가 빛을 막고 있었기 때문이다. 오르간 페달 세트 전부와 길고 부드러운 정식 피아노 의자 등 어디에서도 보지 못한 부속물이 있었다. 피아노 뚜껑에는 물건들이 천장까지 잔뜩 쌓여 있었다. 낡은 악보, 끊어진 줄, 바이올린, 책, 먼지, 도무지 뭔지 알 수 없는 이상한 물건들, 그리고 나중에 브람스인지 알게 되었지만, 아슬아슬하게 놓여 있는 수염 난 신사의 흉상. 피아노 너머 어둠 속에는 바운스만큼 연기가 나는 빨간색 불이 있었다. 내가 방을 관찰할 동안 그녀는 한 다스 정도 되는 파이프 중 하나를 골라 담배를 채워 넣었다. 그녀는 오르간 의자에 앉아 파이프에 불을 붙였다. 연기를 마시고 뻐끔거리고 긴 고리 모양으로 내뿜어 이미 먼지와 곰팡내로 가득한 공기에 연기를 더했다. 나는 다시 눈을 돌려 선반을 바라보았고, 선반 위에 있는 큰 갈색 사진들을 보았다. 하나는 모자를 쓰고 가운을 입은 여인의 사진이었고, 또 하나는 음산한 표정으로 내 머리 위로 방을 가로질러 보는 남자의 사진이었다. 바운스가 파이프를 한 모금씩 피우며 간간이 이야기하기 시작해서 나는 다시 그녀를 돌아보았다.

"파이프만큼이나…… 만족감을 주는 건 없어."

이 말을 하자마자 그녀는 선반에 파이프를 올려놓고 궐련에 불을 붙였다. 그녀는 내 바이올린과 활을 꺼내어 나의 기름 묻은 손으로 만지지 말아야 할 부분들이 어딘지 보여 주었다. 그러고 나서 그녀는 연기 때문에 눈을 깜박거리고 몸을 구부려 눈물을 흘리면서, 바이올린을 연주할 때 유지해야 할 자세를 잡아 주었다.

연주하는 사람이 자기 자신에게 잔인하지 않으면 누군가가 그 연주자에게 잔인해질 필요가 있고, 바이올린을 연주하는 자세만큼 잔인한 건 없다. 왼팔은 구부리고 잘 구부러지지 않는 팔꿈치는 비틀어서 몸을 가로지르게 하며 줄 네 개 위로 작은 손가락들이 자유롭게 움직일 수 있도록 팔목은 뒤에 위치해야 한다. 천상을 향한 악기 소리만이 그 자세를 정당화할 수 있다. 만약 해골이 그렇게 뒤틀린 것을 본다면, 사람들은 유도 전문가의 손아귀에 쥐여 곧 내동댕이쳐질 위기에 처한 피해자라고 말할 것이다. 내 바이올린에서 천상을 향한 소리가 나기도 전에 바운스는 내 작은 몸을 일종의 인체 모형으로 취급하여, 내 관절을 급작스럽고 거칠고 사무적으로 조정하며 밀고 당겼다. 그녀는 나라는 인체 모형에게 아직 조율되지 않은 악기를 무심하게 쥐여 주었다.

유도 경기와 같은 음악에 의해 내동댕이쳐질 수 있도록 몸이 조립되자마자 나는 풀려났다. 내 바이올린(브리스틀 아케이드에서 샀을 때 빛나던 그 작은 물건)은 관 속에 들어갔다. 내가 겉옷을 걸치느라 애쓰는 동안 바운스는 남자 재킷을 입고 납작한 모자를 머리에 핀으로 꽂았다. 그러고 나서 온갖 쇠사슬과 문 그리고 빗장을 열고 날 집으로 데려다 주었다. 여인들은 앞으로 내가 혼자 왔다 갔다 할 만큼 용감하다고 동의했다. 바운스는 연습에 대한 지시를 내리고 떠났고, 나는 날마다 유도 자세로 왼팔을 뒤틀고 턱은 내리고 어깨는 치켜들었으며 여전히 소리 없는 나의 악기를 제자리에 집어넣었다.

금요일에 나는 쇠사슬 밑으로 몸을 숙이고 들어가 풀밭을 날쌔게 가로질러 우울한 복도로 다시 돌아갔으며 지시받은 대로 음악실 문을 두드렸다. 바운스는 체구가 큰 소녀를 내보냈고, 나를 안으로 들였다. 이번에는 유도를 조금 더 한 후 내 악기를 조율하고 개방현에 활을 긋도록 했다. 이에 대한 보상으로 그녀는 자기 바이올린을 들고 음계를 연주해 주었다. 때때로 그녀가 손가락 위치를 잘못 잡아 나는 웃음이 나왔고 이상한 표정을 지었다. 바운스는 내가 엄숙해질 때까지 그녀 치마만큼이나 뻣뻣한 표정으로 날 내려다보았다. 자신을 정확하게 따라 하라고 했다.

"올리버, 음을 내려, 내려! 음이 틀렸는지 잘 모르겠니? 잘 들어야만 해!"

가끔 그녀는 내 손가락을 잡고 줄을 짚어 주었다. 그럴 때면 눈물이 내 볼에서 반짝거리는 갈색 바이올린 위로 흘러내렸다.

"왜 그러니? 어디 아프니?"

그녀는 멀찍이 떨어져 2미터 거리에 섰다. 그녀는 불쾌한 듯 속삭이며 목소리를 낮췄다.

"너 가고 싶은 거지?"

그렇다. 가고 싶었다. 하지만 난 아무 말도 못하고 고개만 끄덕였다. 바운스는 바쁜 듯 바이올린을 재빨리 치웠다. 그늘 아래에 손을 넣어 촛대를 꺼내 가스에 대고 초를 밝혔다.

"따라와라."

나는 따라갔지만 그녀는 내게 외투를 입히거나 목도리를 둘러 주지도 않았고, 현관문으로 데리고 가지도 않았다. 대신, 그녀는 복도를 거쳐 촛불이 조금 비치는 각진 어두운 층계를 지나갔다. 긴 복도에 이르렀는데 양쪽에는 문이 있었다. 문이 열린 곳에서 맨바닥과 반짝거리는 유리창이 보였다. 그 긴 복도 끝에 계단 하나와 유리문이 있었다. 바운스는 문을 열었다.

"다 왔다."

그녀는 촛대를 내게 주고 문을 닫았다. 나는 두려움에 떨면서 앞으로 나아갔다. 그곳은 갈색 도기로 만든 변기가 있는 화장실이었다. 변기 옆에는 손잡이와 천장을 뚫고 수 킬로미터 위로 뻗어 있는 쇠막대가 있었다. 내 뒤로는 남자 것 같은 바운스의 신발이 복도 아래로 터벅터벅 가는 소리가 들렸다. 나는 벽에 몸을 붙여 촛불에 최대한 집중했다. 그제서야 그녀가 내 말을 잘못 알아들었고, 나도 그녀 말을 잘못 알아들었다는 사실을 깨달았다. 하지만 이제 와서 어찌할 도리가 없어 그대로 있었다. 나는 그대로 벽에 붙어 있었고, 어두움과 외딴 곳의 얼음장 같은 차가움이 내 살갗과 머리칼에 들러붙었다. 초가 짧아졌다.

드디어 멀리서 그녀의 짜증스러운 목소리가 들려왔다.

"올리버!"

나는 뛰어올라 손잡이를 잡아당겼다. 몇 초간 아무 일도 일어나지 않았다. 그러더니 지붕 높이에서 철커덕, 콸콸 하는 소리와 함께 물이 아래로 쏟아졌다. 보이지 않는 관들이 윙윙거렸고, 나를 향해 으르렁하며 거품을 냈다. 나는 문을 박차고 나가 계단 밑으로 허둥지둥 내려갔고 복도를 재빨리 지나갔다. 바운스는 방금 들어온 체구 큰 소년과 함께 복도에 서 있었다. 그녀는 내게서 초를 가져갔다.

"올리버, 오늘은 이만하자. 음계를 연습해라. 화요일에 보자." 2미터쯤 떨어져서 그녀는 나를 향해 몸을 숙였고 체구 큰 소년이 염치도 없이 듣는 동안 이렇게 말했다. "그리고 다음에는 오기 전에 가는 걸 잊지 말고."

이제 나는 아마추어 음악가로서의 경력을 완전히 시작한 셈이었다. 화요일과 금요일, 금요일과 화요일. 어머니는 몇몇 지인들과의 대화에 나의 새로운 위상에 대한 이야기를 넣으실 수 있었다.

"올리버가 정말 잘 적응하고 있어요." 어머니가 말씀하셨다. "아이가 돌리시 부인에게 아주 헌신적이에요. 그렇지, 얘야?"

나는 수줍어하며 동의했다. 우리 사교계에서 바운스에 대한 아이들의 헌신에 동의하지 않는 부모를 둔 소년이나 소녀는 없었다. 그것은 우리 삶에 생생하게 실재하는 당연한 일이었다. 총 연습 시간을(30분은 60초 곱하기 30, 즉 1800초) 계산하는 나 자신을 발견할 때는 그것이 내가 타락한 증거라고 여겼다. 수업 시간이 거의 다가왔을 때 나는 나가기 전에 '가도록' 조심하곤 했다.

그래서 이제 나는 바운스를 알게 되었고 그녀가 광장 너머 교회당으로 깡충 뛰어가거나[34] 다시 깡충거리며 돌아오는 걸 보았다. 그녀가 교회당에 있지 않을 때는 삼십 분 간격으로 소

---

34) 영어로 bounce. 이름 바운스와 같다.

년이나 소녀가 음악실 창 옆 문으로 들어가는 것이 보였다. 사실, 바운스는 무척이나 열심히 일했다. 그래서 그렇게 희한한 습관이 생겼을 수도 있다. 나는 그 습관을 우연히 알게 되었는데, 그 후로도 최대한 조심스럽게 그것을 이용했다. 학생의 실수가 눈에 띌 정도면 바운스는 짜증을 내며 실수를 지적하고 고치라고 했다. 하지만 만약 놀라울 정도로 넓은 범위 내에서 용인될 수 있는 실수를 할 경우에는 그녀의 눈이 처지고 턱은 올라갔다. 그리고 그녀는 피아노의 오르간 의자에 앉아 잠들곤 했다. 반쯤 열린 입에 담배가 걸려 있었는데, 무의식적으로 균형을 잃거나 헌신적인 제자가 무지막지한 실수를 한다거나 해서 그녀를 다시 벌떡 깨울 때까지 그녀는 몸을 옆 또는 앞뒤로 흔들거나 팽이처럼 한 바퀴 돌았다. 이러한 그녀의 습관이 내가 정확하게 연주하는 데 동기 부여가 되었을 수도 있지만 조그마한 바이올린을 점점 더 싫어하고 연습에서 무료함을 느끼는 것을 해결할 만큼은 아니었다. 그래서 몇 개월이 지나는 사이 나는 일련의 위기를 겪으며 지냈고, 그동안 바운스는 진정한 음악가로서 젊은 시절 자신의 고난과 나의 자유분방한 삶을 대비하면서 나를 민망하게 했다. 그녀는 최소한 한 번은 내가 음계를 제대로 적지 못했다는 이유로 나를 집에 일찍 보냈고 나는 수치심을 느꼈다.

"너랑은 아무것도 할 수가 없어." 그녀는 자신의 치마만큼 뻣뻣한 목소리로 말했다. "수업 때만 연습한다면 말이야. 올리버, 할 말이 있단다. 내가 어렸을 때 아버지께서 푸가의 각기 다른 음을 다른 색깔로 칠하도록 하신 적이 있어. 틀리면

찰싹! 하고 손가락 관절 위로 자가 떨어지곤 했지!"

그렇게 난 쫓겨났고 나는 정해진 삼십 분을 때우기 위해 긴 막대기로 광장의 가스등 네 개를 켜고 있는 아저씨를 따라다 녔다. 시간이 지남에 따라 돌리시의 가족사를 접하면서 침울 한 장면이 떠올랐다. 찰싹! 자가 관절을 치는 소리. 쾅! 음악이 흐르는 오르간석의 소리. 끽! 활 끝으로 갈비뼈를 찌르는 소 리. 나는 언제든지 손을 놀릴 태세며 절대적인 것에 눈을 고정 하고 돌진하는 돌리시 씨를 생생하게 의식하게 되었다. 사실 나는 우리 집과 그녀 집 중간에 있는, 다양한 철로 만든 장애 물 사이를 왔다 갔다 하면서, 나의 결점과 비행을(사실상 나의 악함을) 그녀가 더 이상 감당할 수 없을 때 돌리시 씨를 부를지 도 모른다고 생각했다. 하지만 다행히 그런 일은 일어나지 않 았다.

수업과 수업이 이어지는 중 내가 진일보할 수 있는 첫 번째 기회가 왔다. 초보 바이올린 연주 시험을 봤을 때였다. 우리는 일련의 시험을 보았는데, 그렇게 하지 않으면 우리가 연주할 수 있는지 없는지 아무도 알 수가 없었기 때문이다. 시험을 통 과할 경우, 우리는 자격증을 사서(아니면 부모님들이 우리를 위 해 사 주셨다.) 액자에 끼워 벽에 걸거나, 인생의 전투에서 탄약 으로 사용할 수 있도록 서랍에 넣어 두었다. 하지만 그 시험은 (지금 회상해 보니 그랬던 것 같다.) 모든 걸 촉발했던 전환점이 었다.

우선, 그때 나는 난생처음으로 자동차를 타 보았다. 내가 탈 자동차는 거의 버스만큼 컸다. 그 차는 바운스 집 앞의 철제 난간 옆 자갈길에 서 있었고, 우리 아이들은 그 곁에 모여 있었다. 우울한 겨울이 지나가고 햇빛이 비쳤고, 우리는 흥분해서 재잘재잘 떠들고 있었다. 어떤 남자가 자동차 옆에 서 있었다. 그 당시에는 그 사람이 그냥 어떤 어른이라고만 생각했지만, 나는 다시 어린 시절의 망막에 의존하여 스냅 사진을 꺼내 점검할 수 있다. 그는 야윈 젊은이였고, 중간 정도 키에 얼굴은 말랐고 갈색이었으며 눈은 글리세린처럼 촉촉했다. 그는 빛나는 파란색 양복을 입고 있었다. 그리고 얼굴과 목소리로 서로 다르게 말하는 법을 내게 가르쳐 주었다. 그는 손바닥에 있는 종잇조각을 쳐다보았다. 그는 이 집이 확실히 맞는 것 같은데 아무리 벨을 눌러도 답이 없다고 했다. 돌리시 부인을 만나야 하는데, 너희 중에 돌리시 부인은 없겠지?라고 했다. 그의 얼굴은 매우 슬픈 표정을 지었지만 말로는 농담을 했다. 그는 즉각 성공을 거두었다. 우리 모두는 바운스에 대해 각자 생각하는 이미지가 있었는데, 그의 슬픔과 우리의 우리다움 그리고 바운스의 바운스다움 사이 부조화 때문에 웃겨서 죽는 줄 알았다. 하지만 교류가 더 이어지기 전에 집 난간 앞 자갈길에서 탄력 있는 발걸음 소리가 들려왔고 바운스가 나타났다. 그 남자는 챙이 있는 모자를 쓰고 인사했다. 바운스는 그로부터 2미터 떨어져 발을 붙이고 손을 조금 올리며 팔꿈치를 뒤에 둔 자세를 취하고는 교구 목사님 때문에 늦었다고 설명했다. 그 젊은이는 문을 열었고 그녀는 우리에게 안으로 들어가라고 했다. 우리가 자리를 잡은 후 그녀는 운전사 옆자리에 불편하게 올라앉았고 차는 출발했다. 자동차 뒤에서는 아무런 소리도 나지 않았고, 앞자리의 어른 두 명은 침묵했다. 하지만 스틸본에서 1.5킬로미터 정도 떨어졌을 때 소녀 한 명이 아팠고 응급 상황에 대처하느라 어색함이 없어졌다. 자동차가 들장미와 야생 당근 덤불 사이로 달릴 때 우리는 앞자리에서 들려오는 매혹적인 수다 소리에 귀를 기울였다. 그 젊은이의 억양은 스틸본에서는 매우 듣기 드물게 부드러웠다. 그의 목소리는 부드러운 얼굴과 잘 어울렸다. 또한 마치 악기처럼 가볍고 능숙했으며 음 높낮이가 재빨리 변했다. 예, 웨일스 카디프 출신입니다. 예, 부인, 노래도 조금 할 줄 압니다. 테너고, 친구들과 만나면 함께 노래를 조금 하곤 했습니다. 그렇게 단시간에 그에 대해 많은 걸 알게 되어 너무 신기했다. 그는 자신이 가난하고, 열심히 일해서 잘살아 보고 싶으며, 음악을 사랑하는 일급 정비공이라고 했다. 그날따라 바운스는 특이하게도 말이 많았고, 우리는 항상 알긴 했지만 결코 떠올리지 않았던 사실들을 깨닫게 되었다. 스틸본에는 자전거 상점과 대장간뿐이고 정비소는 없다는 것, 4시 버스를 타고 돌아갈 수 있지만 장이 서는 날을 제외하고는 오후 2시까지 바체스터로 가는 버스가 없기 때문에 차를 빌려야 한다는 것이었다. 그 남자는 당신, 부인처럼 악보를 잘 읽을 수 있으면 좋겠습니다라고 했다. 그는 곧 성당에서 「세인트 폴」을 부르는 바체스터 시 합창단원이 되었으면 한다고 했다. 이어서 그는 열정을 토해 내며 한 소절을 뽑았다. "이제 우리는 그리스도의 이름으로 특사가 되었습니다!"

바운스는 머리를 숙이고 미소 지으며 곁눈질했다. 그녀는 손뼉을 치듯 장갑을 맞부딪쳤다.

"성함이 그러니까……."

"헨리입니다, 부인."

"무척 훌륭한 테너네요!"

"감사합니다, 부인." 헨리가 말했다. "부인처럼 진정한 음악가께서 그렇게 말씀하시니 큰 영광입니다. 바체스터에 가서 그 말씀을 전하면 사람들이 저를 꼭 합창단에 넣어 줄 겁니다. 정말 음악이 없는 삶이란 무슨 의미가 있겠습니까?"

"음악이란……." 바운스가 말했다. "아……."

그녀의 "아……." 소리는 돌리시 씨의 까마귀 울음소리보다는 부드러웠다. 그리고 그녀는 마치 우리가 자동차가 아니라 교회당에 있다고 착각할 만한 말을 더했다.

"아버지께서는 항상 말씀하시죠. '천국은 음악이다.'라고요."

헨리는 챙이 달린 모자를 쓴 머리를 활기차게 끄덕였다.

"그 데이 에번스[35]에 대한 이야기 들어 보셨나요, 부인? 그 자가 천국에 갔을 때 합창단이 있었습니다. 거기엔 소프라노 5만 명, 콘트랄토 5만 명, 베이스 5만 명이 있었고 테너는 에번스 하나였습니다. 「알렐루야 합창」으로 노래를 시작했는데 지휘자가 멈추라고 신호하며 책상을 탁 치고선 하는 말이 '잠깐만요. 데이, 제발 테너 소리는 좀 줄여 주세요!'라고 했다는 거 아닙니까!"

---

35) David "Dai" Evans. 웨일스 출신 럭비 선수.

헨리의 첫 질문이 우리를 움직였듯이, 이 이야기는 바운스에게 큰 영향을 끼쳤다. 그녀는 몸을 떨고 까마귀 울음소리를 내며 머리 뒤를 살짝 매만지기 위해 장갑을 올렸다. 하지만 그녀가 잠잠해졌을 때 나는 헨리도 기침 소리를 누르며 몸을 떨기 시작한 걸 보았다. 에취, 에취, 에취.

"부인, 죄송합니다." 기침이 멎자 그가 말했다. "감기 기운이 약간 있는 것 같습니다. 이러면 어떨까요, 부인? 지금 반나절 왔는데, 버스비만큼 휘발유 값을 주시면 바체스터에서 볼일을 다 끝내셨을 때 아이들이랑 함께 다시 모셔다 드리겠습니다."

뒷좌석에 있는 우리는 침묵을 끝냈다. 우리 모두 부인에게 그 제안을 받아들이라고 난리 법석을 떨었기 때문이다. 그녀는 웃으며 우리를 대신해 그러겠다고 답했고, 우리는 바체스터 교외를 지나 골든 볼 여관에 빌린 방으로 향했다.

그 첫 번째 시험은 나와 바운스의 관계에 이후 영원히 영향을 미쳤다. 드디어 말도 안 되는 바흐 곡을 연주했을 때(다 디디 다, 다 디디 다) 나는 내 바이올린에서 끔찍한 소리를 듣고 비참하게 절망하며 눈물을 터뜨렸기 때문이다. 나는 흐느껴 울면서 음계를 연주했다. 아무리 거친 소리가 나더라도 음이 대충 맞을 만한 반짝거리는 곳에 손가락을 갖다 댔다. 울부짖으면서도 일종의 멍한 확신으로 음정을 알아맞혔다. 실제로 시험관이 음정을 다 내기도 전에 그가 처음에 어떤 음을 연주했는지 말했다. 빨리 끝내고 나오고 싶었기 때문이다.

"울 필요 전혀 없단다." 시험관이 말했다. "그런데 넌 절대

음감인 것 같구나."

그렇게 나는 훌쩍거리며 퇴장했다. 그리고 눈물이 다 말랐을 때 우리는 다시 떠나야 했다.

이번에 헨리는 자동차에 대해 이야기했다.

"부인, 부인께도 작은 자동차 한 대가 있으면 좋겠습니다. 요즘엔 부인들도 꽤 많이들 직접 자동차를 운전하죠."

여행하는 즐거움에 몰입되어, 게다가 내가 소동을 피운 유일한 응시자라는 소박한 자부심을 느끼며, 나는 올드 브리지에서 하이 스트리트를 거쳐 광장으로 지나갈 때에야 비로소 그 젊은이가 무슨 말을 하는지에 관심을 가졌다.

"정말이지, 전혀 문제가 되지 않습니다, 부인. 제가 좀 지켜보다가 좋은 차가 나오면 알려 드리죠. 그리고 부인, 금방 운전하실 수 있도록 제가 가르쳐 드리겠습니다. 제겐 큰 즐거움입니다."

우리는 창문 앞 난간에 이르러 멈춰 섰다. 헨리는 가볍게 기침하며 바운스에게 문을 열어 주러 재빨리 돌아왔다. 그녀는 우리 모두를 둘러봤다.

"밀리, 너는 한참 걸어가야 하잖니. 들어와서 우유 한 잔이랑 비스킷을 먹고 가. 그리고 성함이⋯⋯."

"헨리입니다, 부인."

"오늘 친절 감사해요. 바체스터로 가시기 전에 차 한 잔 마시고 가요."

나는 뒤돌아보지 않고 풀밭을 빨리 가로질러 집으로 향했기 때문에 헨리가 그 초대를 받아들였는지 알 수 없다. 하지만 시험장에서 운 사람이 나밖에 없었다고 부모님에게 말씀드리자, 두 분은 더 이상 자격증을 받지 못하더라도 내가 음악 시험을 보기에는 너무 예민하다고 결론을 내리셨다. 부모님은 아무리 이상해도 음악 수업을 전혀 받지 않는 것은 절대 안 된다며 즐거움을 위해 음악을 배워야 한다고 명령하셨다. 결국 바운스 집을 방문할 때의 중압감은 조금 덜게 되었다. 학생에게 제대로 된 목표가 없다면 더 이상 진지하게 가르칠 이유가 없다고 생각한 바운스는 점점 더 자주 그리고 오랫동안 잠들었다. 깨어 있을 때는 때로 십 분씩이나 음악과 무관한 이야기를 하곤 했다. 왠지 모르겠지만 나는 항상 고개를 끄덕이며 동의했다. 나는 그녀에게 동의하지 않을 수가 없었다. 도무지. 나의 비굴한 동의는 일종의 구속이 되었다.

헨리 윌리엄스는 한여름에 다시 나타났다. 그는 높은 천 덮개가 달린 2인승 자동차를 타고 난간 옆에 나타나 바운스를 데리고 갔다. 일주일이 지나고 몇 차례 운전 수업 후, 나는 바이올린을 가지고 바운스 집으로 갔다. 장밋빛 지붕 너머가 청록색으로 물든 어느 날 저녁, 깎은 잔디 주위의 쇠사슬을 뛰어넘으며. 2인승 자동차는 자갈길 위에, 헨리는 그 곁에 순종적으로 서 있었다. 돌리시 씨가 현관문에서 돌진해 나와 하얀색 머리카락을 휘날리며 철문을 열어젖혔다.

"순전히 돈 낭비야!"

나는 바이올린 가방을 들고 위를 쳐다보며 그 자리에 서 있었다. 돌리시 씨는 인도를 따라 10미터 정도 내려간 뒤 돌아서서 마치 사람한테처럼 유리창을 향해 소리 질렀다.

"악보 가지고 왔지?"

바운스가 나왔다.

"올리버, 안으로 들어가 바이올린 연습을 시작해라."

곧 그녀는 깊은 숨을 내쉬며 내 뒤를 따라왔다.

어머니의 놀랍도록 섬세한 관찰력이 아니었더라면 나는 바운스와 늙은 돌리시 씨 그리고 헨리에 대해 훨씬 더 많이 추측했어야 했을 것이다. 우리 광장 둘레에 사는 모든 여자들처럼 어머니는 습관적으로 탐정이 되었다. 그 여자들은 각 집 난간으로 에워싸인 공간과 용수철 자물쇠에 만족하지 않았다. 그들은 도무지 뚫을 수 없는 커튼으로 창문을 장식했다. 그 커튼 안쪽으로 1미터 정도 떨어져 서서 그들은 서로의 일에 반사되는, 이제 와 생각해 보면 일종의 레이더파라고 할 수 있는 무엇인가를 방출했다. 여기에는 매우 특이한 점이 있다. 뭐냐 하면 방출된 물질은 어느 정도까지는 커튼을 뚫고 지나갈 수 있기 때문에 여자들이 모든 집의 가족들을 희미하게나마 볼 수 있었다는 것이다. 반면 모든 여자들은 자기 집에는 철저하게 보호막이 쳐져 있다고 생각했다. 남자들에겐 더 큰 자유가 있었지만, 그들의 인식 능력은 더 어설프고 둔했다. 그럼에도 남자들은 집 안의 훈련된 정보 요원에게 유용한 증거를 가져다 줄 수 있었다. 그러므로 식사 시간마다 어떤 그림이 그려질 수 있도록 일종의 반대 신문이 벌어졌다. 그러고 나서 우리의 연약한 어머니는 삼십 분 정도 동안 모슬린 커튼 뒤에 숨어서 새로운 모자, 모임, 몸짓, 심지어 표정이 무엇을 드러낼지 보며 서 있었다.

"저기 엘리엇이 지나가네. 어머니가 아직 병원에 있으니까 저기 다리에 토머스를 만나러 가는구나."

어머니에게는 레이더뿐 아니라 비밀 무기가 있었다. 바로 나였다. 나는 일주일에 두 번 바운스의 집을 뚫고 들어갈 뿐 아니라 심지어 더 넓은 영역에서 사용되었다. 다른 사람들 집에 약병이나 알약 꾸러미를 배달하며 부모님을 도와 드리는 건 당연한 일이었다. 내가 배달 다녀올 때마다 내게서 뽑아낼 수 있는 모든 정보에 어머니가 그토록 관심이 많았다는 걸 나는 한 번도 깨닫지 못했다. 나는 일종의 행성 간 탐사선이었다. 기계가 자기 임무가 뭔지 알지 못하듯 나도 그러했다. 헨리가 바운스에게 운전을 가르칠 때 바운스 옆집에 있는 위트휘슬, 위트휘슬 앤드 위트휘슬 변호사 사무실인지 뭔지에 약꾸러미를 배달한 게 기억난다. 아무도 없는 통로 안으로 들어가 어디로 가야 할지 고민하고 있을 때 누군가 큰 목소리로 고함쳤다.

"들어와요!"

문을 열자 얼굴에 핏줄이 많은 노신사가 먼지투성이 신문으로 가득한 탁자 뒤에 앉아 있었다.

"뭣 때문에 왔나? 결혼? 유서를 쓰려고?"

나는 약 꾸러미를 내밀었다.

"빌어먹을 아들놈 거군. 아니. 여기 주게. 여기."

그는 주머니를 뒤적여 책상 위에 2페니를 던졌다. 하지만 나는 내가 가난한 소년이 아니라는 걸 알았다. 나는 고개를 저으며 뒤로 물러서서 문을 닫았다. 어머니는 내가 돈을 받지 않은 걸 듣고 좋아하며 3페니를 가지라고 주셨다. 이에 격려를 받은 나는 워트휘슬 씨가 아주 나쁜 말을 썼다고 속삭였고 어머니는 그가 그랬을 거라는 사실을, 그리고 왜 그런지를 아는 듯 고개를 끄덕이셨다. 그리고 바운스가 사는 쪽 끝에 두 여인 외엔 아무도 살지 않는 큰 저택이 있었다. 그 집에는 레이더로는 알아낼 수 없는 수수께끼가 있었다. 그들이 죽은 지 반 세대 정도 지난 후 어머니에게 여쭤 보았지만 어머니는 거의 아무 말씀도 하지 않으셨다.

"그 사람들은 매우 이상하게 행동했단다. 정말이지 매우 이상했어."

나는 한 번 그 집에 가 본 적이 있다. 마치 날 기다리고 있었다는 듯이 둘 중 더 젊은 여인이 뒤로 문을 닫으며 집 앞 계단에서 날 맞이했다.

"올리버, 어머니께 말씀을 전해라." 그녀는 매우 차갑게 말했다. "이 집은 11번지가 아니라 7번지라고."

그걸로 게임 끝이었다. 그리고 나는 이완가 사람들이 크리스마스 때 내게 늘 선물을 주었던 걸 유감스럽게도 기억한다. 그들 역시 크리스털 피라미드의 시간에 맞춰 진동했다.

그렇다면 어머니가 바운스에게 관심을 갖게 된 건 놀라운 일이 아니다. 나는 어머니에게 각진 계단과 긴 통로 그리고 빈 방들에 대해 말씀드렸다. 식사 중 어머니는 이따금씩 독백을 시작했고 그때면 아버지는 애매하게 끙 소리를 냈다.

"저 좋은 집에 혼자 살면서……."

좋은 집? 이 말은 내 꿈의 내용을 확증해 주었다. 웃는 피아노 외엔 살아 있는 것이라곤 하나도 없는 어두운 빈집에 있는 바운스. 돌리시 씨는 자신의 악기점 위층에 살았다. 아마도 그는 그 집을 좋아하지 않거나 음악 수업 소리를 싫어하거나, 아니면 단순히 자기 딸이 혼자서 살아야 한다고 생각했을 수도 있다.

"집을 일부 세주어야 할 텐데요." 어머니가 말하셨다. "여자가 그렇게 혼자 사는 건 좋지 않다고 생각해요. 게다가 돈이……."

"여보, 그만." 아버지가 말하셨다. "돌리시 씨한테는 재산이 꽤 많소. 꽤 많지. 잘 지내고 있으니 그만하시오."

한번은 우리가 식사 중일 때 헨리가 자동차를 타고 도착했다. 어머니는 경적 소리를 듣자마자 벌떡 일어나 커튼 사이로 몰래 바라보았다.

"또 수업을 하나 봐요." 어머니가 말했다. "이번 주에 벌써 세 번째네요."

아버지는 회색 콧수염을 닦고 다시 깊은 생각에 빠진 듯 수프 위로 몸을 구부리셨다.

"돈이 적지 않게 들겠소."

"무슨 말씀이에요." 어머니가 짜증을 내며 말했다. "돈 한 푼도 안 내고 하는 거예요."

"그래?" 아버지가 말했다. "아주 친절하군. 만약 모든 사람들이……."

"친절요?" 어머니가 외쳤다. 레이더의 대상이 아닌 사람들을 위해 아껴 두는 열정적인 경멸의 어조로. "친절요? 대어를 낚으려는 속셈인걸요!"

얼마 안 되어 나는 바운스가 혼자 차를 타고 있는 걸 처음 보았다. 휴식 시간이었다. 바운스와 함께 그녀 집으로 온 후 헨리는 버스를 타고 바체스터로 돌아갔다. 바운스는 자동차를 자갈길에 두고 안으로 들어갔다. 우리는 커튼 뒤에 서 있었다. 광장 주위 여기저기에서 다른 집 커튼이 흔들리거나 심지어 살짝 걷히는 걸 볼 수 있었다. 바운스는 다시 나와 차에 타 팔을 움직였고, 차가 흔들리기 시작했다. 차 뒤로 짙은 연기가 났고 엔진 소리는 커져 비명처럼 들렸다. 차는 2미터 앞으로 휙 움직였다가 섰다. 바운스는 차 밖으로 나와 집 안으로 들어 갔다. 다음 날 아침 헨리가 다시 와 있었다. 그는 반짝이는 파란색 양복을 입고 자갈길 위에 누워 있었고, 챙이 달린 모자는 라디에이터에 걸려 있었다. 하지만 다음번 음악 수업을 받으러 갔을 때 나는 매우 흥분한 바운스가 남자처럼 무뚝뚝하게 자갈길을 올라와 다시 방 안으로 깡충 뛰어오기까지 60초 곱하기 10, 즉 10분 정도나 기다려야 했다.

"올리버! 나 혼자서 저기, 아, 디바이지즈 언덕까지 다녀왔단다! 믿어지니? 어렵진 않아, 정말이란다."

그녀는 이리저리 손을 재빠르게 움직였다. 또한 헨리가 얼마나 친절했는지 찬탄했다.

"다 자기 시간을 내서 말이야! 올리버, 그거 아니? 한 푼도 안 받겠단다. 자기도 돈 든 건 없다고 말이야……."

나는 심각하게 설명했다. 그녀에게 동의하고 싶었을 뿐 아니라 새로 배운 재미있는 말 '대어를 낚다'를 쓰기 위해서였다. 바운스는 가만히 서 있다가 매우 조용해졌다. 그녀는 점점 더 사납게 내게 반대 신문을 하다가 정말 크게 화를 내기에 이르렀다. 나는 내가 뭘 잘못했는지 생각나지 않았다. 그리고 결국 그녀가 나를 집에 보냈을 때 상황은 더 나아지지 않았다. 왜냐하면 어머니가 그 말을 듣고 바운스보다 더 화가 났기 때문이다. 나는 그분들이 왜 화가 났는지 결코 이해하지 못했고, 그것은 나의 행성 간 여행 중 예기치 못한 위험 요소 가운데 하나로 남았다.

그즈음에 나는 이후 점점 더 두드러진 바운스의 얼굴 특징을 알아챘다. 해부학자라면 입 주위에 매우 특이하게 강력한 괄약근이 생겼다고 규정할 것이다. 그녀가 단호한 태도를 취하거나 무엇인가를 비난할 때 그녀 입은 수축되어 처음에는 입술이 뭉쳐 안으로 모여들었다. 그 주위 2.5센티미터 정도 범위에 주름살들이 생겨나 모두 중심으로 이어졌다. 해가 지남에 따라 이 괄약근의 주름살들은 깊어져서 그녀가 화가 나건 말건 얼굴에 영구적으로 남았다. 화가 날 경우 주름살들은 물결 모양으로 깊어졌고 그녀의 입은 터진 것처럼 보였다.

바운스가 운전을 배우게 되자마자 그녀의 아버지는 드디어 우리의 은신처 밖으로 돌진하여 교회 묘지의 문 근처에 묻혔다. 나는 그 소식을 듣고 곧장 수업을 받기 위해 광장을 가로질러 갔지만 바운스 집에 아무도 없었다는 걸 기억한다. 나는 어두운 복도가 무서워 그림자와 큰 형상들 그리고 희미하게 웃는 건반들이 있는 음악실에 들어가 있었다. 불이 빨갛게 타고 있었고 나는 혼자 있기 싫어 그 근처에 갔다. 석탄이 타 없어지며 내는 칙 소리에 머리카락이 곤두섰고 만약 복도에 빛이 조금이라도 있었더라면 나는 도망갔을 것이다. 하지만 난 그 자리에 머물렀고 곧 방 안 물체들의 윤곽이 보이기 시작했다. 특히 난로 위 선반에 놓인 형상의 얼굴 윤곽이 조금씩 선명하게 드러나기 시작했다. 결국 나는 그 형상이 베토벤임을 알아보았다. 휘날리는 듯한 구릿빛 머리카락, 굳게 다문 입, 피아노 끝까지 파고들 듯한 광기. 그는 확실히 바운스와 그녀 아버지와 같은 부류 사람이었고 나를 비난하고 있는 것처럼 보였다. 내가 그 점에 대해 골똘히 생각하는 동안 바운스 차의 전조등 빛이 창 위를 휩쓸었다. 그녀는 복도로 들어와 멈칫하고는 음악실 문을 열었다. 그녀는 가스등에 불을 붙이러 갔고 나는 안도의 한숨을 쉬며 앞으로 움직였다. 내가 바이올린 가방으로 피아노를 치자 그녀는 소리를 지르며 휙 하고 돌아섰다. 그녀는 눈꺼풀이 없는 것처럼 보일 만큼 눈을 크게 치켜뜨고 가스등 불빛 아래에서 나를 골몰히 쳐다보았다. 그녀는 한 손을 가슴에 대고 오르간 의자에 몸을 맡겼다.

"내가 부르기 전에 이 방에는 절대, 절대로 들어오면 안 돼!"

나는 겸손하게 사과했다. 혼자가 아니고 빛이 비쳤기 때문에 이번에는 그녀가 화를 내도 별로 개의치 않았다. 그리고 우리는 곧 수업을 했다. 같은 주에 헨리 윌리엄스가 스틸본으로 이사를 왔다. 정확한 때는 기억이 나지 않는다. 그것은 단지 새로운 시기의 시작이었고, 우리는 그를 풍경의 일부로 인식하게 되었다. 약간 굽은 하이 스트리트 꼭대기는 시청 옆 우리 광장과 만나는 지점이었는데, 그곳에 바운스의 집과 작은 길 하나로 분리된 대장간이 있었다. 그 길에서 몇 미터 내려가면 문이 하나 있었고, 문을 따라가면 대장간 뒷마당이 나왔다. 그 마당 뒤에는 다락방이 딸린 외양간 같은 건물이 하나 있었다. 헨리는 비둘기처럼 그 다락방에서 살았다. 때로 그는 대장간 일을 도왔고, 때론 이완 선생님의 자동차를 세차하거나 수동 펌프로 타이어에 바람을 넣었다. 작은 시청 아래에 장이 선 날이면 헨리는 좌판 사이에서 대개 사람들을 도왔고, 항상 도울 준비가 되어 있었다. 바운스는 마당에 자동차를 주차했다. 아니, 사실 헨리가 그녀를 위해 자동차를 주차해 주었다. 그녀가 차를 운전하기에는 길이 너무 좁았기 때문이다. 헨리는 그녀의 차를 정비도 했고, 마치 차가 왕실 보석인 듯 닦아서 차는 늘 눈부시게 반짝였다. 나는 헨리가 바운스의 것이라고 어느 정도 의식적으로 생각했다. 왜냐하면 그녀가 그를 자신의 소유물처럼 다뤘기 때문이다. 헨리가 자동차를 닦을 동안 그녀는 마당 안 녹슨 철 더미와 얽힌 쐐기풀 사이에 서서 큰 소리로 이야기했다. 그녀는 2미터 떨어져서 무뚝뚝하게 말했다. 그러면서도 마치 차가 살아 있는 존재인 것처럼 쓰다듬으며 친절하고 유쾌하게 이야기했다. 헨리는 그녀가 갑자기 돌아서서 집으로 깡충 뛰어 들어갈 때까지 순종적으로 일하며 고개를 끄덕였다.

나는 어머니가 동정심을 보이며 재미있어하는 걸 이해할 수 없었다. 돌리시 부인이 자신의 자동차를 헌신적으로 돌보는 게 왜 이상한 일일까? 내가 그녀라도 그랬을 것이다. 하지만 어머니는 헨리를 좋아하시는 것 같지 않았고, 그 점은 도무지 이해할 수 없었다. 반면에 나는 그를 매우 좋아했다. 하지만 궁극적으로는 이러한 마음이 나의 결점 중 하나라고 느꼈다. 내가 그를 보고 있을 때 그는 부드러운 억양으로 이야기하곤 했고 늘 예를 갖추며 존중하는 태도로 나를 대했다. 기침약을 처방받으러 조제실에 올 때면 그는 가볍게 기침하며 늘 나를 '올리버 도련님'이라고 불렀다.

수 주가 흐르면서 대장간 뒷마당이 변해 감에 따라(반짝이는 도구들과 기름통들 그리고 휘발유 통들이 생겼다.) 내가 흥분하면서 헨리의 새로운 승리에 대해 설명하자 어머니는 말을 끊으셨다.

"아휴! 나는 참을 수가 없구나!"

바운스는 그녀의 아버지가 죽었음에도 자동차가 생겨서인지 더 상냥해졌다. 그녀는 오르간 의자에서 더 푹 잠들었고, 입은 아기 입처럼 부드럽고 느슨해졌다. 심지어 농담도 지어내 가끔 수업 중에 나와 주고받곤 했다. 나는 쿠머(Kummer)라는 어떤 외국인이 만든 바이올린 교재를 시작하게 되었다. 어느 날 저녁 나는 늦게 도착했는데, 그날 우연히도 표지에 '쿠머'라고 적힌 초록색 책이 와 있었다.

"너를 '쿠머'라고 불러야겠다." 그녀가 말했다. "네가 오지(come) 않았기 때문이지!" 그녀는 몸을 떨며 오르간 의자 위에서 까마귀처럼 울부짖었다. 그 이후에 그녀는 날 항상 그렇게 불렀고, 우리는 함께 많은 시간을 웃고 지냈다. 어느 날 우리가 창문 앞 난간에서 교구 목사님과 마주쳤을 때, 그녀는 목사

님께도 우리의 농담을 말해 주었다.

"이 아이를 쿠머라고 부른답니다. 왜냐하면……."

하지만 그 학기가 끝날 무렵 그녀가 평생 동안 날 놀라게 했던 것 못지않게 놀라운 일이 벌어졌다. 나는 열 살이었고 지역 중등학교에 입학했다. 이제 2분의 1 크기 바이올린을 가지고 다녔는데 4분의 1 크기 바이올린만큼이나 연주를 잘 못했다. 대장장이가 그날 밤 대장간 문을 닫고 페더스에 갔음에도 헨리가 마당에서 탕! 타당! 하고 작업하는 소리를 들으며 나는 현관문으로 갔다. 나는 음악실 문을 두드렸고 바운스가 이미 수업할 준비가 된 걸 알 수 있었다. 그녀가 즉시 부드럽게 말했기 때문이다.

"들어와라, 쿠머!"

들어갔더니 내 코에서 1미터 정도 거리에 그녀의 블라우스 앞면이 보였다. 블라우스 중간 끈인지 앞단인지에 달린 진주처럼 생긴 단추가 내 앞에 있었다. 그 자체가 변화인 것이, 나는 주로 그곳에 갈색 넥타이를 보는 데 익숙했기 때문이다.

하지만 그게 다가 아니었다. 끈과 블라우스 자체 사이에는 흰색 모슬린 프릴이 있었다. 그녀는 손을 올리고 있었는데, 각 소맷동 안쪽으로부터 물결 모양 모슬린이 삐져나왔다. 장식이 달린 끈을 따라 시선을 목으로 옮기자 예전에 넥타이 매듭이 있던 곳에 프릴이, 그 위에 브로치가 보였다. 나는 놀라 그녀 얼굴을 바라보았다. 그녀 얼굴은 기이하게도 부드러워졌고 빛이 났다. 젊지는 않지만 적어도 어린 시절이나 소녀 시절을 기억하게 하고 암시하는 얼굴이었다. 심지어 그녀의 머리카락도 평소와 달리 뻣뻣하지 않고 구름처럼 퍼져 있었다. 그녀의 눈은 하지만 이내 내 눈동자 속에서 놀라움을 읽어 냈다. 그녀의 입술은 주위 주름살들을 빨아들였고, 양쪽 광대뼈 밑 움푹 꺼진 볼이 윤곽을 드러냈다. 그리고 내가 처음이자 마지막으로 겪은 일인데, 동그랗고 불그스레한 홍조가 그녀의 양 볼에 떠올랐다. 내가 쳐다보면 볼수록 홍조가 퍼져서 얼굴 전체가 붉어졌고 이마에서 목까지 어스레해졌다. 그녀는 급작스럽게 피아노로 향해 내게 바이올린을 조율하도록 했고 음계를 연습하라고 지시한 후 정말이지, 고개를 돌린 채, 방 밖으로 뛰쳐나갔다. 방 안으로 돌아왔을 때 그녀의 얼굴은 평상시처럼 창백한 노란색이었고 프릴들은 완전히 사라졌다. 그녀는 매우 단호하고 비판적으로 내 연주를 지적했다. 나는 다시는 그 프릴들을 보지 못했다.

그 일이 있은 지 얼마 되지 않아 우리의 상황은 전부 바뀌었다. 나는 하이 스트리트에서 사탕을 사서 돌아오고 있었고 헨리가 마당에 있는지 보기 위해 평상시처럼 그곳에 잠시 들렀다. 어머니는 내가 헨리를 귀찮게 하는 것을 탐탁히 여기지 않으셨기 때문에 헨리에게 들를 때면 나는 늘 조바심이 났다. 마치 금단의 열매를 따는 것과 같은 기분이라 더한 유혹을 느꼈다. 헨리는 가끔 자동차를 청소할 때면 내가 서 있는 동안 이야기를 해 주었다. 예컨대 그는 내게 엔진 기름통이 뭔지, 왜 타이어에는 무늬가 있는지 알려 주었다. 하지만 그날은 헨리 혼자가 아니었다. 키 큰 금발 여인이 그의 곁에 있었다. 그녀는 창백하고 멍해 보였고 팔에 아기를 안은 채 다락방으로 올라가는 사다리 밑에 서 있었다. 그녀는 헨리와 언쟁을 벌이고 있었다.

"글쎄, 안 한다니까요. 알겠어요? 안 되겠어요, 헨리. 층계가 있어야 한다고요!"

나는 헨리가 부드럽게 대답하는 동안 사탕을 가지고 그 자리를 떠났다. 금발 여자와 아기는 아무도 예상치 못했던 그의 부인과 아이였다. 나는 그들이 몹시 부러웠다. 제대로 된 집이 아니라 다락방에서 집시처럼 사는 것이 너무 멋있어 보였기 때문이다. 바운스의 경우, 그 일이 그녀를 어떤 비참하고도 모멸스러운 나락으로 떨어뜨렸는지 아니면 그녀 스스로 거기에 몸을 던졌는지 알 수가 없다.

"불쌍하기도 해라!" 어머니가 웃고 불쌍하다는 듯 머리를 저으며 말씀하셨다. "정말 믿을 수 없는 일이지 않니?"

"뭐가요, 어머니?"

하지만 어머니는 계속 웃으며 머리를 저으셨다. 모든 사람들이 그 일을 제일 즐거워했고, 나는 왜 그런지 이해하지 못하면서도 아마 즐길 만한 일이라면 뭐든 즐겨야 한다는 무의식적인 원칙에 따라 그 기쁨을 나누었다. 그런데 그 기쁨이 새로운 단계로 접어들었을 때에 나는 사실 나만이 즐거워하고 있다는 걸 알게 되었다. 메리 윌리엄스가 아기인 재키와 나타난 지 불과 몇 주 만에 그 세 명은 큰 집으로 이사해 바운스와 함께 살게 되었기 때문이다. 나는 더욱 기분이 좋았고, 악령을 쫓아낸 후의 평화로움 비슷한 걸 느꼈다. 그 집에 헨리가 살게 되어 나는 긴 복도와 빈방들이 나오는 악몽을 더 이상 꾸지 않을 수 있었다. 이제 빈혈이 있는 메리를 위해 강장제 한 병을 가져다줄 때도 나는 바로 오른쪽으로 틀어 음악실로 가지 않고 왼쪽으로 돌아 부엌과 설거지장 옆 마당으로 내려가 정돈되지 않은 긴 정원을 살짝 보기도 했다. 판석 위 유모차에 재키가 앉아 깔깔대는 모습도 보였고, 메리가 설거지할 때 그릇이 서로 부딪치는 소리도 들려왔다. 하지만 어머니는 나의 평화와 행복을 공유하지 않으셨다. 어머니는 헨리 얘기만 나오면 이해할 수 없게 화를 냈고 바운스 얘기를 하며 흥분하셨다. 나는 이 일에 정확히 어떻게 대처해야 할지 몰랐다. 바운스와 같이 있지 않을 때면 나는 어머니를 흉내 냈는데, 놀랍게도 그 누구도 아닌 헨리에게 혼이 났다. 어느 날 나는 자전거 손잡이를 단단하게 조이기 위해 헨리네 마당에 갔다. 나는 마치 그와 나 그리고 우리 모두가 장막 한쪽에 있고, 바운스가 스틸본의 괴짜들과 더불어 다른 쪽에 있는 것처럼 바운스에 대해 이야기했다. 헨리는 기름이 번진 얼굴과 글리세린처럼 촉촉한 눈을 들어 나를 바라보았다.

그는 말했다. "정말이지, 돌리시 부인은 참으로 친절하신 분입니다."

나는 그대로 서 있었다. 아무 말도 못하고 얼굴을 조금 붉히면서.

아버지는 조야한 라디오 수신기와 축음기를 구입하셨다. 나는 음악과 연주가 무엇인지 이해하기 시작했다. 크라이슬러, 파데레프스키, 코르토, 카살스 등. 투박한 판에서 나는 칙소리, 라디오 수신기 헤드폰에서 언제나 나는 지글대고 탁탁

하는 소리와 모스 부호같이 터져 나오는 소리에도, 음악이 들려왔다. 하지만 내가 새로운 행복을 그녀와 나누려고 했을 때, 바운스는 격노하며 아버지와 나를 공격했다.

"올리버, 네 아버지는 도대체 왜 그런 일을 저지르셨니? 네 아버지는 음악을 좋아하는 분 아니었니? 나는 그렇게 저속하고 저질이며 신성 모독적인 싸구려 음악은 절대, 절대로 듣지 않을 거야!"

나는 반은 창피해서 반은 그녀의 마음을 기쁘게 하기 위해서 고개를 끄덕이고 미소 지으며 서 있었다. 단지 그녀가 그만하길 바랄 뿐이었다. 음악실 문을 두드리는 소리가 들려왔다. 그녀가 나간 후에 그녀의 고함 소리가 들려왔다.

"메리! 내가 수업할 때는 방해하면 안 된다고 했지? 알겠어. 스테이크와 간 데운 걸 먹을게."

정말이지 우리 모두는 변해 가고 있었다. 바운스는 점점 더 남자처럼 변했고 성격이 급해졌으며 발걸음에는 탄력이 없어지고 조금 더 뚱뚱해졌다. 헨리와 메리에게는 하인을 부리듯 거칠게 대했다. 어떤 때 그녀는 그들을 '내 가족'이라고 칭했다. 헨리 역시 변했다. 그는 더 단단해졌다. 반짝거리는 파란색 서지 양복과 챙이 달린 모자 대신 마을의 다른 사업가처럼 가끔씩 긴 외투를 입고 중절모를 썼다. 나는 더 교묘해지고 비밀이 많아졌으며 냉소적으로 변했다. 나는 한 세대가 지난 후 과거를 회상할 때에야 왜 내가 당시 내 안이 거짓과 죄책감으로 가득 차 있는 것처럼 느꼈는지 깨닫게 되었다. 메리 윌리엄스는 그저 좀 더 시들고 목소리가 더 앙칼졌으며 불평을 늘어

놓게 되었다. 한번은 강장제를 전달하러 마당에 들어갔는데, 판석 위에 바운스가 서 있고 설거지장 문가에는 메리 윌리엄스가 허리에 양손을 짚고 있는 것이 보였다. 그들은 동시에 큰 목소리로 말하고 있었다. 그러다가 메리가 목청을 높여 고함을 지르며 불평하는 것이 크고 선명하게 들렸다.

"시스 아주머니, 내 말은요! 내 부엌이 필요하단 말이에요!"

그러고 나서 그들은 병을 쥐고 복도 문에 서 있는 나를 보았다. 침묵이 흘렀다. 재키만 의자에서 딸랑이를 던지며 큰 소리를 냈다.

"버브! 버브!"

나는 아무 말도 하지 않고 강장제를 전했고, 조용히 그 자리를 떠났다.

한번은 내가 그녀 차의 접이식 좌석에 앉아 있을 때(우리는 컬른에 가서 멘델스존의 「엘리야」를 연주할 계획이었다.) 바운스와 헨리는 앞에 앉아 있었다. 차 덮개는 내려져 있었고 중얼거리며 이어지는 긴 대화 소리가 들려왔다. 그러다가 헨리가 격렬하게 소리치는 지경에 이르렀다.

"아닙니다, 시스 아주머니! 그렇게 아닙니다, 아니라니까요!"

그는 조금 더 중얼거리다가 다시 또렷하게 말했다.

"하지만, 늘 말씀하시듯이, 부인께는 음악이 있지 않습니까."

"저기 저 뒤에 있는 쿠머가……."

그녀는 자리에서 돌아서서 내게 소리쳤다.

"쿠머, 그렇다고 생각하지 않니?"

"뭐라고 말씀하셨어요, 돌리시 부인?"

"우리 말이 안 들리니?"

"뭐라고 말씀하셨지요, 돌리시 부인? 안 들려요. 바람 소리 가 너무 커서……."

나는 정직하지 않은 아이였지만 내게도 음악이 있었다. 나 는 짐작이 아니라 경험을 통해, 음악이 감정을 확인하고 확장 하는 수단이 될 수 있다는 걸 알게 되었고, 바이올린은 여전히 힘들게 견디며 배우고 있었지만, 피아노와 사랑에 빠져 우리 집 작은 피아노의 수명이 다하기까지 열심히 치고 있었다. 나 는 바운스보다 이미 음악을 더 많이 들었고 그녀의 음악 세계 의 한계를 깨달았다. 그 한계가 무엇이었는지는 짚어 볼 만한 일이다. 「메시아」와 「엘리야」, 가끔은 스탠퍼드,[36] 부활절마다 스테이너[37]의 「십자가형」 등을 연주하는 세인트 폴의 부정확 하고 그다지 활기가 넘치지 않는 공연들이 그녀에게는 음악 을 들을 수 있는 큰 기회였다. 나머지는 헬러, 쿠머, 마테이의 연습곡들과 주일에 부르는 고대와 현대 찬송가가 전부였다. 나로 말할 것 같으면, 일주일에 두 번 삼십 분씩 쓸데없는 시 간을 보내면서 환심을 사려는 나의 겉모습 그리고 그 너머 말 로 표현하지 않은 생각들과 분석하기 힘든 감정들 사이 괴리 를, 불가피하기 때문에, 겨우 참아 내고 있었다.

"돌리시 부인이 없으면 올리버가 어떻게 할지 모르겠어요.

---

36) Charles Villiers Stanford. 아일랜드 음악가이자 작곡가.
37) John Stainer. 영국 작곡가이자 오르간 연주자.

그분에게 얼마나 헌신적인데요."

그러면 나는 겉으로는 고개를 끄덕이고 미소를 지으면서도, 그녀가 자기는 들어 보지도 못한 스트라빈스키에 대해 통렬한 비판을 쏟아 낼 때 속으로는 혼돈에 빠져 이런 생각을 하곤 했다.

"헌신이라는 게 이런 기분이로군."

그녀는 이제 몸집이 꽤 컸고, 납작한 모자 뒤 쪽머리에서 가끔씩 머리카락이 흘러내렸다. 입 한쪽에 금니 두 개가 생겨 그녀가 남자처럼 쾌활하게 웃을 때 번득이곤 했다. 유모차는 이제 재키의 어린 여동생 차지가 되었다.

"와서 내 조카딸을 보렴. 까꿍, 까꿍, 쫏쫏! 아가야. 얘는 쿠머란다. 왜 쿠머라고 부르느냐면……."

하지만 끔찍한 일이 있었다. 어두운 복도에서 수업 시간을 기다리는 내게 그녀 목소리가 계단에서 들려왔는데, 남자 같은 목소리가 아니라 우스꽝스럽게 애원하며…….

"내가 원하는 건 당신이 날 필요로 하는 거예요, 필요로 하는 거라고요!"

실제로 점점 더 시시해져 가는 내 바이올린 수업은 점점 더 자주 방해받았다. 날 방해한 건 그 오래된 집에서 날마다 터져 나오는 말싸움도, 심지어 복잡한 화해도 아니었다. 이것들은 나의 연주를 방해하지 않았다. 단지 지연할 뿐이었다. 정말 문제가 되었던 건 소음이었는데, 어떤 땐 리듬을 타는 잔소리였고, 어떤 때는 밖에서 갑작스럽게 뭔가가 깨지는 소리였다. 소음은 한때는 마당과 옆집 대장간에서 들려왔다. 이제 대장간은 돈을 거의 들이지 않고 만든 헨리의 정비소 작업장이었다. 거기엔 던롭 타이어 광고들과 희게 칠한 벽에 문어를 말리듯 걸어 놓은 오래된 튜브들이 있었다. 또한 기름통, 드럼통, 압축기, 작업용 벤치와 헨리의 기계적 시술에 필요한 몇몇 비밀스러운 도구들이 놓여 있었다. 그곳은 전체가 내부 연소로 인한 기름기 많은 먼지로 뒤덮여 번질거렸다.

내가 기억하기로 나는 세컨드 포지션[38]에 상대적으로 잘 대처하는 모습을 보여 주었다. 바운스는 긴 오르간 의자에 앉아 있었다. 그녀의 네모난 신발은 오르간 페달 위에 있었고, 트위드 치마와 재킷은 가스등 불빛 속에서 번져 보였다. 그녀의 큰 가슴은 내 연주에 따라 앞으로 휘청거렸고 그녀는 머리를 끄덕이며 눈은 감고 있었다. 나는 감사하는 마음으로 그녀의 감긴 눈과 무의식적으로 움직이는 입 괄약근을 향해 조심스럽게 연주했다.

그런데 소음이 포탄처럼 방 안을 점령했다. 포탄은 내 주위 온 사방에서 터졌다. 바운스는 잠에서 깨어 마치 사수가 악보 속에 있는 것처럼 악보를 노려보았다.

"헨리." 나는 어리석게도 외쳤다. "헨리 아저씨가 늦게까지 일하나 봐요!"

"나도 늦게까지 일하고 있잖니!"

그녀는 페달에서 발을 획 떼고 벌떡 일어나서 문을 열어젖혔다.

---

38) 바이올린 운지법 중 하나.

"메리! 메리!"

잠시 말이 멈췄지만, 소음은 계속 이어졌다.

"메리! 저렇게 흉측한 소리가 나는데 어떻게 수업을 하라는 말이지? 즉시 그만두라고 해!"

나는 메리가 징징대며 답하는 걸 들을 수 있었지만, 무슨 말을 했는지는 못 들었다. 합창단과 경쟁하는 데 익숙한 바운스의 목소리는 포격에도 잘 들렸다.

"즉시 가서 그에게 말해야 해!" 그리고 열정적으로…… "이건 절대 안 돼!" 복도에서 잠시 불협화음으로 듀엣이 이어졌다. 결국 메리는 아기를 목욕시키러 돌아갔고 바운스는 마지막으로 매우 강하고 큰 소리로 "이건 절대 안 돼!"라고 외치며 자갈을 짓밟았다. 문 두 개가 쾅 닫히는 소리와 더불어 듀엣은 끝났다.

나는 60, 120, 드디어 300이 될 때까지 수를 세며 서서 기다렸고, 조용한 저녁이 스틸본에 돌아왔다. 600초. 바운스는 깊이 숨을 쉬며 돌아왔다. 얼굴은 번들거렸고 쪽머리에서 머리카락이 질질 내려왔다.

"이완 씨네 차 문제야. 응급 상황이 생겼는데 헨리도 차를 대여해 준 상태고 내 차도 부두에 있어. 어쩔 수 없구나. 집에 가야겠다, 쿠머. 이런 소음 속에서 가르치긴 힘들어."

포화 소리에 쫓겨 나는 그렇게 떠났다.

헨리는 점점 더 늦게까지 일했다. 그가 내는 소음은 항상 피할 수가 없었다. 바운스의 제자들 대부분은 저녁에 수업을 받았기 때문에 정면충돌은 불가피했다. 나는 싸움으로 찢기고 기계 소음으로 시끄러우며 원망으로 부글부글 끓는 집에서 수업을 받았다. 바운스 이마의 주름이 금방 깊은 홈으로 변할 수 있다는 사실을 알게 되었다. 그녀의 무뚝뚝한 태도와 오르간 의자에서 자는 모습에서도 그녀가 기진맥진하다는 걸 느낄 수 있었다. 곧 한 수업과 그다음 수업 사이에 소음이 멎었고 메리는 다시 "우리 시스 아주머니!"라고 호들갑을 떨기 시작했다.

나는 차를 마시며 그 이유를 알게 되었다. 우리가 명상하는 듯 고요히 있을 때 어머니는 한마디 던지셨는데, 새 소식이 있다는 걸 알리는 신호였다.

"그럼 결국 그자는 원하는 걸 얻은 셈이야."

나는 고개를 들었다.

"누구요?"

"헨리 윌리엄스지. 발을 구르고 싶은 느낌이야!"

아버지는 컵 위로 바라보았다.

"헨리 윌리엄스가 뭘 얻었소?"

"원하는 건 전부요. 그녀 아버지가 남겨 준 상점과 그 옆에 있는 작은 집을 넘겨받아 정비소를 지을 거래요!"

나는 잠시 생각했다. 포화는 더 이상 없을 것이고, 결과적으로 꽉 채워 30 곱하기 60 곱하기 60.

"어쨌건 바운스는 기쁠 거요."

어머니는 찻잔을 가지고 신경질적으로 딸그락 소리를 내셨다.

"무슨 말씀이에요. 그자는 그녀의 건물을 다시 짓는 데 자기 돈이 아니라 그녀 돈을 쓰는 거란 말이에요. 마지막 한 푼까지도 다 가지고 갈 거라고요!"

아버지는 작고 동그란 안경으로 어머니를 유심히 바라보았고 두 손으로 회색 콧수염을 닦으셨다.

"윌리엄스 군이 열심히 일하잖소. 그녀는 돈을 돌려받을 거요."

어머니는 나와 아버지를 헨리와 한편으로 보는 듯 이상하게 빈정대며 씁쓸하게 웃으셨다.

"그게 말이나 된다고 생각하세요!"

"이봐, 여보. 그녀는 아이가 아니잖소. 둘 사이에 뭔가 동의 계약서가 있지 않겠소."

"내 다리에 키스하는 게 낫겠어요!" 어머니가 발끈하셨다. 어머니는 이 유아적 표현의 완곡한 어조를 늘 생각 못 하는 듯했다. "내 다리에 키스하는 게 낫겠다고요! 늙은 워트휘슬 씨가 항상 만취해 있는 거 알잖아요!"

"글쎄, 여보."

어머니는 몹시 화가 나셨다.

"나는 안다고요!"

우리 둘은 겁을 먹었다. 아마도 아버지는 조제실로 터벅터벅 걸어가는 자신의 모습을 어머니가 보는 동안 그녀가 왜 화가 났는지 아셨을지도 모른다.

그래서 이제 우리 광장과 올드 브리지 사이 중간쯤 지점인 하이 스트리트에는 새로운 구경거리가 생겼다. 돌리시 씨가 살며 돌진하곤 했던 곳에 콘크리트 앞마당이 생겼고, 정비소와 자동차 내부를 검사하기 위한 장소도 생겼다. 길옆에는 높고 가는 구조물이 있었는데, 헨리는 그곳에서 수동으로 주유했다. 또한 거기서 나는 20세기의 가장 대단하고 정말 의미심장한 광고를 처음으로 보게 되었다. '공기 무료.' 그 기계로 내 자전거 타이어에 공기를 넣는 습관을 들였을 때 나는 그 섬세한 경제적 함의를 깨닫지 못했다. 하지만 결코 반대하는 법이 없었던 헨리는 나의 순수함을 이해했고, 이제 온갖 관대함을 베풀 수 있는 위치에 이르렀다. 가끔 그는 일할 때 양복을 입고 작은 사무실에 혼자 있었다. 그러할 때면 그는 더 이상 헨리가 아니라 윌리엄스 씨였다. 이사 간 직후 그는 앞마당을 반이나 차지하는 콤바인을 설치하고(우리 지역에서는 처음이었다.) 반신반의하는 농부들에게 대여해 주었다. 농부들은 회심했다. 정비소 뒤, 강 아래까지 이르는 긴 정원들이 있던 곳으로 콘크리트가 확장되었다.

하지만 처음에 정비소가 단장되었을 때 내게는 그 거래가 바운스에게 어떤 의미였을지에 대한 어렴풋한 생각이 있었다. 나는 생각하고 희망하며 우리 집 작은 마당을 돌고 돌았다. 나는 채소가 있는 곳에 자리한 과일나무들 사이로 들어가 벽돌담 구석을 보고 서 있었다. 내게는 여기가 항상 가장 은밀한 곳이었다. 마치 어떤 중요한 결정을 하기 위해 이곳에 온 것 같았고, 이 은밀한 곳에서는 벽돌 사이 거미 외엔 아무것도 내게 영향을 끼칠 수 없을 것 같았다. 이곳엔 사람들도 없었고 여기선 또한 그들의 압력으로부터 최대한 벗어날 수 있었다. 무엇인가가 흐릿하게 밝아 왔다. 나의 모든 감정들이 가동되었다. 나는 축구 선수들 이름보다 피아니스트들 이름을 더 잘 알았다. 이곳에서 나는 피아노를 진지하게, 그리고 마이러 헤스와 솔로몬처럼 제대로 연주하고 싶어 하는, 고약하고 추잡한 마음과 씨름할 수 있었다. 이미 나는 내게 불가능하다고 느꼈던 음악을 손가락으로 연주하는 기쁨이 무엇인지 알았다. 하지만 그다음 해에 나는 옥스퍼드 장학금을 받기 위해 열심히 공부를 시작해야 했다. 화학은 현실적이고 진지한 학문이었다. 부모님은 화학과 물리를 공부하면 이 세상 모든 걸 얻을 수 있다고 넌지시 말씀하셨다. 나는 놀라운 목표를 안고 벽돌담 구석으로부터 바운스의 음악실로 향했다. 내가 대화를 시작했던 것이다! 나는 내 장래 직업에 대해 이야기했다. 중요한 일에 대해 그녀와 대화를 나눌 때면 항상 그랬듯이 자조적인 어조로 말했다. 만약 그녀가 탐탁지 않게 여길 경우 그녀 편을 들며 모든 게 농담인 척할 수 있는 예방책이었다. 그래서 나는 자조적으로 내가 음악가가 될 수도 있다고 넌지시 말했다. 아마도 피아니스트가.

놀랍게도 바운스는 웃지 않았다. 그녀는 머리를 뒤로 기대고 마지막 담배 연기를 빨아들이고는 조심스럽게 담배를 비벼 껐다. 그녀는 엄숙한 표정으로 눈을 건반에서 떼지 않았다.

"아버지께서 절대 허락하지 않으실 게다."

당연했다. 벽돌담 구석으로부터 멀리 떨어져 냉정하게 판단하자면, 아버지의 동의는 절대적으로 중요했다.

"아, 잘 모르겠어요, 돌리시 부인."

그녀는 잠시 침묵했다.

"어머니께서는 어떻게 생각하시니?"

변덕스럽고 가난에 쪼들리는 음악의 길이 얼마나 터무니없는지가 갑자기 선명하게 떠올랐다.

"솔직히요, 돌리시 부인, 전 진지하게 생각해 본 적은 없어요. 정말이에요, 돌리시 부인!"

바운스는 자신의 두 손을 모아 허벅지에 놓았다. 그녀는 입을 열었고 이전에 한 번도 들어 보지 못한 낮은 목소리로 씁쓸하게 말했다.

"쿠머, 얘야. 음악가가 되지 마라. 돈을 벌고 싶으면 정비소 사업을 해. 나는 꼬꾸라져 죽을 때까지 열심히 음악을 해야 할 거다."

나는 비굴하고 냉정하게 고개를 끄덕였다. 바운스는 몸을 흔들었고 무엇인가를 씹는 듯 입을 움직이며 잠들었다. 그러다 그녀의 볼이 뒤틀리고 입은 쭈그러들었다. 그녀는 갑자기 몸서리치며 잠에서 깨어났다.

"저 다 큰 남자애가 여동생이랑 한방을 써. 정말 구역질이나! 하지만 그녀와는 말이 안 통해. 아무 말도 안 통해. 도대체 뭘 바라는 거지?"

온몸에 나만을 겨냥한 소름이 끼쳤다. 나는 늘 내 너머를 바라보고 있는 젊은 남자의 사진을 안절부절못하며 보다가 가운을 입은 여인의 사진으로 시선을 옮겼고 침묵 속에서 기다렸다. 하지만 바운스는 내 발을 보았던 것이다. 그녀는 위로, 위로 보았고 드디어 우리 눈이 마주쳤다. 그녀는 내가 누군지 갑자기 알아보았다.

"우리 쿠머로구나! 뭐하는 거니? 시작해 봐."

그 후 메리의 강장제를 배달하러 갔을 때, 나는 바운스와 마주치지 않고 음악실을 지나 마당으로 들어가기를 간절히 바랐다. 발끝으로 걸어 복도를 지나 마당으로 통하는 문을 열었다. 하지만 바로 그곳에서 가족들이 싸우고 있었다. 메리는 바운스를 바라보며 설거지장 출입구를 지키고 있었다. 헨리는 등을(외투를 입어서 매우 넓었다.) 내게 돌리고 있었다.

바운스가 갑자기 소리쳤다.

"그 아이 더 이상 이 집에서 못 살아!"

헨리는 침착했지만 둘을 달래고 상황을 진화하느라 두 손을 들고 있었다.

"보십시오, 시스 아주머니, 메리는 두통이 있습니다."

"나는 두통이 없는 줄 알아요?"

"재키는 내 아들이고 내 맘대로 할 거예요. 아주머니가 상관할 일이 아니라고요!"

"이봐, 메리. 아주머니한테 그렇게 버릇없이 굴지 마!"

"다들 나가는 게 좋겠어. 가라고!"

그리고 그들은 내가 거기에 있는 걸 알게 되었다. 나는 드디어 어기적거리며 판석 위로 발을 내딛고 병을 건넸다. 메리는 흘러내린 머리칼을 한 손으로 쓸어 넘기며 다른 손으로 병을 받았다.

"큐."

나는 그 난처한 상황에서 최대한 빨리 벗어났다.

하지만 물론 그들은 떠나지 않았다. 일주일 후 바운스와 메리의 사이는 지나치게 친밀해졌다. 그 후 또다시 언쟁이 있었고 기타 등등이었다. 하지만 그래도 그들은 떠나지 않았다. 내가 꿈을 꾸며 혼동한 건지 아니면 그녀가 오르간 의자에서 잠들었을 때 엿들은 말인지 모르겠지만 나는 어쨌건 그녀가 신음한 걸 기억한다. "오, 헨리, 나의 헨리! 난 어떻게 해야 하나요?"

나는 말로만 저항하며 음악과 관련해 나 자신의 미래를 결정했다. 내가 전문 음악가가 될 수 없다 해도 적어도 피아노 시험은 봐도 된다고 생각했다. 나는 마음의 준비를 하고 바운스에게 이에 대해 말했다. 그녀는 잠시 앉아 생각하더니 금니를 번득이며 웃었다.

"쿠머, 조심해. 조심해야겠어!"

"그런데 정말 보고 싶어요, 돌리시 부인."

바운스는 오르간 의자에서 몸을 떨었다.

"넌 너무 예민하지 않니?"

"ARCM[39] 시험을 보고 싶어요."

"아버지께서는 뭐라고 하시니?"

"괜찮다고 하세요. 물론 공부에 방해되지 않는 한에서요."

"우리는 처음부터 시작해야 해. 넌 피아노를 조금씩 친 게 전부잖니, 그렇지?"

___

39) Associate of the Royal College of Music의 약자. 영국 왕립음악대학에서 예전에 주던 학위인데 지금은 없어졌다.

"네, 그래요, 돌리시 부인."

바운스는 건반을 향해 몸을 돌렸다. 먼지가 수북이 쌓이고 모서리가 접힌 책을 꺼내 책장을 넘겨 받침대에 놓고 연주를 시작했다. 다 끝났을 때 그녀는 담배 한 대에 불을 붙였다.

"자, 봐라. 이제 네가 넘어야 할 산들이 보이지?"

내가 중얼거리는 소리가 그녀에겐 경외하는 소리로 들렸길 바란다. 하지만 사실 나는 너무 놀랐다. 그녀가 연주한 곡은 쇼팽 즉흥곡이었다. 그 전날 나는 코르토의 연주를 들었다.

"열심히 할게요."

"그래야만 할 게다. 이론도 있고. 청음도 있지. 우리 오랫동안 청음 연습 안 하지 않았니? 네 키가 요만할 때 이후론. 쿠머. 돌아 봐라."

나는 피아노에서 몸을 돌려 누렇게 바래고 있는 모슬린 커튼을 바라보았다. 그녀는 음정에서 시작해서 점점 더 복잡한 불협화음들을 치기 시작했다. 나는 그녀가 두꺼운 손가락으로 어느 음을 치는지 마음의 눈으로 볼 수 있었다. 큰 활자를 읽는 것과 마찬가지였다. 다 마친 후 그녀는 나를 향해 돌았다.

그리고 매우 이상한 말을 했다.

"네 아버지께서 널 매우 자랑스럽게 생각하시겠다."

나는 아무 대답도 할 수 없었다. 곧 그녀가 말하기 시작했다.

"우리 아버지께서는 청음 시험을 내 주시느라 끊임없이 수고하셨단다. 내가 만약 저 음정에서 중간 음을 찾아내지 못하면 찰싹! 하고 자가 내 손가락 관절 위에 떨어지곤 했지."

그녀가 벽 쪽을 바라보고 있어서 나도 같은 방향을 바라보았다. 젊은 남자를 찍은 희미한 적갈색 사진이 보였다. 그 사진은 모자를 쓰고 가운을 입은 여인 옆에 수년 동안 걸려 있으면서 음악실 감독관 역할을 했다. 나는 너무 큰 충격을 받아 바운스의 말이 들리지가 않았다. 왜냐하면 털이 없는 눈과 눈썹 그리고 높은 광대뼈의 주인이 누구인지 갑자기 알아보았던 것이다. 그 젊은 남자는(이제 생각해 보면 그때 내 나이와 큰 차이가 없었다.) 머리카락을 휘날리고 항상 절대적인 것에 눈을 고정하고 있었던 늙은 돌리시 씨였다.

"가끔 아침에 몹시 추웠지. 하지만 아버지는 음악이 뭔지 아셨던 분이란다. '얘야, 계속 연습해라. 그러면 따뜻해질 거다.' 라고 말씀하시곤 했지. 그래도 천국은 음악이야, 그렇지, 쿠머?"

"네, 돌리시 부인."

그리하여 내겐 평화와 기쁨의 시간이 찾아왔고 스틸본 위 하늘은 끝없이 높이 솟았다. 음악, 음악, 음악. 더 이상 숨겨져 있거나 터무니없는 것이 아니라 온전히 합법적이었다. 모든 사람들이 내가 무엇을 해야 할지에 동의했다. 이제 그 오래된 집에서 벌어지는 싸움들은 내 수업 시간을 때우는 수단의 일환이 아니라 짜증 나는 일이 되었다. 나는 바운스가 어디로 갔는지, 삼십 분 동안 수업을 받을 수 있을지 걱정하며 복도에서 서성거리곤 했다. 그럴 때면 마당에서 그녀의 격노한 목소리가 들려왔다.

"그러면 떠나지그래? 가라고!"

그들의 비정상적이고 뒤틀린 관계는 계속 이어졌다. 헨리는 쌍방을 모두 이해하고 쌍방의 공격을 받으며 일종의 균형을 잡고 있었다. 바운스는 큰 가슴이 오르락내리락하는 가운데 음악실로 들어와 남은 시간 동안 수업을 했다. 그럼에도 음악의 끝은 내가 생각했던 것보다 더 일찍 찾아왔다. 나는 우리 집 낡은 피아노를 너무 오랫동안 지나치게 헌신적으로 두드렸던 것이다. 한때 나에 대해 만족했던 화학 선생님과 물리 선생님이 못마땅해하며 몇 마디 하자 부모님이 제동을 거셨다.

"내일 피아노 수업이 있는 건 알지만 화학 수업도 있다!"

"그런데요, 아버지. 아버지께서도 바이올린 배우셨잖아요."

"그래도 약학 공부하는 데에 방해가 된 적은 없단다, 올리버. 정말로 옥스퍼드에 입학하고 싶니?"

"물론이에요."

"마지막 몇 달이 정말 중요하단다, 애야." 어머니가 애원하며 말씀하셨다. "우린 널 위해 최선을 원한다는 거 너도 알지?"

전문 음악가가 되는 것은 수치스러운 일이라는 생각을 수년 동안 뿌리 깊이 주입당한 나는 침묵했다. 마치 내 머릿속 생각을 아는 듯 아버지는 탁자 건너 날 다정하게 쳐다보셨다. 아버지가 화를 내셨더라면, 나는 완강히 저항했을 것이다. 하지만 아버지는 우리가 마치 절대적으로 불가피한 일에 직면한 듯 이해심과 동정심을 보이셨다.

"내가 그랬던 것처럼 너도 취미로 간직해야 할 거다. 어쨌거나 축음기와 라디오 수신기 때문에 전문 음악가들은 대부분 먹고살기 힘들어졌어. 하느님 맙소사, 올리버. 이해 못 하겠니? 네게 주어진 기회를 잡으면, 넌 심지어 의사도 될 수 있어!"

그래서 나는 결국 ARCM 시험을 위해 연습하지 않겠다고 바운스에게 고백하느라 어려움을 겪었다. 하지만 그녀는 마치 예상했다는 듯 단지 고개를 끄덕이며 거의 아무 말도 하지 않았다. 우리의 수업은 예전처럼 시간 낭비가 되어 버렸다. 사실 우리는 전보다 더 많은 시간을 낭비했는데, 언쟁들이 위기 상황으로 이어졌기 때문이다. 헨리는 부드럽지만 단호하게, 가슴 주머니에 만년필 두 자루가 꽂혔으며 단추가 두 줄로 달린 갈색 양복을 입고 안전하게 복도에서 도망갈 수는 있었다. 하지만 그의 뒤에 불꽃이 남았다.

"나한테 빚진 게 아무것도 없다는 말이겠지?"

"우리가 가져간 만큼 우리도 갖다 바쳤다고요!"

그래도 그들은 떠나지 않았다.

"그 아이는 더 이상 여기 있으면 안 돼. 그 끔찍하고도 끔찍한 소년, 걔가 고문하고 있었어."

나의 마지막 수업이 지나갔다. 그리고 무료한 여름이 지난 후, 나는 짐을 싸며 옥스퍼드에 갈 생각에 흥분했다. 떠나기 전날 저녁이 되어서야, 그녀 집 난간 앞의 자갈길 위에 크고 네모난 트럭이 서 있는 걸 보고 다시 바운스를 생각하게 되었다.

"바운스네 무슨 일이죠, 어머니?"

어머니는 경멸하듯 머리를 홱 돌리셨다.

"그 사람들이 떠났다."

"누구요?"

"윌리엄스네 말이다. 누구라고 생각했니? 교황이라도 될까

봐?" 어머니는 침을 뱉는 듯한 소리를 내셨다. "물론 언젠가 그녀가 더 이상 쓸모없어지면 그럴 줄 알았다. 그 사람들 당분간 그 새 단층집 중 하나에 산다고 하더라. 헨리 윌리엄스가 자기 집을 지을 거라고들 해. 난 그자에게 결코 믿음이 간 적 없어. 한 번도."

어머니와 헨리 사이에 아무런 교류가 없었다는 걸 생각할 때, 어머니가 어떻게 그렇게 단정적으로 말씀하실 수 있는지 알 수 없었다. 나는 그 집 문이 열리고 일꾼들이 가구와 양탄자 그리고 그릇과 침대를 가지고 나오는 걸 보았다. 어머니는 옆에서 보고 계셨다.

"전부 다 조잡한 중고품들이야. 돈을 얼마나 아끼고 안 썼는지."

트럭은 곧 떠났고 어머니는 바느질을 다시 시작하셨다. 수업받을 준비가 된 어떤 학생이 바운스 집 문을 열고 들어갔다.

"학생들이 다 가고 나면 저녁에 찾아가서 인사를 드려라." 어머니가 말씀하셨다. "그건 최소한의 예의다."

"아, 어머니! 저……."

"아무 말 마라." 어머니는 담담하게 말씀하셨다. "넌 그분께 헌신적이잖니."

그래서 그날 저녁 나트륨등이 몸서리치며 광장 주위에 섬뜩한 빛을 내기 시작했을 때, 머릿기름이 흐르고 간절하게 떠나기를 원하는 청년인 나는 그 낡은 저택을 향해 풀밭을 건너갔다. 창은 어두웠고, 나는 그녀가 외출했거나 잠이 들었기를 간절히, 간절히 바랐다. 왜냐하면 나는 상상 속 옥스퍼드의 화려함(연주회와 공연 그리고 책과 화학 공부를 하는 사이사이에 만날 사람들)에 매혹되어 다른 것에 대해 생각할 수가 없었기 때문이다. 하지만 우리 집을 돌아보니 커튼 구석이 조금 접혀서 작은 세모가 생긴 게 보였고, 마치 어머니의 눈이 나를 보고 있는 듯했다. 그래서 나는 한숨을 크게 쉬며 쇠사슬을 넘어 자갈길로 갔다. 현관문을 열고 들어가자 복도와 2층 방이 어둡고 텅 비어 있다는 생각에 또다시 싸늘함을 느꼈다. 심지어 저 복도에도 다시 유령이 배회하고 있을지 몰랐다. 나는 열여덟 살이나 먹었음에도 혹시 몰라 후퇴를 위해 현관문을 열어 두었다. 광장의 나트륨등이 창문 하나를 비추어 바닥에 그림자가 드리웠고 음악실 문과 수직을 이뤘다. 가슴이 조여 오며, 그리고 아마도 내 왼손에는 4분의 1 크기 바이올린의 환영과 함께, 나는 문을 두드리려고 한 손을 내밀었다가 다시 거두었다.

나무판자 너머에서 들려오는 소리는 일종의 청음 시험이었다. 하지만 저 왼쪽에서 타 들어가는 불의 흐릿하고 빨간 눈앞 깔개 위에 까마귀가 있을 리 없었다. 게다가 매우 서툰 솜씨로 다루는 악기에서 나는 것 같은, 이상한 목멘 소리가 그 희미한 까마귀 울음소리와 섞여 있어 더 이상했다. 나는 왼손은 내리고 오른손은 든 채 얼어붙은 듯 서 있었고 까마귀 울음소리와 목멘 소리는 계속되며 기하급수적으로 커졌다. 그 청음 시험을 통해 나는 마치 우리 사이에 벽이 없는 것처럼 선명한 그림을 떠올릴 수 있었다. 어둠 속에서 그녀가 빛나는 흉상 아래 어둑한 불 앞에 웅크리고 앉아 있었던 것이다. 그리고 아무도 가르쳐 주는 사람 없이 어떻게 하면 마음의 응어리를 다

풀어 버릴 수 있을지 배우려 헛되이 몸부림치고 있었다.

나는 몰래 도망 나왔다. 머릿기름을 발라 놓았는데도 머리카락이 쭈뼛 섰다. 나는 마치 도둑질이라도 한 듯 조심하며 문을 닫고 나왔다. 풀밭을 재빨리 가로질러 어머니한테 들키지 않고 몰래 위층으로 올라가려고 했다. 하지만 어머니는 여전히 바느질을 하면서도 귀를 열고 계셨다.

"별로 오래 대화를 나누지 않았나 보네, 올리버?"

나는 최대한 아버지 흉내를 내며 애매하게 끙 소리를 냈다.

"들어와서 얘기 좀 해 보렴."

나는 신음 소리를 냈고 부적절한 행동을 하다가 들킨 사람처럼 이상하게도 얼굴을 붉히며 거실로 들어갔다.

"얘야, 뭐라고 하시던?"

"안 계셨어요."

"무슨 말이니! 집에 계실 텐데."

"안 계셨다니까요! 주무시고 계실지도 모르지요."

어머니는 안경 너머로 날 쳐다보며 살짝 미소 지으셨다.

"그럴지도 모르지."

그때 그것이 나의 마지막 탈출이라고 생각하며 나는 스틸본을 떠났다. 하지만 내가 그곳과 어떤 식으로든 연관된 한 우리 모두가 멀리 떨어져 있어도 서로에게 중력과도 같은 영향력을 계속해서 끼칠 거라는 사실을 알았어야 했다. 그러므로 어머니가 내게 보내 주신 《스틸본》에는 학부생 지위로 고상하게 등극한 나에 대한 소식뿐 아니라 바운스에 대한 소식도 실려 있었다. 나는 C. C. 돌리시 부인이(널리 알려진 지역 주민이다.) 콜드 하버 레인과 킹스 패스 사이 교차로에서 사고를 당했다는 기사를 읽었다. 차는 크게 망가지지 않았지만 돌리시 부인은 계속 충격을 받게 되었다. 나는 그 사실을 그다지 중요하지 않게 받아들였지만, 부활절 방학 때 집에 갔을 때 더 많은 걸 알게 되었다. 나는 최대한 많은 시간을 시골길을 걸으며 보냈다. 올드 브리지를 가로질러 계곡 너머 언덕까지 걸어가 광장에서 최대한 멀리 떨어졌다. 나는 어떻게 하면 최소한의 여비로 외국 어딘가에서 여름 방학을 보낼 수 있을지를 골똘히 생각하고 있었다. 2인승 자동차가 도로와 수직으로 서 있었다. 자동차는 도로변을 가로질렀고 앞바퀴가 진흙 구덩이에 빠져 있었다. 바운스는 멍하게 숲을 응시하며 차 옆에 서 있었다. 그녀를 피할 길이 없었다.

"돌리시 부인, 안녕하세요? 문제가 있나요?"

먼저 그녀의 눈이, 이어서 그녀의 머리가 나를 향해 돌았다. 그녀의 입가에는 깊은 홈이 있었고 입은 꽉 다물려 있었다.

"어디 다치신 건 아니죠, 돌리시 부인, 그렇죠?"

갑자기 그녀의 얼굴이 환하고 편안해졌다.

"쿠머, 너로구나!"

"뭐 도와 드릴 일 없을까요?"

"돕겠다고?"

그녀의 얼굴이 다시 어두워지고 긴장했다. 홈이 다시 나타났다. 그녀는 천천히 그리고 엄숙하게 머리를 젓기 시작했다.

"아니야, 아니야, 아니야, 아니야."

"제가 밀어 드릴……."

"아니야, 아니야."

숲 사이로 우유 트럭 한 대가 덜커덩거리며 지나갔다.

"제가……."

"아니야."

그녀는 머리를 계속해서 흔들었다. 마치 매우 어려운 문제에 직면해 도무지 답을 찾을 수 없는 사람처럼 아니야라고 말하며 얼굴을 찌푸리고 있었다.

"그러면……."

그녀의 얼굴에서 갑자기 어둠이 걷혔다. 놀랍기도 하고 무섭기도 했다. 변화가 너무나 순간적으로 일어났다. 마치 밸브가 망가져 소리가 나오다가 갑자기 사라지는 라디오 수신기처럼. 그녀는 금니를 보이고 웃으면서 눈을 내게 고정했다.

"우리 쿠머로구나! 숲 속에서 소녀를 찾고 있니?"

이비 배버컴 사건이 기억나면서 얼굴이 새빨갛게 타오르는 걸 느꼈다. 나는 지팡이를 검처럼 들고 뒤로 물러났다.

"저……."

"피아노는 잘 치고 있니?"

"아니요."

"다른 일들로 바쁘지?"

나는 이마에 땀이 나는 걸 느꼈다.

"요즘엔 화학과 물리를 공부해요. 저, 지는 스틸본으로 걸어갈 건데, 시간이 좀 오래 걸릴 것 같아요. 차를 타고 갈 수 있도록 해 볼게요. 헨리를 데리고 올까요?"

그녀는 머리를 젖히며 웃었다.

"그거 아니, 쿠머? 헨리가 늘 손수 내 차를 정비해. 기름도 갈고 차 안에 뭐가 들어 있는지 모르겠지만, 다 교체해 줘. 그리고 손수 차를 닦고 광을 내고 다 해 줘. 작업복을 입고 밑으로 내려가서 마치……."

"돌리시 부인. 제가 데리고 올게요. 제가 여기 없어도 정말 괜찮겠어요? 여기서 괜찮겠……?"

"여기 숲에서 말이지?"

그녀는 다시 웃었다. 그러더니 다시 어두워지고 긴장해 눈을 깜박이지도 않았다.

"최대한 빨리 올게요."

나는 스틸본으로 가는 지름길을 따라 발걸음을 서둘렀다. 이런저런 일에 대해 안심시키려는 듯 모퉁이를 돌기 전에 돌아서서 손을 흔들었지만 그녀는 나를 보지 못했다. 그녀는 숲을 응시하며 차 옆 도로변에 서 있었다. 나는 도로가 길게 휘는 지점에 이르렀는데, 100미터 정도 거리에서 헨리의 레커차가 다가오고 있었다. 나는 목소리를 높여 소리쳤고 서툴게 수신호를 보내며 바운스에게 손짓했다. 나는 소리를 지르며 레커차를 향해 손가락질을 하기도 했지만, 헨리는 날 보지 못하고 지나갔다. 그는 단추가 두 줄로 달린 갈색 양복을 입고 중절모를 쓴 채 앞 유리로 애절한 표정을 지으며 지나갔다. 나는 그의 레커차가 바운스 옆에 설 때까지 기다렸다.

저녁에 어머니는 내 산책에 대해 질문하며 많은 관심을 보이셨다. 내가 바운스와의 만남에 대해 사실대로 이야기할 때 어머니는 고개를 끄덕이고 암울한 미소를 지으며 귀를 기울이셨다. 아버지는 안경 너머로 어머니를 쳐다보셨다.

"상황이 악화되고 있네요."

나는 아버지와 어머니를 번갈아 가며 쳐다보았다.

"악화라니요, 어떻게요? 무슨 일 있었나요?"

어머니는 손을 저으며 내 질문을 무시하셨다.

"그자가 원하는 걸 다 얻었을 때 이런 일이 일어날 줄 알았어요."

"너무 그러지 마시오." 아버지는 고기 파이를 그릇에 더 덜면서 생각에 잠긴 듯 말씀하셨다. "너무 그러지 마시오. 그녀가 잃은 건 아니지. 열 배도 넘는 돈을 되받았잖소. 윌리엄스 군에 대해 적어도 그런 말은 할 수 있잖소. 모든 일에 성공했으니."

"다른 사람들에 비하면 질이 좋지 않은 자예요." 어머니가 날카롭게 말씀하셨다. "그자가 언젠가는 이 마을의 반을 다 자기 손아귀에 넣을 거예요!"

나는 그 말이 그다지 내세우기는 힘든 내 화학 시험 성적에 대한 간접적인 암시라고 받아들이고 잠자코 있었다. 아버지도 조용히 계셨다. 어머니가 대화를 이어 가셨다. 어머니에겐 익숙한 상황이었다.

"재키 윌리엄스도 옥스퍼드에 안 갈 거예요. 우둔하지만, 설사 똑똑하다고 해도요. 보면 아실 거예요. 곧바로 돈벌이를 할 거예요. 그런 사람들은 다 똑같아요. 헨리는 아들을 대학에 보낼 만한 여력이 있어도 안 보낼 거예요. 그리고 불쌍한 돌리시 부인은 평생을……."

하지만 그 말은 아버지에게 지나친 감이 있었다.

"그렇게 말할 필요는 없소." 아버지가 무뚝뚝하게 말씀하셨다. "아니, 그의 사업에 투자한 돈에서 나오는 돈으로 얼마든지 그녀는…… 그녀가 원한다면 본머스[40]에서도 살 수 있소."

나는 지겨워졌다.

"어쨌건 오늘 오후에는 부인이 운이 좋았어요. 그렇게만 말할게요. 우유 트럭이 섰을 법도 했지만요."

"운이 좋았다고?" 아버지가 말씀하셨다. "운이 좋았다고?"

어머니가 메아리처럼 말씀하셨다.

"운이 좋았다고?"

부모님은 서로를 보고 나를 쳐다보셨다.

"그게요, 부인은 거기서 발을 동동 구르고 서 있을 수도 있었어요. 제가 집에 오는 데 한 시간이 걸렸거든요. 만약 헨리가 숲 사이로 오지 않았다면…… 왜 그러시죠?"

부모님은 서로 등을 돌리셨다. 어머니는 도저히 못 믿겠다는 표정을 지으며 재미있어하셨다.

"애, 올리버." 어머니는 다정하게 말씀하셨다. "넌 정말이지…… 그래. 너는 집을 떠나 있었지. 사람들 모두 사정을 안단다. 심지어 그 우유 트럭에 대해서도 말이야. 부인이 숲 교차

---

40) Bournemouth. 아름다운 휴양지.

로에서 100미터 정도 떨어져 있었지?"

"전화 부스." 아버지가 간단하게 말씀하셨다. "부인이 그에게 전화했을 거요."

나는 의자를 뒤로 밀었다.

"오, 하느님! 그렇군요!"

"운이 아니다."

"왜 얘기를 안 했을까요? 아니, 나는 거기서 그러니까……."

어머니는 크게 웃으셨다. 곧 웃음소리가 잦아들었다.

"불쌍한 사람!" 어머니가 말씀하셨다. "그녀가 원하는 것은 그자가 관심만 조금 가져 주는 건데."

내 마음에는 일종의 경련이 일어났다. 늦게, 그 동네에서는 제일 늦게, 옛날 소식과 최근 소식 들이 모두 생각나며 나는 이해하게 되었다. 내 입이 떡 벌어졌고 계속 그대로 있었다. 할 말이 없었다. 하지만 얼어붙은 내 얼굴에서 부모님이 무엇인가를 보셨던 모양이다. 아버지는 어색하게 내 옷깃에 손을 얹으셨다.

"올리버. 네가 그분을 얼마나 아끼는지 잊었다. 그런데 얘야, 그 전화 부스들 말이야. 그전에도 부인이 그런 일들을 한 적이 있었단다."

감정 표현이 서툰 우리 집에서 아버지의 몸짓이 너무나도 이상하게 보여서 나는 얼굴을 찡그리고 일어났다. 나는 중얼거렸다.

"글쎄요. 돈이 많으면……."

"아." 어머니가 우울하게 말씀하셨다. "돈이 다가 아니지.

너도 언젠가는 알게 될 거다, 올리버."

나는 놀라움을 거두었다. 그리고 사고와 감정이 혼란스러운 가운데 나는 어머니가 대화 끝에 한 말과 그 전에 한 말이 모순된다는 것을 어렴풋이 깨달았다. 어머니가 단지 내 어머니만은 아니라는 걸 처음 이해한 순간이었다. 어머니는 여자였던 것이다. 이 정신의 혁명은 너무 감정적이기도 해서 나는 혼란에 빠졌다. 나는 복도에서 장갑을 끼고 가슴과 등 뒤로 목도리를 두른 채 서 있었다. 우리 모두가 옷을 입었지만 노출되어 있고, 옷 안에서 수치심을 느끼고 있다는 사실을 깨달으며 일종의 무대 공포증과 원망 그리고 수치심에 사로잡혔다. 나는 어머니가 알아채시지 못하도록 현관문을 박차고 나왔다. 하지만 문을 닫을 때 어머니로부터 반쯤 억누른 웃음이 터져 나오는 걸 들었다.

"전화 부스가 안 되면 이제 어떻게 할지 궁금하네요."

그래서 나는 그때부터 어머니가《스틸본》을 보내 주실 때마다 열심히 읽었다. 역시 오르간 연주자가 C. C. 돌리시 부인이었다고 나왔고, 또 다른 지면에는 C. C. 돌리시 부인이 5파운드 벌금을 물었다는 기사가 있었다. 그리고 그 후엔 10파운드 벌금 기사도 있었다. 방학 동안 집을 방문했을 때 나는 가끔 그 옛날의 탄력 있는 걸음걸이를 아주 희미하게 보이며 정비소에서 집까지 걸어가는 그녀를 보았다. 하지만 최대한 거리를 유지했다. 또한 나는 그녀 얼굴에 드리운 어둠과 원형으로 수축된 입 근육 그리고 깜박이지 않는 눈도 보았다.

"불쌍한 사람." 어머니는 기계적으로 중얼거리곤 하셨다.

어머니는 관심을 잃은 듯했다. 바운스는 모자에 잎사귀를 가득 담고 다니는, 죽은 지 오래된 오필리어와도 같았다. 동화되고 받아들여진 스틸본의 괴짜. 드디어 나는 C. C. 돌리시 부인이 부주의하게 운전하다 피고인이 되었다는 기사를 읽었다. 그녀는 다친 곳이 없었고, 다른 사람이 다쳤다. 나는 판사가 이러저러한 점들을 인정하지만 우리 모두 늙어 가고 있는데 돌리시 부인만을 위해 기타 등등이라고 말한 것을 읽었다. 판사는 돌리시 부인의 면허를 오 년간 정지시켰다.

나는 대학 교회당의 첨탑이 위로 솟아오르는 내 방 창가에서 그 기사를 읽었다. 내가 얼마나 재미있어했고 냉소적이었는지를 기억한다. 그녀는 이제 정말 전화 부스를 쓸 수 없게 되었을까? 그것이 그다음 단계였나? 만약 그랬다면, 그녀는 자기 꾀에 넘어간 것이었다. 나는 순진하게도 스스로에게 말했다. 그녀가 마지막으로 사람들의 관심을 끌려고 했던 것이라고. 나는 화학자였지, 생물학자가 아니었다. 옥스퍼드에서의 마지막 일 년을 시작하기 위해 돌아갈 채비를 할 무렵 내가 틀렸다는 걸 알게 되었다.

그해 가을은 더웠다. 그리고 우리는 드물게 인디언 여름[41]을 맞았다. 접시꽃은 그 자리에서 타기 시작했다. 우리 집 현관문 양쪽에는 끝에 빨갛거나 노랗게 마지막 꽃을 피운 짙은 갈색 꽃줄기들이 있었다. 광장 풀밭은 꽃줄기만큼이나 갈색이었고, 풀을 밟으면 풀잎 하나하나가 뚝 하고 부러졌다. 어머

---

41) 가을에 한동안 비가 오지 않고 따스한 기간.

니가 저녁 준비를 하며 부엌에서 움직이는 소리가 들렸지만, 그것 말고는 집은 조용했다. 아버지가 조제실 일을 아직 마치지 않으셔서 거실은 내 차지였다. 바운스가 교회에서 연습하는 소리가 들렸다. 흠이 없지만 지겨운 오르간 독주곡이었다. 나는 연주를 듣고 바깥을 쳐다보며 우리 집 친츠 천과 그릇 사이에 서 있었다. 이어서 오르간 연주가 멈추고 그 직후 바운스가 광장 건너편에서 빠른 걸음으로 그녀의 집에 들어가는 것이 보였다. 그녀가 안전한 곳에 숨어 있어서 기뻤다. 내가 그녀를 만날 확률이 없다는 뜻이기 때문이었다. 광장은 텅 비어 있었다. 나가도 문제가 없었다.

바운스 집 문이 열렸다. 그녀는 어느 때보다 더 꼿꼿하게 걸어 나왔다. 납작한 코듀로이 모자가 숱이 줄어든 머리에 꽂혀 있었다. 그녀는 뒤로 문을 닫고는 보지도 않고 장갑을 끼었다. 그녀의 얼굴은 차분했고 미소 짓고 있었다. 그녀는 왼쪽으로 돌아 인도를 따라서 헨리의 정비소 쪽으로 걸었다. 오른쪽, 왼쪽 어느 쪽도 보지 않고 앞만 보았다. 적막이 감돌아 납작한 돌 위로 탁탁 부딪히는 그녀의 신발 소리를 들을 수 있었다. 나는 그녀가 시청을 지나가 사라질 때까지 그녀를 쳐다보았다.

나는 몸을 비비 꼬고 뒤틀면서 몰래 총총 걸어(하지만 거실 문에 쾅 하고 부딪혔다.) 뒤로 미끄러지듯 부엌을 거쳐 설거지장을 지나 정원으로 나가 과일나무들 사이로 가는 나 자신을, 벽돌담 구석 나의 은신처로 돌아가 혼자 무엇인가를 뚫어지게 쳐다보며 눈을 고정할 만한 대상을 찾고 내 마음의 눈을 멀게 하려고 애쓰는 나 자신을 발견했다. 내 안에 폭풍우가 몰아쳤다. 마치 내 주위에 폭풍우가 몰려오는 듯 벽돌들 사이에 있는 마른 거미줄이 폭풍우의 일부분, 나와 그녀의 일부분, 그리고 세상 만물의 일부분이 된 것 같았다. 내 목소리가 들려왔지만 마치 다른 사람이 내 목소리로 말하는 것 같았다.

"아니야, 아니야. 아, 안 돼. 아니야, 아니야……."

또한 나는 그 장면이 불로 지진 것처럼 내 몸에 흔적을 남겼다는 것 그리고 내가 사는 곳에 지울 수 없도록 각인되었다는 걸 당시에도 알았다. 엄청나게 큰 가슴과 산만 한 배 그리고 보기 흉한 허리 살이 출렁이는 가운데 인도를 걸어가는 바운스의 모습. 차분한 미소를 띤 채로 모자를 쓰고 장갑을 끼고 납작한 구두를 신고 그 밖에는 아무것도 걸치지 않은 바운스의 모습.

이후 바운스는 사라졌다. 집은 그대로였고, 2인승 자동차도 여전히 깨끗하게 광나며 헨리의 땅에 계속 서 있었다. 아무도 바운스를 언급하지 않았다. 그녀는 스틸본이 공동으로 등을 돌린 몇몇 사례 가운데 하나가 되었다. 실제로 내가 대놓고 일부러 묻지 않았더라면 그 많은 세월 동안 그녀가 어떻게 지냈는지에 대해 아무것도 몰랐을 것이다. 매년 그렇듯 부모님이 나를 방문하실 때였다. 차를 다 마시고 기차가 떠나기 전까지 무료한 시각이었다. 나는 부모님을 보게 되어 기뻤지만, 늘 그랬듯이 그다음에 무슨 말을 해야 할지 아무도 모르는 침묵의 시점에 이르렀다. 우리는 뭐라 할까 세월의 격차와 다른 경험을 사이에 두고 서로를 바라보았다. 그 고통스러운 침묵이 너무 민망했기 때문에 나는 그 이야기를 꺼내게 되었다.

"그나저나 바운스는 어떻게 지내요, 어머니? 지난번에 도통 보이질 않던데요."

더 긴 침묵이 흘렀다. 아버지는 담뱃대를 채우느라 바빴고 동그란 안경을 담뱃대 가까이에 두셨다.

"많이 아팠단다." 어머니는 섬세하게 발음하며 말씀하셨다. "그러니까, 어디 좀 잠시 떠나야 했단다."

부모님은 서로 힐끗힐끗 쳐다보셨다.

"불미스러운 일이었지." 아버지가 성냥을 더듬거리며 말씀하셨다. "불미스러운 일이었어."

어머니는 레이스 손수건으로 입을 톡톡 가볍게 치셨다.

"불쌍한 사람." 어머니가 말씀하셨다.

침묵은 길어졌고 깊어졌다. 대화는 거기서 끝이 났다.

그럼에도 나는 바운스를 다시 만나게 되었다. 수년이 흐른 후였지만. 전쟁이 오고 이어서 평화가 찾아왔다. 그리고 몇 년이 지난 후 나는 집에서 혼자 살지 말고 우리와 함께 사셔야 한다고 어머니를 설득하러 가족들과 함께 고향으로 돌아갔다. 하지만 나나 아내나 어머니의 눈물과 히스테리를 견딜 수 없었다. 아이들에게 좋지 않은 영향을 끼칠까 봐 어머니를 진정시키려 애썼다.

"고양이들 때문이야." 어머니가 눈을 닦으며 말씀하셨다. "내가 고양이를 얼마나 싫어하는지 너도 알잖니."

"신경 쓰지 마세요."

"신경이 쓰이는데 어떻게 하니. 누가 말 좀 해야 해. 그 집엔 고양이가 너무 많고 그 여자는 한밤중에 돌아다니며 '야옹아, 야옹아, 엄마 방으로 와라! 밀키스.'라고 한다니까. 잘 수가 없어."

"누구 집에 고양이가 그렇게 많은데요, 어머니?"

"그 여자 말이야. 돌리시 부인."어머니가 화를 내며 말씀하셨다."그 여자를 더 이상 참을 수가 없다."

"바운스!"

"가서 말 좀 해라, 올리버. 못 참겠어!"

"바운스! 부인이 돌아왔나요? 난…… 난 그분이……."

"당연히 돌아왔지. 한참 되었어. 네가 가서 말 좀 해야겠다, 올리버!"

"우리는 얼마 안 있으면 가는데……."

어머니는 폭포수처럼 눈물을 흘렸다.

"글쎄, 가서 말하라니까! 아버지가 돌아가신 지도…… 고양이로 우글우글하지 않니! 혹시라도 여기로 들어오면 어쩌라고!"

나는 어머니 어깨를 다독였는데 동작이 아버지의 어색한 몸짓과 너무나 비슷해서 재빨리 손을 치웠다.

"알겠어요, 어머니. 가서 어쨌건 만나는 볼게요."

"게다가. 너는 항상……."

"알아요, 어머니. 나는 그분에게 헌신적이죠."

나는 밖으로 나가 광장에 서서 마음을 가다듬었다. 마크는 소피에게 기관총을 쏘았고, 소피는 마크를 무시하며 데이지를 던지고 있었다. 나를 보고 아이들이 뛰어왔다. 아이들을 양손에 하나씩 잡고 창 옆 문으로 건너갔다. 음악실 문을 두드렸지만, 인기척이 없었다. 그런데 마당으로 이어지는 문도 열려 있었다. 우리는 그 문으로 나갔다. 적어도 바깥으로 가게 되어 기뻤다. 왜냐하면 그렇지 않아도 퀴퀴한 냄새가 나는 집에 고양이와 카나리아 그리고 앵무새 들이 있어 전혀 새로운 차원의 악취가 진동했기 때문이다. 아래로 내려갈 때 못되게 생긴 고양이가 미끄러져 우리를 지나갔고, 이 초 후 옥신각신하는 소리와 털북숭이들이 쿵쿵 싸우는 소리가 들렸다.

바운스는 정원 길을 따라 천천히 걸어오고 있었다. 길보다도 더 커 보이는 네모난 몸이었다. 코듀로이 모자는 여전히 머리에 꽂혀 있었고, 넥타이가 비대한 몸을 둘로 나눴다. 그녀는 2미터 거리에서 멈춰 서서 우리 셋을 유심히 보았다.

"돌리시 부인, 안녕하세요. 저를 기억하시나요?"

"우리 쿠머로구나. 얘들이 네 아이들이니?"

"얘는 마크고 이쪽은 소피예요. 잘 지내셨나요, 돌리시 부인?"

"들어가자."

그녀는 복도로 길을 인도했다. 우리는 따라 들어갔고, 아이들은 내게 꼭 달라붙어 있었다. 나는 이러는 게 썩 좋은 생각은 아닌 것 같아 불길한 예감이 들기 시작했다. 바운스는 앵무새 한 마리를 유심히 들여다보았는데, 새는 그녀를 무시하고 작은 거울에 비친 자신의 매혹적인 모습에 빠져 있었다. 바운스는 새에게 소리쳤다.

"울어, 울어, 울어!"

"마크, 맙소사! 여기서 이러면 어떻게 하니! 자, 집에 가는 게 좋겠구나."

바운스는 아이가 문밖으로 나가는 걸 쳐다보았다.

"그 집 아들은 전쟁 중에 임무를 훌륭히 수행했다고 하는데. 사람 일은 정말 알 수가 없나 봐. 그렇지?"

"그런가 보죠."

"쿠머, 너는 전쟁 때 뭘 했는데?"

나는 과거를 돌이켜 생각해 보았다.

"매우 평화롭게 전시를 보냈는걸요. 물론 휘발유를 준비해 놓아야 했지만 사용한 적은 한 번도 없어요."

그녀는 앵무새에게 다시 관심을 돌렸다.

"울어, 울어!"

"동물을 좋아하게 되셨나 봐요?"

"늘 그랬어. 그러니까 심지어 내가 네 딸 나이였을 때에도. 그거 아니, 쿠머? 내가 수의사 흉내를 내고 싶어서 남자아이인 척했던 거! 하지만 물론 음악 공부 하느라 애완동물을 기를 시간이 없었어. 그리고 그 후에는 우리 집에 살았던 그 끔찍한 아이 때문에 애완동물은 생각도 못 했지."

나는 그녀에게 세월이 그렇게 단축된 걸 깨닫고 충격을 받았다. 하지만 무슨 말을 꺼내기도 진에 그녀는 계속해서 말을 이어 갔다. 그녀의 눈동자에는 일종의 오만함이 서려 있었다.

"나는 오랫동안 아팠어." 그녀가 말했다. "심각한 병이었어. 너도 알았지?"

나는 다시 4분의 1 크기 바이올린을 든 어린 소년이 되었다. 아무 말 없이 나는 머리를 저었다. 갑자기 그녀의 조각 같은 볼이 산산조각 나며 금니가 보였고 그녀는 크게 웃음을 터뜨렸다.

"하지만 이제는 괜찮아. 훨씬 훨씬 좋아졌어!"

나는 딸아이의 볼이 내 손등에 닿는 걸 느꼈다. 그녀는 웃음을 그치고 허리를 구부린 채 계단 아래 어둠 속에서 이글거리는 맹렬한 눈동자를 향해 엄하게 말했다.

"나빠! 나빠!"

수고양이가 우리 옆을 지나 현관문으로 나갔다. 바운스는 몸을 똑바로 세웠다.

"믿기 힘들지?" 그녀가 말했다. "아기 키우는 것만큼이나 힘들어. 잠도 못 자게 하고 밤새도록 기다리게 한다니까!"

"아이작 뉴턴이 고양이들에게 했던 것처럼 해 보세요. 뉴턴은 고양이들이 들락날락할 수 있도록 문에 구멍을 만들어 주었어요. 큰 고양이에겐 큰 구멍, 그리고 작은 고양이에겐 작은 구멍을요."

몇 초가 흐른 후 바운스는 그 말을 알아들었다. 그녀는 몸을 흔들며 고함쳤다.

"그러면 신경 써서 문을 열어 줄 필요가 없다는 거지."

바운스는 웃음을 그쳤다.

"헨리가 만들어 줄 거야." 그녀가 말했다. "헨리는 제대로 구멍을 만들 거야. 헨리한테 물어볼게. 그가 여기 와서 해 주든지 아니면 일꾼들을 데리고 와서 해 줄 거야."

나는 고개를 끄덕이며 문을 향했다.

"그러면……."

"헨리가 아직도 내 차를 광내는 거 아니? 작업복을 입고. 아무도 차에 손대지 않아."

그녀는 의미심장하게 고개를 끄덕였다. "고행이야, 알겠니? 그 여자도 고행이야. 헨리는 이해해. 헨리는 항상 이해해, 그렇지?"

"네. 네, 그래요."

"그런데 다른 사람들은……." 그녀는 음악실 문을 보고 소피를 내려다보았다. "네 딸은 피아노 시작했니?"

"아직요. 그런데 음악을 아주 좋아해요. 그렇지, 소피?"

딸아이는 볼이 뻣뻣하고 체형이 기괴한, 살집 있는 여자로부터 멀어지며 내 바지에 기댔다. 나는 아이의 머리카락에 손을 대고 연약한 머리와 목을 느꼈다. 이 아이를 보호해야겠다는 생각과 더불어 연민과 사랑이 샘솟았고 나는 이 아이는 저런 상실된 엄숙함을 결코 알지 못하도록, 여성과 아내 그리고 어머니로서 충만함을 느낄 수 있도록 키워야겠다고 굳게 다짐했다.

"네 아빠를 '쿠머'라고 불렀단다. 항상 늦게 와서 말이야."

나는 발 위치를 바꾸었다.

"그럼, 이제 저희는……."

"그럼 잘 가라, 쿠머."

"이렇게 세월이 지났는데, 제가 감사해야……."

"신경 쓰지 마. 아무 의미도 없어, 그렇지?"

그녀는 마당을 향해 몸을 돌렸다. 그러다 멈춘 후 나를 쳐다보았다.

"그거 아니, 쿠머? 불이 난 집에서 아이나 앵무새 중 하나를 구해야 한다면, 나는 앵무새를 구하겠어."

"저……."

"잘 가라. 이제 만날 일은 없을 것 같다."

그녀는 육중한 몸을 끌고 계단 두 개를 내려갔고, 납작한 신발로 마당에서 걷는 소리가 들려왔다.

이제 다시는 오지 않으리.

어마어마한 대리석과 하프와 돌 조각과 건조화와 하얀색 대리석 테두리와 남쪽 트랜셉트에서 들려오는 천둥과 같은 오르간 소리.

클라라 시실리아 돌리시
1890~1960년

천둥과 같은 오르간 소리가 났다. 내 발 사이에 거의 들어갈 만큼 작은 글자로 다음 문구가 있었다.

천국은 음악이다.

나는 터무니없는 내 웃음을 듣고 경악하며 자신을 다잡았다. 그리고 마치 누군가가 긴 손가락을 뻗어 내 몸에 손을 댄 것처럼, 전율이 땅 자체에서 솟아오른 것을 온몸의 신경으로 느낄 수 있었다. 얼룩진 프릴 그리고 중국인 같은 얼굴과 함께 저 불쌍하고 끔찍하며 사용한 적 없는 몸이 그 어느 때보다도 가까이, 2미터 거리에 실제로 있었기 때문이다. 그것은 일종의 심리적인 청음 시험이었다. 그 앞에서는 아무것도 살아남을 수가 없었고, 마치 명명할 수 없는 것들이 내 주위에서 솟아올라 태양을 까맣게 물들이고 있는 듯 혐오감과 공포 그리고 유치함과 격세 유전만이 존재했다. 나는 내 목소리가, 마치 스스로 정직하려고 노력하는 듯, 소리치는 걸 들었다.

"난 당신을 좋아한 적 없어! 결코!"

나는 교회 묘지 바깥 광장의 풀밭 한복판에 서 있는 나 자신을 발견했다. 그 순간 내가 어떻게 거기까지 왔는지 기억할 수가 없었다. 마치 어떤 중년 남자가 다시 한 번 빈방들 사이 긴 복도에 있는 자기 자신을 발견하고 도망쳐 나온 것과도 같았다!

윌슨가 집 창에서 어떤 소녀가 깔깔 높게 웃는 소리가 들려왔다. 그 창에는 이제 '직업 소개소'라는 간판이 걸려 있었다. 아이스크림 트럭 한 대가 비브라폰으로 주의를 끌며 우리 집을 덜컹하고 지나갔다. 시청 기둥 너머로는 텔레비전 열두 대에서 똑같은 사람 열두 명이 열두 번 서비스 에이스를 하는 모습이 보였다. 차차 소름이 끼치기 시작했다. 나는 안락한 삶의 따스함으로부터 나 자신을 해방해 내 솔직한 심정을 마음으로 읊

조렸다.

나는 당신을 두려워했고, 그래서 당신을 혐오했어. 매우 단순한 사실이야. 당신이 죽었다는 소식을 들었을 때 난 기뻤어.

나는 그녀 집 쪽으로 걸어갔다. 현관문은 열려 있을 뿐 아니라 나사가 빠져 벽에 기대어져 있었다. 아래쪽 판자에 깔끔한 네모 구멍이 났고 용수철 달린 고양이 문이 가까이에 있었다. 일꾼들은 현관문과 마당으로 이르는 계단 사이에 부츠로 허연 석회 자국을 어지럽게 남겨 두었다. 나는 음악실로 가 문을 두드리려고 손을 들었다가 기억을 떠올렸다. 문을 세게 젖혀서 문이 판자벽에 부딪혀 튕겨 나왔다. 요란한 소리가 나자마자 모슬린 커튼 뒤 창에서, 아니면 원래 커튼이 있던 곳 너머로부터 격렬하게 퍼덕거리는 소리가 들려왔다. 나는 손을 들고 가만히 서 있었다. 무엇인가가 유리창의 거미줄 사이에서 닳은 날개를 분별없이 휘젓고 있었다. 나는 끈을 가지고 그것과 씨름해 보려고 뛰어갔지만 불구가 된 그 무엇은 날개 치며 바닥으로 떨어져 움직이지 않았다. 건반은 보이지는 않지만 빈방에 걸려 있는 듯했고 오르간 페달은 새 바닥재 바로 위에 놓여 있었다. 내 눈은 더 밝아진 판자벽에 갈색 사진 두 장을 다시 걸어 놓았다. 음악실에서 내가 보고 싶었던 건 다 확인했다.

나는 복도에서 계단 위 긴 복도를 떠올리며 머뭇거렸다. 하지만 아니다. 악령을 몰아내는 것에도 정도가 있는 법. 나는 계단 두 개를 재빨리 내려가 마당을 지나 정원에 이르렀고 따뜻한 햇살을 축복했다.

헨리의 일꾼들은 월계수 덤불들과 노란 등나무들 그리고 그의 번성하는 사업장 사이에 놓인 긴 벽을 분해하는 작업을 이미 예전에 시작했었다. 귀한 옛 벽돌들이 쌓여 있었는데, 벽 두 곳은 자기 무게를 이기지 못해 허물어져 빨간 찰흙과 노란 시멘트 더미 아래 꽃과 잡초를 가렸다. 나는 가 본 적 없는 정원 아래쪽이 궁금했다. 질경이와 민들레가 이미 침범한 석탄재 길을 따라 걸어갔다. 월계수 사이를 밀고 나갔더니 작은 강이 앞에 흐르고 있었다. 정원 끝은 돌계단과 물망초 그리고 아직 꽃이 피지 않은 꽃무와 얕게 흐르는 물이 있는, 강둑가 울타리로 에워싸여 있었다. 물 위 제일 위쪽 계단에는 윈저 의자[42]가 있었다. 거미들이 줄을 쳐 놓았고 새들이 앉는 자리를 더럽혀 놓았으며 칠이 갈라져 거칠고 색이 짙어졌지만 의자는 그곳에 놓여 있으면서 그녀가 의자를 어떻게 사용했는지 소리 없이 우리에게 알렸다. 어쩌면 그녀는 마지막 여름과 가을에 매일 저녁 파리와 칼새 들 사이에서 앉아 있었을 것이다. 의자 반대편에 긴 벽을 따라 벽돌로 둘러싸인 곳이 있었다. 그 벽 위는 연기로 까맣게 되었다. 나는 그 안을 유심히 쳐다보았는데, 거기 있는 것은 평범한 모닥불이 아니었다. 두세 번 겨울비가 지나간 후인데도 정말이지 내가 해독할 수 있는 온갖 조각들과 파편들, 즉 책등, 책 모서리, 축축한 책 표지 등이 있었다. 브

---

42) Windsor Chair. 18세기 중엽부터 영국에서 보급된 나무 의자. 등받이가 높고 가느다란 나무살로 되어 있다.

라이트코프 운트 하르텔, 아우게너, 맥밀런, 부지 앤드 호크스 사(社)[43]에서 출간한 악보들, 그리고 거의 태울 수 없는 《뮤지컬 타임스》가 쌓여 있었다.

헨리는 결코 이렇게 할 사람이 아니었다. 그에게 음악이란 꽤 값어치가 나가는 것이었다. 반짝이는 금속이 보여 쇳조각 하나를 집었을 때 나는 내 추측에 대해 확신하게 되었다. 납으로 된 회전체는 녹았지만, 메트로놈이 참을 수 없이 정확하게 똑딱거리도록 하는 날카로운 바늘과 추는 알아볼 수 있었다. 헨리는 잘 닦인 통 안에 든 귀한 골동품인, 늙은 돌리시 씨의 메트로놈을 태울 위인은 결코 아니었다. 땅에서 음산하게 나를 쳐다보는 눈을 발견하고 나는 또한 헨리가 망치를 내리쳐 베토벤을 석고 파편으로 만들 위인도 아니라고 생각했다. 그리고 젖은 채로 있는 각진 나무토막은 액자와 사진의 잔재였을지도 모른다.

나는 그녀의 의자에 앉아 팔꿈치를 무릎에 대고 손에 얼굴을 파묻었다. 나는 무엇 때문에 혹은 누구 때문에 내가 그런 감정을 느끼는지 알지 못했고, 심지어 그 감정의 정체조차도 알 수 없었다.

"다 둘러보셨습니까?"

헨리는 벽 틈새 너머에 서 있었다. 갈색 얼굴과 촉촉한 눈 그리고 흰 머리카락이 보였다. 단정하고 차분한 모습이었다.

---

43) 모두 유명 음악 출판사들이다.

나는 일어나서 어색하게 벽돌 더미 위로 올라갔다.

"도와 드릴까요?"

"아니에요. 혼자 할 수 있어요."

우리는 기계들 사이로 나란히 느긋하게 걸어 돌아갔다. 머리를 숙이고 뒷짐을 진 채 천천히 걸었다. 마치 애도하는 이들처럼.

"참 사려 깊은 것 같아요, 헨리 아저씨. 그 조사 말이에요."

그는 아무 말도 하지 않았다. 나는 그를 흘깃 보았다.

"빨리 느끼고 천천히 배우죠. 그게 저예요."

우리는 멈춰 서서 서로를 바라보았다.

"이렇게는 말할 수 있잖아요, 헨리 아저씨…… 이렇게는 말할 수……."

그녀의 얼굴이 편안하게 미소 짓고 그녀가 유일하게 차분하고 행복했을 때 세상은 그녀를 격려했고 병이 나아 다시 불행해질 때까지 돌아오지 못하게 했다고는 말할 수 있었다. 예를 들면 그렇게는 말할 수 있었다.

하지만 사실, 아무 말도 할 수 없었다.

"상관없어요."

우리는 다시 침묵 속에서 주유기 앞 보도로 걸어갔다. 나는 휘발유 값을 내기 위해 지폐를 꺼냈고 '휘발유 아줌마'가 어디 있는지 두리번거렸다. 그녀가 나타났지만 헨리는 팔을 저으며 그녀를 보냈다.

"제가 할게요. 괜찮아요. 이렇게 세월이 흘러 도련님을 만나 기뻐요."

그는 돈을 받았고 잔돈을 가지러 갔다. 나는 낡은 보도를 보았다. 아주 조그맣고 알아볼 수 없게 뭔가 새겨져 있었다. 내 발을 포함한 발들이 지나가고 또 지나가는 것을 보았다. 나는 다리를 뻗어 살아 있는 내 발가락으로 보도를 두드리며 탁, 탁, 탁 소리를 들었다. 그리고 갑자기 나는 만약 내 소리, 내 살과 피, 미래를 선택할 수 있는 내 힘을 그 보이지 않는 발에 맡길 수만 있다면, 그 어떤 대가도, 그 어떤 대가라도 치를 수 있다고 생각했다. 하지만 그 순간에 나는 헨리와 마찬가지로 내가 결코 적정한 대가 이상은 치르지 않을 것임을 알았다.

"자, 9펜스면 3파운드죠. 감사합니다."

나는 그의 눈 속에서 내 얼굴을 발견했다.

"안녕히 계세요, 헨리 아저씨."

그는 아무 말 없이 손을 들었다. 나는 훌륭하다는 말을 들은 내 자동차에 탔고 올드 브리지를 지나 드디어 도로에 진입했다. 나는 단호히 운전에 정신을 집중했다.

작품 해설

1

『피라미드(The Pyramid)』(1967)는 골딩이 1993년 타계하기까지 남긴 수많은 작품 가운데 몇 가지 점에서 특기할 만하다.『파리대왕』(1954)의 발간 이후 20세기 영국 문학을 대표하는 작가로 알려진 골딩은 인간 본성의 야만성과 도덕성 문제에 천착함으로써 전 세계 독자들의 사랑을 받아 왔다.『피라미드』는 골딩의 여타 작품과 달리 신화 체계나 우화적 기법을 사용하지 않은 사실적인 사회 풍자 소설에 가깝다. 소설의 등장인물인 연출가 디트레이시의 입을 빌려 "삶은 무능한 연출가가 연출한 아주 별난 소극과"(196쪽) 같다면,『피라미드』는 스틸본 사회에 연출된 소극을 마치 주인공 올리의 아버지가 늘 들여다보는 현미경처럼 미세한 프리즘을 통해 조망한다고도 할 수 있다. 골딩은 스틸본이라는 가상의 작은 마을을 매우 사실적으로 해부하며 이기적이고도 잔인한 인간 본성을 파헤치는 동시에 영국의 경직된 계급 사회를 신랄하게 비판한다. 또 하나 특기할 만한 사실은 『피라미드』가 골딩의 작품 가운데 가장 자전적인 소설이라는 점이다. 골딩은 주인공 올리처럼 중등학교를 거쳐 과학자가 되길 원하는 부모 뜻을 따라 옥스퍼드에 진학해 과학을 공부했지만, 결국 영문학으로 전공을 바꿨다. 주인공 올리는 작가와 많은 면에서 유사하지만, 골딩과는 달리 독가스를 제조하는 데 성공하는 과학자가 된다. 소설 배경인 스틸본 또한 골딩이 유년기를 보냈던 말보로(Marlborough)를 기반으로 한 작은 마을이다. 말보로에서의 유년 시절과 영국의 경직된 계급 구조가 자신의 작품 세계에 얼마나 지대한 영향을 미쳤는지에 대해 작가는 한 인터뷰에서 언급한 적 있다. "[말보로는] 이 나라에서 찾을 수 있는 가장 계급화된(stratified) 사회였고 영국 사회의 피라미드 구조와 그에 대한 인식은 내 정신 안에, 그러니까 내 지성뿐 아니라 감정과 육체에 영구적으로 각인되어 있다고 생각합니다. 나는 그것 때문에 분노하고 그것으로부터 완전히 벗어나는 일은 불가능합니다. 물론 나이가 들고 세상에 점차 알려지면서 내가 중산층인지 중하류층인지 하류층인지 걱정할 이유가 줄어들지만요……. 그것은 녹아 버리지만, 완전히 없어지진 않습니다. 내 안에 화석화되어 있습니다."(《가디언》, 1980년 10월 12일, W. L. 웹과의 인터뷰) 작가의 말을 액면 그대로 받아들인다면, 그가 "영국 사회의 피라미드 구조"라고 명명한 영국의 계급 구조는 그의 정신과 육체에 깊이 각인되어 있을 만큼 그의 글쓰기에서 핵심이기도 하다. 실로『피라미드』에서 묘사되는 계급 구조는 소설 배경이라거나 주인공의 정체성 일부로 그려지기보다는 모든 인물들의 삶의 방식을 결정하는 핵심을 이루며 그들의 삶에 깊숙이 영향을 미친다. 그 거대하고도 복잡한 그물망 안에서 올리, 이비, 바운스, 윌리엄스 등 주요 인물들의 삶이 교차하고 뒤틀리며, 살아남은 이들은 세속적으로 성공을 하고 나서도 자신들이 그 과정에서 잃어버린 것이 무엇인지 대면하고 깨닫는 냉정한 결말에 이른다. 그렇다면 소설 속 "피라미드 구조"는 무엇이고 주인공 올리의 성장 서사이기도 한 이 소설에서 18세 영국 젊은이가 피라미드 안에서 '성장'한다는 것은 무엇을 의미할까?

2

『피라미드』는 세 편의 이야기로 구성되어 있다. 주인공 올리가 각각 이비, 디트레이시, 바운스와 얽힌 이야기들이 변주되어 전개된다. 첫째 이야기는 올리와 이비 그리고 보비의 삼각관계를 중심으로 올리가 품는 욕정의 계급적 의미와 그 폭력적인 이기심을 보여 준다. 둘째 이야기는 스틸본의 주요 행사인 오페레타 공연을 둘러싼 희극적인 에피소드를 통해 마을 사람들의 위선적인 계급 의식을 희화화한다. 마지막 이야기는 올리의 피아노 선생인 돌리시 부인(바운스)과 헨리 윌리엄스의, 사회 통념을 깨는 다소 불편한 관계를 조명한다. 스틸본은 거대한 "크리스털 피라미드"(237쪽)에 비유되며 이는 겉으로는 영국 사회의 체면을 유지하면서도 서로 은밀한 삶의 비밀을 캐내고 훔쳐보며 쾌감을 느끼는 병적인 관음증과 집단적 폭력을 보여 준다.

　술집에 드나들 돈조차 없어 길거리를 돌아다니는 남자들로 대변되는 하류층과 그보다는 조금 나은 처지로 챈들러스 클로스라는 빈민가에 사는 이비 배버컴 가족, 약사 아버지를 가장으로 두었고 중산층에 속하는 올리 가족, 그리고 의사 아버지를 둔 점에서 올리네와 계급적으로 확연하게 차이가 나는 옆집 보비 이완 가족, 마지막으로 이모젠 그랜틀리와 노먼 클레이모어로 대변되는 상류층은 스틸본의 피라미드 모양 계급 구조를 이룬다. 피라미드는 또한 죽은 자를 매장한 거대한 무덤이기도 한데, 스틸본이라는 피라미드 안에 생명이 부재한다는 점은 그 이름에서도 암시된다. 스틸본(Stilbourne)은 사랑이 부재하고, 인간관계가 위선적으로 왜곡되고, 자유로운 욕망이 짓밟히고, 생명이 부재하는 사산된(stillborn) 곳이기도 하다. 올리는 이모젠을 소유한 《스틸본》의 소유주 노먼을 질투하며 이비를 소유한 의사의 아들 보비를 질투한다. 두 여인에 대한 올리의 사랑과 욕정은 자신이 감히 꿈꿀 수도 없는 이모젠 그리고 자신에게 계급적 열등감을 느끼게 하는 보비와의 관계에서 비롯된 왜곡된 열망에 지나지 않는다고 할 수 있다. 마찬가지로 올리의 부모는 챈들러스 클로스에 사는 이비와의 접촉 일체가 마치 '질병'에 '감염'되는 것인 양 두려워한다. 아들에게 성병을 경고하는 올리 아버지의 장황한 설교에는 단순히 금기시된 성병에 걸리고 한 여자를 임신시켜 유망한 미래를 송두리째 버리게 될지도 모른다는 걱정보다는, 하층민에 가까운 이비와의 접촉이 임신과 결혼으로 이어져 자신들의 계급적 위상이 추락할까 하는 두려움이 배어 있다.

스틸본의 이러한 위선적인 계급 구조는 둘째 이야기에서 이야기 속 이야기라는 장치를 통해 희화화된다. 스틸본 마을은 스틸본 오페라회(Stilbourne Operatic Society, SOS)를 정기적으로 구성해 극을 공연한다. 오페라회의 구성원으로 극에 참여할 수 있는 자격에서부터 보이지 않는 사회적 위상이 작용한다. 올리가 설명하듯, 전통적으로 늘 "보이지 않게 그려진 선 안의 사람들 소수만이 참여할 수"(149쪽) 있기 때문에 계급적 위상은 재능으로 둔갑한다. 시장의 딸이 오랜 세월 동안 여주인공 역을 맡아 왔던 것은 표면상 그녀의 남다른 재능 때문이라고들 하지만, 사실은 그녀가 시장의 딸이기 때문이라는 점을 모두 알면서 말하지 않는다. 이제는 그녀가 너무 나이가 들어 여주인공 역을 맡기가 힘들어지자 이모젠과 클레이모어에게 주연이 주어진 것이다. 사랑이 부재하는 스틸본은 「위대한 사랑」이라는 매우 모순되는 제목의 극을 공연하게 되는데, 이는 그야말로 스틸본 사람들이 마을 내 자신들의 사회적 지위를 확인하고는 때로는 절망하고 때로는 과시하는 소극이기도 하다. 예컨대 클레이모어에게 첫사랑을 빼앗겼다고 생각하며 열등감을 느끼는 올리는 극 중 주인공 왕인 클레이모어 앞에서 '비굴한' 집시 바이올리니스트 역을 맡으며 다시 한 번 자신의 열등한 위치를 확인하고 모욕감을 느낀다. 올리는 왕의 근위병 역할을 맡기도 하는데, 올리의 어머니와 클레이모어는 올리와 클레이모어의 계급적 간극이 실제로 얼마인지 재느라 근위병의 '지위'를 놓고 옥신각신하는 촌극을 벌인다. 올리를 '중위' '대령' '소령' 중 무엇이라 부를지에 대해 신경전을 벌이던 어머니와 클레이모어는 결국 '대위'로 타협을 보며 싸움을 끝낸다. 이러한 싸움이 얼마나 쓸모없고 시대에 동떨어진 것인지는 클레이모어가 예전에 입었던 의상을 빌려 와 맞지 않는데도 억지로 껴입고 왕의 근위병이 되는 올리의 우스꽝스럽기 짝이 없는 모습에서 볼 수 있다. 이는 배버컴 중사가 '마을 정리' 등 역할을 수행하며 입는 의상과 겹치면서 현실과 동떨어진 영국의 "역사의 잔재"가 가하는 억압을 드러낸다. 20세기가 되어서도 과거 영국 귀족 사회의 잔재인 계급 구조 안에서 자신들의 존재 의미를 확인하고자 하는 스틸본 사람들은 이미 생중사(生中死)를 겪으며 거대한 피라미드에 갇혀 사산된 것이다. 올리는 스틸본 사람들과 거리를 두고 계급 구조의 허위를 느끼기도 하지만 또 한편으로는 자신이 인정받는 계급에 속한다는 사실을 극에서 확인하고 우월감을 느낀다. "이어서 더 많은 박수 소리가 났고 열광하는 박수의 물결이 몰려왔다. (……) 내가 인정받고 알려졌으며 약사의 아들이라는 점은 명백했다. 또한 명백한 점은 내가 제대로 된 사회적 위상을 갖춘 사람들 중 한 명이라는 사실이었다."(188쪽) 올리는 스틸본의 피라미드 구조를 꿰뚫어 보면서도 자신의 열등감을 극복하지 못하고 '위대한 사랑'으로 자신의 상처를 일시적으로 가리는 데 그친다.

3

『피라미드』는 사랑에 관한 이야기다. 책의 제사(epigraph)는 "그대가 사람들 가운데 있다면 자신을 위해 마음의 시작이자 끝인 사랑을 창조하라."라고 고하지만, 올리는 "자신을 위해"라는 말을 문자 그대로 받아들이며 이기적인 이유로 사랑을 함으로써 제사의 진정한 의미를 구현하지 못한다.

이모젠이 약혼한 사실을 듣고 절망하던 중 보비의 여자 친구 이비가 나타나자마자, 올리는 이비를 전적으로 성적인 존재로 대상화한다. 이비의 눈썹을 페인트 붓에, 눈과 입술을 자두에 비유하며, 그녀를 육체적인 존재로만 인식한다. 또한 클래식 음악에 심취해 있는 자신에게 이비가 사보이 오피언스를 좋아한다고 말하자 "싸구려. 저질."(59쪽)이라고 혐오스럽다는 듯이 말한다. 올리는 자신과 이비 사이의 미미한 계급적 차이를 의식하며 의도적으로 이비를 자신보다 열등하고 미개한 존재로 생각함으로써 거리를 두기도 한다. 올리는 냉정하게 지적한다. "나의 절벽 역시 이완가만큼 견고했지만, 그만큼 높지는 않았기 때문이다. 그렇다. 그만큼까지는 높지 않았던 것이다. 예컨대 실직 상태로 시청 근처에서 시간을 때우는 무지렁이들과 이비 사이를 갈라놓은 절벽만큼은 높지 않았다. 이비에게 나는 피뢰침이었던 것이다. 그녀의 부모님에게 나는 가능한 구혼자였다."(77쪽) 그러므로 올리는 이비를 자신이 이용할 수 있는 성적 대상으로 고정하기 위해 그녀와의 거리를 스스로에게 각인시키고 경고한다.

올리가 이비를 소유하게 된 후 느끼는 감정은 전형적인 남성성이 보이는 승리감의 도취이다. "그럼에도 내 속에서 퍼지고 있던 승리감은 폭발적으로 솟구쳤다. 내가 이 눈부시게 아름답고 여성스러운 생물을 가졌어. 가졌다고!"(95쪽) 이비가 자신의 "소유라는 자부심", 보비가 정복한 것을 자신 또한 정복했다는 자신감을 갖게 된 올리는 더 이상 보비에게 이전만큼 열등감을 느끼지 않는다. 자신은 중등학교에 다닌 반면 보비는 기숙학교에 다녔고, 자신의 아버지는 약사인데 보비의 아버지는 의사인 데다가, 외모가 볼품없는 자신에 비해 보비는 올리를 위축시키는 웰링턴 백작의 옆얼굴로 상징되는 기품 있는 외모를 지녔지만, 그의 여자를 무너뜨렸다는 자부심에 찬 올리에게 보비의 존재는 이전만큼 위협적이지 않다. 올리가 이모젠에게 느끼는 고양된 감정조차 계급 상승의 열망으로 한층 더 낭만화되었다면, 그가 이비를 정복하며 느끼는 쾌감은 일시적으로 보비와 동등한 계급을 획득한 듯한 착각을 불러일으킨다. 올리는 "이비가 내 것이 되었다는 걸 이모젠이 알길, 내게 깊은 평정심을 선사한 이 매혹적인 우리 지역 명물이 얼마나 예쁜지 이모젠이 알길"(97쪽) 바란다고 말한다. 그만큼 이비를 정복한 행위는 이모젠과 보비에 대한 열등감을 일시에 무마하기에 충분한 것이다. 올리에게 욕정과 계급 상승에 대한 열망은 떼려야 뗄 수 없는 것이기도 하며, 이는 피라미드의 계급 구조를 공고히 하는 가부장적인 억압에 충실한 것이기도 하다.

올리가 이비를 도구화하고 있다는 점은 그가 이비가 임신했을지도 모른다는 사실에 안절부절못하다가 아무 일도 없다는 소식을 듣고 환호하는 장면에서도 읽을 수 있다. 텍스트는 이러한 올리를 냉정하게 보며 비판적인 거리를 둔다. 이비에 대한 걱정은 추호도 없이 자신이 그녀를 임신시키지 않았다는 사실에 안도하는 올리에게 이비는 말한다. "내가 죽어도 네가 무슨 상관이겠어. 아무도 상관 안 해. 네가 원하는 건 이놈의 몸뚱이지 내가 아니잖아. (……) 넌 나를 사랑한 적 없어. 아무도 날 사랑한 적 없어. 난 사랑받고 싶었어. 나는 누군가가 내게 친절하기를 바랐어. 나는 원했어……."(115~116쪽) 놀랍게도 올리는 이비가 '다정함'을 원한다는 사실을 안다. 올리는 매정하게 말한다. "나도 그랬지만, 그녀로부터는 다정함을 원하지 않았다. (……) 그녀는 접근 가능한 물건이었을 뿐이다."(116쪽) 올리는 이비와 깊은 관계를 맺으면서도 그녀를 도구화하고 성적으로 대상화하는 데에 전혀 죄책감을 느끼지 못한다. 오히려 이비가 절망하는 그 순간조차도 그녀와 한 번 더 관계를 하기 위해 그녀의 감정에 아랑곳하지 않고 육체적인 접촉을 시도한다. 이러한 올리의 이기심을 텍스트는 냉정한 눈으로 본다. 올리는 몇 년이 지난 후 이비와 재회할 때 과거를 회상하며 비로소 처음으로 이비를 성적 대상이 아닌 자신과 같은 "사람"으로 보게 된다. "나는 수치심과 혼란에 빠진 채 분노하면서도, 깨끗하고 다정한 사람이 되려고 평생 분투하는 이비를 처음 다른 모습으로 보게 되었다. 마치 나의 좌절과 욕망의 대상이 갑자기 물건이 아닌 사람의 속성을 획득한 것과도 같았다."(145쪽) 하지만 이러한 올리의 깨달음은 더 이상의 성장으로 이어지지 않는다.

「위대한 사랑」을 연출하기 위해 타지에서 영입된 디트레이시를 만나 올리는 또 한 번 성숙할 수 있는 기회를 얻는다. "가식을 버려도 될까?"(190쪽)라고 말하며 진실된 인간관계의 가능성을 보여 주는 디트레이시에게 올리는 처음으로 이비와의 관계를 털어놓으며 스틸본이 얼마나 자신에게 억압적인지 호소한다. "다 뒤죽박죽이에요. 그거 아세요? 몇 달 전만 해도 저는, 저기 저 언덕 위에서 어떤 소녀를 가졌어요. 거의 모두가 보는 앞이라고 할 수 있는 곳에서요. 그런데 왜 그러면 안 되죠?"(195쪽)라고 올리는 사회의 위선을 비판한다. 또한 삶이 무엇인지, "진실"과 "통찰력"이 얼마나 중요한지에 대해 디트레이시와 진솔한 대화를 나눈다.(197쪽) 실제로 올리는 스틸본 사회가 얼마나 억압적인지 인식할 만큼은 정신이 살아 있다. "맞아요. 바로 그거예요. 모든 게 다 잘못되었어요. 모든 게요. 진실도 없고 정직함도 없어요. 오, 맙소사! (……) 스틸본은 하늘을 지붕으로 받아들이죠. (……) 다 거짓말, 거짓말이라고요! 다 역겨워요!"(195쪽) 디트레이시는 극을 연출하며 거짓된 스틸본 마을 사람들의 위선을 꿰뚫어 본다. 그리고 올리가 이모젠에 대해 가지고 있었던 이미지를 깨트린다. 올리가 단상 위에 올려놓고 숭배하던 여신을 가리키며 디트레이시가 "그녀는 머리가 비었고 무감각하며 허영심 많은 여자일세. 얼굴이 단정하고 계속 미소 짓고 있을 만큼만 감각이 있지. 아니! 자네는 그 세 배쯤……. 자네의 순정은 그녀의 허영심만 부추길 뿐이야. 그들 둘 다 건방지기 짝이 없어!"(193쪽)라고 지적할 때에, 올리는 첫째 이야기에서 처음으로 인간으로서 이비의 모습을 보게 되었듯 이모젠의 실체를 꿰뚫어 본다. "그 둘의 무지와 허영심은 서로 잘 어울렸고 서로에게만 용납 가능했다. 그 장면은 그들을 꿰뚫어 볼 수 있는 구멍이었고, 그 추한 모습은 내 영혼을 치유해 주었다. 나는 노래에 귀 기울였다. 나는 자유를 얻었다."(204쪽) 이 장면에서 올리는 처음으로 사회적인 가식으로 덧칠한 상류층 여성 이모젠이 아니라 이모젠이라는 한 사람을 직시하게 된다. 그리고 그 "추한" 실체가 드러날 때 올리의 허위의식도 동시에 벗겨진다. 올리는 하지만 '역겨운' 현실을 변화시켜 나가지 못한다. 올리의 한계는 디트레이시가 한 발레리노의 사진을 보여 줄 때 드러난다. 자신의 소중한 사랑을 올리가 이해해 주리라 생각하며 조심스레 사진을 보여 주는 동성애자 디트레이시는 사진을 보며 킥킥 웃는 올리의 몰이해를 보며 허탈감에 빠지고 즉시 마음을 닫는다. 텍스트는 이러한 올리의 인식 부족과 한계를 냉정하게 판단한다. 디트레이시와 헤어진 이후 아무 일 없었다는 듯이 오페라회 파티로 "발을 내디"디는 올리의 모습은 그러한 한계를 보여 준다. 올리의 깨달음은 여기에 그치고 만다. 셋째 이야기에서 40대 중후반 성인으로 등장하는 올리가 여전히 바운스의 비극에 대해 동정심을 느끼지 못하는 이기적인 인물로 그려지는 것을 볼 때, 이비로 인해 난생처음 타인과 공감하고 타인과 소통할 수 있는 길이 열려 "곰곰이 생각하기" 시작했으며 디트레이시와의 공감을 통해 인간에 대한 더 깊은 이해로 나아갈 수 있었던 올리는 결국 실패한다.

4

이 소설이 올리의 성장 서사라고 할 때, 올리의 성장 역시 '사산된' 것이기도 하다. 이러한 점에서 『피라미드』는 전통적인 성장 소설의 구도에 들어맞지 않는다. 사산된 성장을 하며 어른이 되는 올리. 이에 반해 스틸본의 계급 구조에서 소외되어 있지만 사랑을 포기하지 않는 이비나 동성애자로서 아예 변방에 위치한 디트레이시 그리고 자신의 계급에 걸맞지 않는 사랑을 함으로써 더욱더 사회에서 소외되는 바운스와 같은 인물들이 "사랑을 창조하라."라는 소설의 제사에 화답한다. 이때 이비와 바운스는 스틸본의 사산된 사회를 벗어날 수 있는 비극적 대안을 제시한다고 할 수 있다. 런던의 창녀가 되었으리라고 암시되는 이비와, 사랑하는 사람에게 버림받고 정신 이상자가 되어 마을의 웃음거리로서 홀로 남겨지는 바운스는 그럼에도 스틸본 사회에서 금기시되는 말을 솔직하게 할 수 있고 피라미드 구조를 넘어서서 사랑을 창조하고자 하는 인물들로 그려진다.

이비는 일견 스틸본의 모든 남자들이 욕정을 쉽게 해소할 수 있는 타락한 여자다.(아담을 유혹한 '하와(이브)'를 연상시키는 명칭에서도 암시된다.) 하지만 그녀는 남자들이 자신을 성적인 대상으로만 본다는 사실을 알면서도 사랑을 포기하지 않는다. 보비 이완이 자신과 결혼할 생각조차 하지 않는다는 사실을 알면서도 이비는 몇 년이 지난 후에도 보비를 자신의 "첫사랑"이라고 부르며 그가 오토바이 사고로 다쳤을 때도 진심으로 걱정한다. 또한 올리가 자신을 오로지 성적인 대상으로 여긴다는 사실을 알면서도 그와 음악에 대한 진솔한 대화를 시도하기도 하고 그에게 자신과 함께 어디론가 떠나자고 제안하기도 하고 진실된 사랑을 요구하기도 하는 솔직함을 지녔다. 이비는 올리가 관계를 요구하자 스틸본 사람들의 시선이 닿을 수 있는 언덕 꼭대기 위에서만 가능하다고 말한다. 스틸본에서 아무도 말하지 않는 욕망을, 아무도 말하지 않는 사랑을 이야기하는 사람은 이비뿐이다. 비록 아버지에게 성적으로 학대당하고, 마을의 모든 남자들이 자신을 욕정의 대상으로만 탐할지라도, 이비는 사랑을 포기하지 않는다. 이비의 자존심과 용감무쌍함은 '위험한' 남자들 사이에서 꼿꼿한 모습으로 걸어가는 이비를 보며 일말의 존경심을 느끼는 올리의 말에서 읽어 낼 수 있다. "그녀가 50미터쯤 멀어진 시점에서 그들은 욕정에 휩싸이고 조롱하며 웃음을 터뜨렸을 것이다. 내가 만약 그녀였더라면 발이 붓고 얼굴이 경직되어 절대로 견딜 수 없었으리라는 것을 알았다. 하지만 이비는 결코 흔들리지 않았다. 나는 그 고문을 피하기 위해 옆 골목으로 가서 집으로 향했다."(82~83쪽) 이 장면에서 엿볼 수 있듯이, 분명 올리는 자신의 여자라고 여기는 이비가 거리의 다른 남자들이 눈으로 탐하는 대상이 된다는 점에 괴로워하지만, 그보다는 자신의 처지를 알면서도 당당하게 걸어가는 이비와 대비되는 자기 자신의 비겁함을 느끼며 "고문"을 당한다고 생각하는 것이다. 이비는 존스 선생님과의 스캔들로 인해 결국 마을에서 쫓겨나지만 스틸본 사람들이 결코 하지 않는 말들, 표현하지 않는 감정들, 행동으로 옮기지 않는 자유분방함을 숨기지 않고 솔직하게 보여 주는 인물로서 단연 올리의 성장 서사를 압도한다.

바운스는 겉으로 보기에 육체미의 화신인 이비와는 정반대 인물이다. 실패한 음악가로 "격분한 떼까마귀처럼 울부짖"는 소리를 내며 마을을 배회하는 미치광이와 다름없는 아버지 돌리시 씨로부터 재산을 물려받은 바운스는 교회당에서 오르간을 치고 마을 아이들에게 피아노를 가르치며 산다. 돌리시 씨는 배버컴 중사와는 또 다른 면에서 딸에게 폭력을 가한 인물로, 바운스는 광기 어린 음악가 아버지의 엄격한 가르침 아래에서 강압적으로 음악을 공부하게 된 희생자로 그려진다. 처음으로 피아노 수업을 받으러 간 어린 올리에게 비친 돌리시 부인은 여성성이 박탈된 비인간적인 모습이다. "그녀의 얼굴에서는 분홍색이나 흰색을 찾아볼 수가 없었고, 오직 연노란 색뿐이었다. 게다가 튀어나온 광대뼈와 쌍꺼풀 없는 눈 그리고 민눈썹 때문에 그녀는 유럽인이라기보다 중국인 같았고 여자라기보다는 성별을 알 수 없는 사람처럼 보였다."(221쪽) 올리가 아는 정체성의 범주에 맞지 않는 돌리시 부인은 곧 "바운스"라고 불린다. 올리에게 그녀는 이름이 암시하듯 "깡충

(bounce)"거리며 다니는 기괴한 인물이다. 이러한 바운스에게 어느 날 웨일스 지방 출신 떠돌이 헨리 윌리엄스가 찾아와 운전을 가르치고 그는 스틸본에 정착하게 된다. 윌리엄스에게 정을 느낀 바운스는 마을 사람들의 눈을 의식하지 않고 자신의 계급적 위치에 맞지 않게 부랑자나 다름없는 천한 웨일스 지방 출신 남자에게 친절을 베푼다. 마을 사람들은 올리의 어머니 말처럼 윌리엄스가 "대어를 낚으려는 속셈"(238쪽)으로 돌리시 부인에게 접근했다고 생각하지만 아무도 그녀를 걱정해 주지 않는다. 자신들보다 재산이 더 많고 계급이 더 높은 돌리시 부인의 예견된 몰락은 그들에게 그저 재미있는 구경거리일 뿐이다. 올리의 어머니 역시 피아노 수업을 받고 오는 올리에게 늘 돌리시 부인의 세세한 생활에 대해 캐묻는다. 마을 사람들도 "크리스털 피라미드" 안에서 커튼을 열고 돌리시 부인의 몰락을 은밀하게 구경한다. 마을 사람들의 기대에 부응하듯 윌리엄스는 돌리시 부인을 물질적으로 이용한다. 윌리엄스는 돌리시 부인에게 빌린 돈으로 사업에 착수해 크게 성공하게 된다. "콘크리트 앞마당이 생겼고, 정비소와 자동차 내부를 검사하기 위한 장소도 생겼"(255~256쪽)으며 스틸본에 처음으로 광고판이 등장하기도 한다. 이러한 윌리엄스의 성공은 또 한편으로 스틸본 내 전통적인 계급 구조의 와해를 예고하기도 하며 마을 사람들은 윌리엄스의 계급 상승을 불안한 마음으로 질시한다. 하지만 아무도 바운스를 보호하지 않고 결국 그녀는 한집에 사는 윌리엄스의 젊은 부인과 충돌하다가 그들이 모두 떠나자 버림받는다. 버림받은 바운

스의 모습은 배 속 태아의 모습과 다를 바 없이 가련하고 비참하다. "어둠 속에서 그녀가 빛나는 흉상 아래 어둑한 불 앞에 웅크리고 앉아 있었던 것이다. 그리고 아무도 가르쳐 주는 사람 없이 어떻게 하면 마음의 응어리를 다 풀어 버릴 수 있을지 배우려 헛되이 몸부림치고 있었다."(266~267쪽) 하지만 철저하게 버려진 바운스를 보고도 올리는 아무런 동정심도 느끼지 못한다. 올리에게 바운스는 사람이라기보다 거대한 물체이다. 바운스가 정신 이상자가 되어 나체로 거리를 활보하는 모습을 보며 올리는 "아니야, 아니야. 아, 안 돼. 아니야, 아니야……."(277쪽)라고 외친다. 올리는 그녀를 이용한 윌리엄스와 관음증적인 스틸본 사회의 잔인함이 빚어낸 결과를 목도하지만 그녀에 대한 동정심을 느끼지 않는다. 그는 그녀의 벌거벗은 모습에서 스틸본 사회의 위선을 보며 불편함을 자아낸 그녀를 오히려 원망한다.

5

소설의 마지막 이야기는 어느 정도는 바운스에 대한 올리와 윌리엄스의 조사(弔詞)이기도 하지만 동시에 "성공한" 두 닮은꼴 남자들의 대면을 통해 이비와 바운스 그리고 올리와 윌리엄스의 대비되는 삶의 갈래를 보여 주며 그 의미를 되묻기도 한다. 윌리엄스는 좋은 자동차를 탄 올리를 보며 올리가 "무엇을 성취했는지 (……) 정확하게 몰랐지만" 그에게 "경의를" 표한다.(211쪽) 올리 역시 "헨리의 작품"을 보며 "그가 얼마나 성공했는지" 감탄한다.(209~210쪽) 윌리엄스와 올리는 각기 어느덧 사회에서 성공한 위치에 오른다. 이들은 이제 역사의 뒤로 사라진 옛 스틸본의 상징이기도 한 바운스의 묘비 곁을 함께 거닐면서 그녀의 죽음에 대한 약간의 죄책감과 책임감을 공유한다. "그녀의 얼굴이 편안하게 미소 짓고 그녀가 유일하게 차분하고 행복했을 때 세상은 그녀를 격려했고 병이 나아 다시 불행해질 때까지 돌아오지 못하게 했다고는 말할 수 있었다. 예를 들면 그렇게는 말할 수 있었다. 하지만 사실, 아무 말도 할 수 없었다."(289쪽) 이렇듯 침묵하는 것은 윌리엄스와 올리 모두 바운스의 비극적인 죽음의 공모자이기 때문이다. 윌리엄스는 부드러운 미소와 아름다운 음악 소리 같은 웨일스 발음으로 바운스를 사로잡아 자신의 성공을 위해 이용했고 올리 역시 방관자로서 바운스에게 일말의 동정심도 느끼지 못하며 무관심으로 일관했기 때문이다. 살아남은 이들은 죽은 자에게 조사를 보내지만, 피라미드 구조 안에서 사회의 위선과 타협한 올리와 윌리엄스는 서로 닮아 있다. 올리는 사랑을 갈망하는 자신 안의 그 무엇을 인지하지만, 자신이 그것을 따를 수 없음을 안다. "그리고 갑자기 나는 만약 내 소리, 내 살과 피, 미래를 선택할 수 있는 내 힘을 그 보이지 않는 발에 맡길 수만 있다면, 그 어떤 대가도 그 어떤 대가라도 치를 수 있다고 생각했다. 하지만 그 순간에 나는 헨리와 마찬가지로 내가 결코 적정한 대가 이상은 치르지 않을 것임을 알았다."(290쪽) "적정한 대가 이상"을 치른 이들은 창녀가 되었거나 정신 이상으로 비웃음을 받다가 이 세상을 떠났지만, 정작 사랑이 없는 피라미드 구조와 타협한 올리와 헨리가 또 다른 대가를 치르고 있을지도 모른다고 텍스트는 암시한다. 어른이 된 올리는 윌리엄스의 얼굴에서 자신의 모습을 본다. 그리고 자신이 스틸본으로부터 예전에 탈출했다고 생각했던 올리는 스스로를 엄정히 돌아보며 자기가 아직도 그 무덤 안에 있을지도 모른다는 공포를 느낀다. 올리는 "올드 브리지를 지나" 스틸본으로부터 다시 한 번 "탈출"을 감행한다. 그가 과연 자신 안의 피라미드로부터 탈출하는 데 성공할지.

2013년 10월
안지현

작가 연보

1911년   9월 19일, 영국 콘월의 작은 항구 도시 뉴키에서 태어
          나 윌트셔 지방의 말보로에서 어린 시절을 보냄. 아
          버지 알렉 골딩은 중등학교 교사였고, 어머니 밀드
          레드는 가정주부이자 여성 참정권 운동 지지자였음.
1930년   옥스퍼드 대학에 입학해 이 년 동안 자연 과학을 공
          부하다 영문학으로 전공을 바꿈.
1934년   학사 졸업하고 친구의 도움으로 맥밀런 출판사에서
          첫 시집 『시집(Poems)』 출간.
1935년   솔즈베리의 비숍 워즈워스 스쿨에서 영문학과 철학
          을 가르치기 시작.
1939년   화학자 앤 브룩필드와 결혼, 슬하에 두 자녀를 둠.
1940년   영국 해군에 입대, 2차 세계 대전 중 독일 전함 비스
          마르크호 격침 및 노르망디 상륙 작전에 참여. 종전

후에는 글쓰기와 교직에 힘씀.

1954년 　스물한 번 거절 끝에 받아들여진 원고가 1954년에『파리 대왕(Lord of the Flies)』이란 제목으로 출간. 『상속자들(The Inheritors)』(1955),『핀처 마틴(Pincher Martin)』(1956),『자유 낙하(Free Fall)』(1959)를 잇달아 출판, 비평가들의 호평과 대중적 인기를 누림.

1961년 　소설가로서 성공하자 교편을 잡고 있던 학교를 그만두고 미국 버지니아 주의 홀린스 칼리지에서 방문 작가로 일 년을 보냄.

1964년 　『첨탑(The Spire)』을 출판했으나, 비평가들로부터 혹평을 받자 '꿈 일지'를 기록하기 시작. 그 후 이십 년간 괴로움을 '꿈 일지'에 기록.

1967년 　『피라미드(The Pyramid)』 출판.

1970년 　캔터베리의 켄트 대학 총장 후보로 올랐으나 자유당 정치인 조 그리먼드가 총장으로 선출됨.

1979년 　제임스 테이트 블랙 기념상 수상.

1980년 　삼부작『땅끝까지(To the Ends of the Earth)』의 첫 번째 작품『통과 제의(Rites of Passage)』를 출간, 이 작품으로 부커 상 수상. 이 삼부작은 2005년 BBC에서 드라마로 제작.

1983년 　노벨 문학상 수상.

1985년 　부인과 함께 콘월 주 트루로 근처에 있는 털리마 저택으로 이사, 여생을 이곳에서 보냄.

1987년 　『땅끝까지』의 두 번째 작품,『밀집 지대(Close

Quarters)』출판.

1988년   영국 왕실에서 최하위 훈작사(Knight Bachelor)를
        받음.

1989년   『땅끝까지』의 완결작『심층의 불(Fire Down Below)』
        출판.

1993년   6월 19일 심부전증으로 사망. 윌트셔의 작은 마
        을 보워초크에 묻힘. 원고로 남겨 놓은『갈라진 혀
        (Double Tongue)』는 사후에 출판.

세계문학전집 **314**

피라미드

1판 1쇄 펴냄 2013년 10월 4일
1판 8쇄 펴냄 2024년 3월 27일

지은이 윌리엄 골딩
옮긴이 안지현
발행인 박근섭, 박상준
펴낸곳 (주)민음사

출판등록 1966. 5. 19. (제 16-490호)
서울특별시 강남구 도산대로1길 62(신사동) 강남출판문화센터 5층 (우편번호 06027)
대표전화 02-515-2000 팩시밀리 02-515-2007
www.minumsa.com

한국어 판 © (주)민음사, 2013. Printed in Seoul, Korea

ISBN 978-89-374-6314-3 04800
ISBN 978-89-374-6000-5 (세트)

세계문학전집 목록

세계문학전집은 계속 간행됩니다.